Falaise fatale

Du même auteur

MEURTRE AVEC (PRÉ)MÉDITATION

Robert
THOROGOOD

FALAISE FATALE

Traduit de l'anglais
par Sophie Besançon

J'AI LU

Titre original
THE KILLING OF POLLY CARTER

Éditeur original
Harlequin Mira, an imprint of HarperCollins Publishers

À Charlie et James

Prologue

L'inspecteur-chef Richard Poole s'assit sous l'auvent de sa cabane au bord de la plage et leva un regard indigné vers le ciel sans nuages des Caraïbes.

Un perroquet de passage venait de déposer une fiente dans sa tasse de thé.

Cela semblait impossible. Pourtant, Richard avait regardé cet oiseau de malheur survoler le rivage et déféquer en plein vol, la petite boule de guano fraîchement expulsée dessinant une courbe parfaite avant d'atterrir dans son thé noir English Breakfast avec une précision, pensa-t-il, que seul Barnes Wallis[1] aurait pu envier.

Avec un frisson de dégoût, il déversa le contenu de sa tasse en porcelaine par-dessus la balustrade et essaya de ramener son attention sur le livre qu'il lisait. Il s'agissait d'un vieux manuel relié intitulé *Guide pratique des insectes des Caraïbes*, qu'il avait trouvé à l'arrière du poste de police. Jusqu'à présent, il avait été fasciné par tout ce que cette lecture lui avait appris. Par exemple, il ignorait qu'en réalité l'insecte phosphorescent le plus brillant n'était pas le ver luisant, mais bien une espèce d'élatéridés vivant aux Caraïbes qu'on appelait « taupin lumineux ».

Malgré ses efforts, Richard n'arrivait pas à reprendre sa lecture. Il ne cessait de lever nerveusement les yeux vers le ciel à intervalles réguliers. Après tout, un autre

1. Barnes Wallis est un ingénieur britannique qui inventa les bombes dites rebondissantes utilisées par la Royal Air Force pendant la Seconde Guerre mondiale. (*N.d.T.*)

perroquet aurait pu surgir de nulle part et foncer droit sur lui. Il poussa un profond soupir. Franchement, à bien y réfléchir, les Caraïbes n'étaient depuis le début qu'un satané cauchemar sans fin.

Indépendamment de ce bombardement aérien, Richard était déjà de fort mauvaise humeur ce matin. Sa morosité s'expliquait par le fait qu'il avait un secret. Un secret intime, inavouable, qu'il n'avait encore osé révéler à ses collègues. En réalité, tandis qu'il regagnait la petite cuisine située à l'arrière de sa cabane pour laver son service à thé, il songea qu'il n'y avait certainement personne sur toute l'île de Sainte-Marie pour passer une matinée aussi lamentable que la sienne.

Or, il se trompait. Il y avait bien quelqu'un pour qui c'était pire.

À seulement quelques kilomètres sur la côte, une femme nommée Polly Carter était assise dans sa cuisine. Vêtue d'une robe d'été d'un jaune éclatant, elle sirotait un jus de mangue fraîchement pressé tout en fumant une cigarette. Elle l'ignorait totalement, mais il ne lui restait que quelques minutes à vivre.

À quarante ans, Polly était un mannequin connu dans le monde entier pour ses traits qui pouvaient paraître dénués de grâce, mais qui, en photo, se métamorphosaient en une Vénus aux dents du bonheur. Son visage avait orné les panneaux publicitaires et la une de nombreux magazines, et un groupe de rock avait même un jour écrit une chanson à succès louant sa silhouette. Toutefois, Polly ne prêtait plus vraiment attention au tumulte qui entourait sa vie. Elle avait arpenté les podiums depuis ses vingt-deux ans, avait gagné plus d'argent qu'elle n'aurait pu l'espérer et en avait dépensé bien davantage. À présent, elle n'aspirait à rien d'autre qu'à une pause. Non sans ironie, c'était précisément ce qui l'attendait.

La porte de la cuisine s'ouvrit brusquement. La sœur de Polly, Claire, apparut dans son fauteuil roulant, accompagnée de son infirmière Sophie qui la poussa à l'intérieur de la pièce.

Claire et Polly étaient jumelles, bien que Claire soit plus âgée de quelques minutes. Un lien fort aurait pu se tisser entre les deux sœurs si Claire n'avait pas estimé, comme certains enfants premiers-nés, que son droit d'aînesse conditionnait la relation qu'elle entretenait avec sa sœur. Ainsi, alors que Polly était de nature impétueuse, irresponsable et dotée d'un sens de l'humour mordant, Claire affichait sa supériorité en se montrant excessivement raisonnable et en prenant la vie très au sérieux. Cette attitude était renforcée par le fait qu'elle avait perdu l'usage de ses jambes à la suite d'un accident survenu dix ans plus tôt. Claire ne trouvait aucune consolation dans le fait que, malgré toutes leurs différences, elle avait hérité d'une troublante similitude physique avec sa célèbre sœur. Or, comme Claire ne se privait pas de le faire remarquer à qui voulait bien l'entendre, la beauté supposée de sa sœur ne se révélait vraiment que sur les photos de mode, et qui avait déjà pris la peine de photographier une infirme ?

— Eh bien, une fois n'est pas coutume, tu es déjà debout, lança Claire à Polly, tandis que Sophie finissait de l'installer devant la table du petit déjeuner.

— C'est si surprenant que ça ? demanda Polly, légèrement déconcertée par le ton de sa sœur.

— Comme tu ne te lèves jamais avant l'heure du déjeuner, je dois admettre que c'est surprenant, en effet.

Polly se sentit offensée.

— Je ne passe pas mes journées à paresser, tu sais.

— Ah, vraiment ? répondit Claire tout en riant avec dédain.

Polly observa sa sœur un long moment. Puis, avec des gestes lents, elle attrapa une autre cigarette dans le paquet cabossé posé sur la table et l'alluma.

Après avoir longuement tiré sur sa cigarette dans un crépitement caractéristique, Polly dit :

— Figure-toi que je me suis levée tôt ce matin uniquement pour passer un peu de temps avec toi.

— Ah ! Eh bien, c'est une première, rétorqua Claire, toujours incapable de prendre sa sœur au sérieux.

L'infirmière, Sophie Wessel, avait l'habitude de voir Claire provoquer sa sœur – et inversement –, si bien qu'elle ne prêtait plus guère attention aux deux femmes et s'affairait à leur préparer du café. Cela ne faisait pas partie de ses fonctions de servir des boissons à sa patiente, mais elle avait appris bien assez tôt que Claire était du genre à considérer que son infirmière n'était pas seulement là pour pousser son fauteuil roulant et l'aider dans les tâches qu'elle était incapable d'accomplir seule : elle attendait également de Sophie qu'elle se comporte comme son assistante personnelle et sa domestique.

Une fois que Sophie eut introduit le piston dans la cafetière, elle se retourna et vit Polly pousser le fauteuil de Claire vers le jardin par la porte de la cuisine.

— Vous voulez du café ? demanda Sophie aux deux sœurs avant qu'elles ne quittent la pièce.

— Non, merci, répondit Claire. Polly dit qu'elle souhaite m'emmener faire un tour dans le jardin.

— Ah bon ? s'étonna Sophie.

Cela faisait dix jours que Claire et elle séjournaient chez Polly, et pas une fois celle-ci ne s'était proposé de pousser le fauteuil de sa sœur.

— Oui, répondit Polly sur un ton qui laissait clairement entendre qu'elle attendait que Sophie se retire.

Sophie ne voulait pas s'interposer entre les deux sœurs, mais le maniement d'un fauteuil roulant n'était pas un exercice facile.

— Vraiment, dit-elle, laissez-moi pousser Claire pour vous.

— Je vous dis que ça ira, déclara Polly, une lueur d'agacement dans le regard.

Sophie se tourna vers Claire en quête d'instructions, mais elle se contenta de hausser les épaules. Elle semblait indifférente à la question. Sophie garda donc le silence, tandis que Polly emmenait sa sœur dans le jardin.

Une fois seule, Sophie se servit une tasse de café et quitta la cuisine pour rejoindre le hall d'entrée de la maison. C'était une vaste pièce dotée d'un large escalier en bois menant à une coursive qui longeait les quatre murs de la maison et qui desservait plusieurs chambres, salles de bains et suites privées à l'étage.

Dès qu'elle eut pénétré dans le hall, Sophie recula pour se cacher dans l'ombre : l'agent de Polly, Max Brandon, se dirigeait vers l'escalier, une pile de dossiers et de papiers entre les mains. À l'approche de la cinquantaine, Max était un homme élancé qui portait des lunettes de soleil rondes aux verres jaunis, une veste en velours bleu nuit et un pantalon en velours côtelé bordeaux. Sophie le soupçonnait de teindre ses cheveux pour qu'ils conservent leur teinte noire et leur brillance.

Sophie ne l'appréciait guère, mais elle se força à le saluer alors qu'il s'éloignait en lui tournant le dos. Par chance, Max ne l'entendit pas – ou il feignit de ne pas l'entendre – et elle le regarda grimper en haut des marches avant qu'il disparaisse, supposa-t-elle, dans sa chambre. Elle s'apprêtait à s'engager elle-même dans l'escalier, lorsqu'elle entendit un cri provenant de l'extérieur.

C'était une voix de femme.

Sophie regarda à travers la large baie vitrée qui surplombait le jardin et vit Polly qui se tenait à l'autre bout de la pelouse et qui criait sur Claire dans son fauteuil roulant. Sophie ne pouvait entendre distinctement ce qu'elles se disaient, mais il était évident que Polly était en colère contre sa sœur.

Il n'était pas rare que les jumelles deviennent irritables en présence l'une de l'autre, Sophie le savait bien ; en revanche, il était inhabituel que Polly, en pleine possession de ses capacités physiques, emmène sa sœur invalide dans le jardin pour lui crier dessus.

À l'angle du hall, une porte offrait un accès direct sur l'extérieur. Sophie l'emprunta pour voir si elle pouvait intervenir. À peine avait-elle foulé le chemin de gravier que Polly jeta un regard vers elle. Elle saisit fermement les poignées du fauteuil de Claire et le poussa un peu plus loin dans le jardin pour disparaître derrière un large bosquet d'arbrisseaux.

Sophie hésita un instant. La maison de Polly – ou plutôt son immense demeure – était construite en haut d'une falaise surplombant l'océan, et Sophie savait que la direction dans laquelle Polly conduisait Claire menait à un escarpement qui protégeait une baie en forme de fer à cheval et une plage privée en contrebas. Sophie s'avança sur la pelouse, mais avant même d'avoir parcouru une dizaine de pas, elle entendit la voix de Claire s'élever de derrière les buissons :

— Arrête !

Sophie se retourna vers la maison. Était-elle la seule à avoir vu ou entendu quelque chose ? Avec le reflet du soleil éclatant sur les vitres de la façade, il était difficile de déterminer si quelqu'un regardait au-dehors. Pourtant, Sophie aperçut un mouvement au niveau d'une des fenêtres de l'étage. *Quelqu'un* observait le jardin dans l'ombre, même si elle ne pouvait pas dire de qui il s'agissait.

Le cri d'une femme déchira l'air. Sophie fit volte-face. Le hurlement provenait des arbrisseaux, du côté de la falaise.

Soudain, Sophie entendit distinctement Claire s'écrier :

— Oh, mon Dieu, à l'aide !

Sophie se mit à courir, et en passant devant les arbrisseaux, elle vit Claire dans son fauteuil roulant au sommet de la falaise, à l'endroit où une volée de marches descendait vers la plage.

Quant à Polly, elle n'apparaissait nulle part.

— Aidez-moi ! cria Claire en voyant Sophie s'approcher. Elle a sauté !

Manœuvrant son fauteuil, Claire s'éloigna de Sophie et entreprit de longer rapidement le bord de la falaise qui encerclait la baie.

— Que se passe-t-il ? demanda Sophie, une fois qu'elle eut rattrapé Claire.

— Je n'ai pas pu la suivre, elle a dévalé l'escalier !

Sophie regarda en bas, sur la plage. Elle comprit alors pourquoi Claire s'était désespérément précipitée dans cette direction. Ce n'était qu'en s'avançant aussi loin dans le virage que formait la baie qu'il était possible d'apercevoir en arrière les marches de pierre qui descendaient en une série d'amples lacets vers la plage privée s'étendant une trentaine de mètres plus bas.

Un corps était allongé sur le sable au pied de la paroi rocheuse.

Un corps vêtu de la même robe jaune que Polly Carter portait quelques instants plus tôt.

Sophie se tourna vers Claire et vit qu'elle était secouée de tremblements. Les yeux grands ouverts, le regard fixe, elle articula :

— Elle a dit que j'étais un monstre, que j'avais gâché sa vie...

Claire prit une profonde inspiration pour pouvoir terminer sa phrase.

— Elle a dit qu'elle allait mettre fin à ses jours.

— Quoi ?

— Elle a dit que tout était ma faute. Qu'elle allait mettre fin à ses jours. Puis elle a dévalé les marches et elle a sauté !

Sophie savait que Claire pouvait attendre : en tant qu'infirmière expérimentée, on avait besoin d'elle ailleurs.

— Restez ici, dit-elle avant de faire demi-tour.

Elle se mit à courir le long de la crête rocheuse, sa respiration sifflant à ses oreilles, tandis qu'elle balançait ses bras de toutes ses forces, consciente que chaque seconde était comptée. Elle devait rejoindre Polly.

Arrivée au niveau de l'escalier menant à la plage, Sophie dévala les marches sans réfléchir, les sautant deux par deux pour arriver au plus vite en bas de la falaise, les bras écartés en guise de balancier, jusqu'à ce que ses sandales atterrissent enfin sur le sable blanc et dur.

Elle s'arrêta un instant pour reprendre son souffle. Elle regarda autour d'elle si quelqu'un ne se trouvait pas à proximité pour lui venir en aide. Sans surprise, la plage était totalement déserte. À cette heure matinale, tout le monde devait se trouver dans la maison.

Sophie aperçut le corps vêtu de la robe jaune étendu au pied de la falaise, à une dizaine de mètres.

C'était Polly. Elle était immobile.

À grandes enjambées, Sophie avança aussi vite que possible sur le sable, mais, alors même qu'elle approchait du corps, elle vit que les jambes de Polly formaient un angle inhabituel. Un de ses bras était écrasé sous sa poitrine et ses yeux étaient clos.

Sophie se pencha en avant et posa deux doigts sur le cou de Polly pour tenter de sentir son pouls.

Il ne battait pas.

Sophie déglutit.

Elle recula, leva les yeux vers le sommet de la falaise et vit la petite silhouette de Claire qui observait la scène depuis son fauteuil roulant.

Sophie plaça ses mains en porte-voix devant sa bouche et cria :

— Il faut une ambulance ! Vite !

*

* *

Au moment même où Claire se hâtait vers la maison et où Sophie retournait le corps de Polly Carter pour tenter de lui administrer les premiers secours, Richard Poole se trouvait à l'intérieur de sa cabane et prenait une douche. Plus exactement, comme le mitigeur qui assurait l'alimentation en eau passait de façon imprévisible d'un jet froid à un jet bouillant, il essayait de choisir le bon moment pour se placer sous le pommeau afin de pouvoir se laver les cheveux sans finir brûlé au troisième degré. Et c'était justement alors qu'il s'attendait à être frappé par le prochain jet d'eau brûlante, les yeux plissés à cause de la mousse de shampoing qui gouttait déjà sur son visage, qu'il sentit quelque chose grimper le long de son mollet et s'arrêter au niveau de son genou.

Il se figea.

Une créature était montée sur sa jambe. Alors qu'il se trouvait nu comme un ver. Avec une extrême lenteur, il tendit la main pour attraper sa serviette de toilette, essuyer ses yeux pleins de savon et voir quel dangereux scorpion ou autre arachnide venimeux venait de lui grimper le long de la jambe. Or, avant même qu'il n'ait pu atteindre sa serviette, la créature se remit à bouger. Richard ouvrit les yeux dans un grognement que lui arracha le picotement du savon et vit un lézard vert courir sur sa cuisse – ce même lézard avec lequel il cohabitait depuis son arrivée sur l'île et qu'à une époque il avait naïvement songé à baptiser Harry. Avant même que le reptile n'ait pu se rapprocher dangereusement de son aine, Richard saisit sa serviette, l'abattit d'un coup sec, manqua sa cible, glissa sur une flaque de savon et tomba à la renverse.

Tandis qu'il gisait, meurtri et haletant, sur le sol de sa salle de bains, sous un jet d'eau tantôt glacé, tantôt brûlant, les yeux encore irrités par le savon et un sentiment cruel d'une nouvelle défaite accablante face à un lézard d'une vingtaine de centimètres, il se dit que, oui, il était décidément la personne la moins chanceuse de toute l'île de Sainte-Marie ce jour-là.

Or, une fois encore, il se trompait. Car ce privilège appartenait au mannequin de renommée internationale Polly Carter.

C'était en effet ce jour-là qu'elle avait été poussée du haut d'une falaise et qu'après une chute d'une trentaine de mètres elle s'était écrasée sur le sable en contrebas, sa colonne vertébrale et sa nuque se brisant sous le choc, entraînant sa mort immédiate.

C'était ce jour-là que Polly Carter avait été assassinée.

Chapitre premier

Le secret inavouable de Richard Poole n'était autre que l'arrivée imminente de sa mère, Jennifer, sur l'île. Pourquoi diable avait-elle décidé de venir lui rendre visite seule, Richard n'en savait rien, pas plus qu'il ne savait comment il allait réussir à supporter sa compagnie pendant les deux semaines à venir, ce qui semblait être son problème le plus urgent.

Ce n'est pas que Richard n'aimait pas sa mère. À vrai dire, lorsqu'il s'interrogeait sur ses sentiments, il savait qu'au fond il l'aimait. C'était juste qu'elle était tellement parfaite qu'il trouvait sa compagnie épuisante. Ses vêtements étaient parfaits, ses amis étaient parfaits, toute sa vie était parfaite. Elle ne se plaignait jamais, et autant que Richard puisse en témoigner, elle n'exprimait jamais ses émotions. Elle se levait avant tout le monde, s'affairait plus que tout le monde, puis se couchait une fois le ménage et le rangement terminés, après s'être assurée que tout le monde était déjà au lit.

Si par malheur un poil de sa moquette moelleuse et immaculée se dressait au-dessus des autres, Jennifer se précipitait à quatre pattes, armée de ciseaux à ongles, et coupait sur-le-champ ce poil rebelle. Dès qu'elle avait terminé la vaisselle – qu'elle effectuait toujours avec des gants en caoutchouc, bien entendu –, elle enfilait une seconde paire de gants afin de laver la première, inconsciente, se disait Richard, qu'elle risquait de tomber dans la logique d'un cycle répétitif qui la verrait passer le restant de ses jours à laver les gants qu'elle venait justement d'utiliser pour nettoyer les précédents. Lorsqu'il avait essayé d'expliquer cela à sa mère, elle lui avait adressé un sourire réjoui – « Tu as toujours été si intelligent, mon chéri » –, puis elle s'était éloignée pour regonfler les coussins du canapé à petits coups de poing.

On pouvait affirmer que Richard avait une relation compliquée avec sa mère.

Bien plus compliquée, à vrai dire, que celle qu'il entretenait avec son père. Après tout, Graham (qui était ex-directeur des forces de police du comté du Leicestershire) se montrait constant dans la façon dont il traitait son fils. Quoi que Richard fasse, son père était toujours déçu. En outre, Graham ne manquait jamais une occasion de faire remarquer qu'il avait accompli la même chose que son fils, mais en mieux ou plus jeune, quand il ne se targuait pas d'avoir emprunté un chemin radicalement différent.

Ainsi, lorsque Richard avait été le premier membre de sa famille à être envoyé dans une école privée, son père avait laissé entendre qu'il n'était tout simplement pas assez intelligent pour être admis dans l'établissement secondaire public du coin où lui-même avait été scolarisé et s'était illustré comme premier de la classe – un détail qu'il ne se privait d'ailleurs jamais de rappeler presque chaque fois qu'il se trouvait seul avec son fils, ce qui, il faut l'avouer, n'arrivait pas souvent.

Sept ans plus tard, lorsque Richard avait été admis à l'université de Cambridge, il avait eu le sentiment d'avoir enfin prouvé à son père qu'il n'était pas écervelé. Cependant, la seule et unique fois où Graham Poole avait rendu visite à son fils au cours de ses trois années d'études là-bas, il avait passé la journée à répéter qu'il avait lui-même fréquenté « l'école de la vie » où il avait appris les vraies leçons de l'existence et la débrouillardise. En définitive, il ne s'en était pas si mal sorti, non ?

Quand Richard avait annoncé qu'il entrait dans les forces de police – comme son père avant lui –, Graham avait émis un claquement de langue comme pour signifier que son fils opérait un très mauvais choix. Enfin, lorsque Richard organisa une soirée pour fêter sa promotion au rang d'inspecteur, son père, trop occupé à un événement du Rotary Club local, ne s'était pas déplacé. Sa mère, elle, était venue. Elle avait même préparé le buffet juste avant et passé l'aspirateur juste après.

En somme, Richard aurait été incapable de dire lequel de ses deux parents était le plus difficile à côtoyer pendant deux semaines : son père, qui le regardait toujours avec une immense déception, ou sa mère, qui le regardait toujours pleine d'espoir.

Un coup de klaxon à l'extérieur de sa cabane le tira de sa rêverie. Sa mère ne devait pas arriver sur l'île avant la fin de l'après-midi, alors qui pouvait bien chercher à attirer son attention au-dehors ? Le klaxon résonna une nouvelle fois. Avant même que Richard n'ait eu le temps de se lever, deux autres coups retentirent.

Ses épaules s'affaissèrent. Une seule personne sur toute l'île pouvait venir troubler aussi brusquement sa tranquillité. Il traversa la cuisine et ouvrit la porte arrière de sa cabane. Ou plutôt, il essaya d'ouvrir la porte, mais comme d'habitude, elle était bloquée par un amas de sable qui s'était formé de l'autre côté. Richard le savait, c'était là l'une des innombrables particularités des Caraïbes qui lui gâchaient la vie. Une légère brise et une journée ensoleillée – et ce fichu soleil brillait *en permanence* – suffisaient pour que les grains de sable se soulèvent sur la plage et viennent s'amonceler en véritables dunes contre les murs de sa cabane.

Richard donna un grand coup d'épaule dans la porte et réussit à la faire bouger. L'appentis qui prolongeait sa cabane trembla lorsqu'il réussit enfin à en forcer l'ouverture.

Ébloui par le soleil qui l'inonda soudain, il esquissa un mouvement de recul. Il ne s'était jamais habitué à l'intensité de la lumière dans les Caraïbes. Toutefois, il eut le temps de constater que son pronostic initial était erroné. Assise au volant du vieux Land Rover de la police, le sergent Camille Bordey lui adressait un joyeux signe de la main.

La peau de Camille luisait sous le soleil, ses cheveux aux mèches indomptées brillaient et elle portait une veste bleu électrique, mais Richard ne remarqua aucun de ces détails. Il savait que Camille était censée être de repos, alors pourquoi venait-elle jusque chez lui ?

— Faites attention au sable, monsieur ! dit-elle, sur un ton faussement sérieux, tandis que Richard essayait de se frayer un chemin sur la plage. Il pourrait entrer dans vos chaussettes.

Richard savait que Camille ne comprenait pas pourquoi il s'obstinait à porter un costume en laine sombre, des souliers vernis, une chemise blanche et une cravate sous les tropiques. Pour lui, en revanche, la question ne se posait pas. Un policier portait un costume sombre, et Richard ne voyait pas pourquoi il aurait dû revoir ses exigences à la baisse sous prétexte qu'il était en poste aux Caraïbes.

— Qu'est-ce que vous faites là ? s'étonna-t-il.

— Oh, bonjour à vous aussi, rétorqua Camille, soudain beaucoup moins enjouée.

— C'est votre jour de repos, dit Richard, tout en jetant des regards répétés à sa montre-bracelet pour s'assurer que sa mère n'avait pas encore atterri.

— Qu'est-ce que vous attendez ? demanda Camille, aussi affûtée qu'une lame.

Richard se maudit en son for intérieur. Rien n'échappait jamais à sa subordonnée.

— Oh, rien, répondit-il sur un ton qu'il espérait dégagé.

— Pourquoi avez-vous l'air contrit ?

— Je n'ai pas l'air contrit.

— Si.

— Non.

— Si.

Ils marquèrent une longue pause au cours de laquelle tous deux se rendirent compte que cette conversation ne menait nulle part.

— Non, reprit Richard.
— Si.
— Écoutez, commença Richard, ce n'est pas que je ne veuille pas continuer ce petit jeu, mais pourriez-vous me dire ce que vous venez faire chez moi un jour de repos ?

Camille serra instantanément la mâchoire dans un rictus d'énervement, et Richard se demanda ce qu'il avait bien pu dire de mal cette fois-ci. Comme toujours, il était difficile de deviner les pensées de Camille. Cela s'expliquait tout d'abord par le fait qu'elle était une femme spontanée et passionnée, qui cherchait toujours à voir le meilleur chez les autres, et ensuite par le fait qu'elle était française, ce qui, songeait Richard, correspondait à ce que les analystes de l'armée auraient volontiers qualifié de « multiplicateur de force ». Ainsi, alors qu'il se tenait debout, transpirant dans son costume Marks & Spencer, il n'avait tout bonnement aucune idée de ce qu'il avait pu dire d'offensant et encore moins de la façon dont il pouvait rattraper le coup.

— Entendu, finit par dire Camille. Je vous dis ce que je fais ici, à condition que vous me disiez ce qu'est ce livre.

Elle indiqua le livre que Richard tenait à la main. Il l'avait attrapé juste avant de sortir de sa cabane avec l'intention de le lire pendant sa pause déjeuner.

— Oh, ça ? dit Richard, tout en réalisant que ce ne serait pas facile d'expliquer d'où sortait ce bouquin. C'est juste... vous savez, un guide pratique sur les insectes des Caraïbes.

Camille leva les sourcils en entendant la réponse.

— Pardon ?
— Eh bien, euh... Je l'ai trouvé au bureau et j'ai pensé que cela pourrait être divertissant d'en apprendre plus sur les insectes des Caraïbes.
— Vous avez pensé que ce serait divertissant ?
— Oui.

— D'en apprendre plus sur les insectes des Caraïbes ?

— Peu importe, je vous ai dit ce que je lisais. À vous de me dire ce que vous faites ici.

— Oh, répondit Camille, comme si de rien n'était. Il y a eu une mort suspecte.

— Quoi ? lâcha Richard.

Camille esquissa un large sourire et dit :

— Pardon, j'aurais peut-être dû le mentionner plus tôt ?

Richard se précipita vers le côté passager du 4×4, ouvrit la portière et grimpa à l'intérieur.

— Oui, vous auriez dû le dire plus tôt, bon sang ! s'énerva-t-il en bouclant sa ceinture aussi vite que possible.

Camille observa son patron s'assurer que la boucle était bien fichée dans le boîtier, puis vérifier que la ceinture ne s'était pas enroulée sur elle-même au-dessus son épaule avant de donner deux coups secs sur le bandeau pour confirmer que le mécanisme de verrouillage automatique fonctionnait correctement.

— Allez, dit-il avec impatience. Qu'est-ce que vous attendez ?

Camille ne put s'empêcher de sourire pour elle-même tandis qu'elle démarrait et quittait la plage en direction de la route principale, le 4×4 cahotant sur le sable.

*
* *

En pénétrant dans la maison de Polly Carter pour la première fois, Richard avait éternué. Aussi grande que pût être cette villa nichée au cœur d'une jungle magnifique, avec ses volets orange, sa porte d'entrée bleu vif et son toit de tuiles rouges, il régnait à l'intérieur un véritable capharnaüm où *tout* était recouvert de poussière. Des antiquités que Polly avait rapportées de ses différents voyages à travers le monde s'entassaient pêle-mêle au milieu de meubles dépareillés, d'objets d'artisanat local et de piles de vieux magazines, books et autres photos, si bien que des trophées en plexiglas aux formes géométriques côtoyaient d'anciens masques tribaux, la vieille table à manger était assortie de chaises chromées modernes, et les murs étaient tout autant recouverts de collages contemporains que de peintures à l'huile ternies.

Ce n'est que lorsque Camille indiqua le jardin à Richard qu'il fut saisi d'un véritable sentiment d'horreur, car il découvrit alors que la maison était construite au bord d'une falaise. On attendait maintenant de lui qu'il descende les marches de pierre creusées dans la roche pour s'approcher du corps qui gisait sur la plage en contrebas.

— Mais il n'y a pas de garde-fou ! s'exclama-t-il, tandis qu'il restait immobile à scruter l'enfer d'insécurité qui s'étendait devant lui.

— Voyons, il faut bien que l'on aille examiner le corps, dit Camille. Et puis, ce n'est pas aussi terrible que ça en l'air.

Richard observa à nouveau l'escalier de pierre. Camille n'avait pas tort. Les marches étaient grossièrement taillées, mais elles faisaient tout de même plus d'un mètre cinquante de large. De plus, si l'à-pic de la falaise promettait une mort certaine en cas de chute, un petit épaulement poussiéreux rempli de broussailles et d'épines longeait l'escalier pour donner une impression de sécurité. Richard pouvait voir, à mesure qu'ils passaient le longde la paroi rocheuse, que, pour diviser cette descente risquée en portions plus raisonnables, l'escalier serpentait en quatre ou cinq boucles. En réalité, même s'il tombait par-dessus bord, il y avait de fortes chances que sa chute soit arrêtée par la volée de marches qui se trouvait à l'étage juste en dessous.

En somme, conclut-il, c'était effrayant, mais ce n'était pas insurmontable. Heureusement qu'il avait le bon sens de porter une paire de chaussures digne de ce nom, se répéta-t-il comme un mantra tout au long des six ou sept minutes qu'il mit à descendre, les bras en croix, jusqu'à la plage.

Une fois arrivé en bas, Richard aperçut avec soulagement que le sergent Fidel Best et l'agent Dwayne Myers s'activaient déjà sur place. Ou plutôt, il était soulagé de voir que Fidel était déjà en train de s'activer sur place. Les sentiments de Richard à l'égard de Dwayne étaient plus mitigés. Tandis que Fidel était jeune, fraîchement arrivé en poste et soucieux du respect des procédures de police, Dwayne comptait quant à lui plusieurs décennies de service, avait refusé toute promotion qui lui avait été proposée au cours de sa carrière et estimait que le respect des procédures était « bon pour les autres ». En réalité, Dwayne considérait que son travail ne consistait qu'en partie à attraper des criminels : il veillait avant tout à quitter le travail à l'heure afin de pouvoir emmener l'une des nombreuses petites amies qu'il fréquentait simultanément faire la fête chaque soir. Bien que Richard le réprimandât souvent pour sa nonchalance, le principal problème de l'inspecteur était que sur une île comme Sainte-Marie, c'était souvent Dwayne qui obtenait des résultats, car il avait l'habitude de fréquenter les mêmes bars que les trafiquants, les escrocs et les vauriens du coin. Et, aussi improbable que cela puisse paraître, il avait même réussi à se faire une place parmi eux, au grand dam de Richard.

Il remarqua des traces de pas dans le sable, qui partaient du pied des escaliers en pierre et se dirigeaient vers le corps. Un fouillis d'empreintes supplémentaires était visible tout autour du cadavre, à l'endroit même où Fidel et Dwayne s'affairaient. En revanche, aucune autre empreinte sur la plage ne semblait s'approcher ou s'éloigner du corps. À vrai dire, Richard nota qu'il n'y avait *aucune* autre empreinte sur la plage. Pas même quelques traces de pas en direction ou en provenance de la mer agitée de petites vagues.

Après avoir relevé ce détail, Richard salua Dwayne et Fidel et s'accroupit pour examiner le corps. En dehors du sable blanc collé sur les joues et dans les cheveux de la femme, son visage semblait intact.

— Monsieur, dit Fidel, vous l'avez reconnue, non ?

— La victime ? demanda Richard.

— Je te l'avais dit, gloussa Dwayne.

— Mais de quoi parlez-vous ?

— Eh bien, monsieur, commença Fidel, je ne voudrais pas vous manquer de respect, mais Dwayne a parié que vous ne reconnaîtriez pas la victime, et je lui ai soutenu l'inverse.

Richard regarda son équipe. Une fois de plus, il s'étonna de la récurrence à laquelle il avait le sentiment de vivre sur une autre planète qu'eux.

— Mais de quoi parlez-vous tous les deux ? demanda-t-il.

— Vous ne la reconnaissez *vraiment* pas ? insista Camille, tout aussi surprise.

— Non, s'agaça-t-il. Si je l'avais reconnue, je vous l'aurais dit, non ? Mais comme je ne la reconnais pas, je ne le dis pas.

— C'est Polly Carter, déclara Camille.

— Bien. D'accord. Et qui est-ce ?

— Vous ne savez pas qui est Polly Carter ?

Richard crispa les mâchoires. Il ne voulait pas avoir à le répéter.

— Très bien, dit Dwayne, satisfait d'endosser le rôle de pacificateur. C'est l'un des top-modèles les plus connus de la planète. Vous n'avez jamais entendu parler d'elle ?

Richard posa le regard sur le cadavre. Il releva les yeux.

— Elle ne me dit rien. Bon, ajouta-t-il, pressé de passer à autre chose, quelqu'un pourrait-il me dire ce que l'on sait pour le moment ?

Dwayne adressa un sourire forcé à Fidel qui feuilletait son bloc-notes.

— La victime s'appelle Polly Carter, monsieur. C'est un mannequin. Ou plutôt c'était. Elle est d'origine britannique et apparaît tout le temps dans la presse. Elle fait beaucoup la fête, se retrouve dans des bagarres et possède des maisons aux quatre coins de la planète, mais elle vit sur Sainte-Marie la plus grande partie de l'année. Plusieurs invités séjournent chez elle en ce moment, mais pour l'instant, je n'ai pu parler qu'à une femme du nom de Sophie Wessel. C'est l'infirmière de la sœur jumelle de Polly.

— Polly a une sœur jumelle ? demanda Richard.

— Affirmatif. Elle s'appelle Claire Carter. Son infirmière, Sophie, a déclaré que Claire et Polly se trouvaient toutes les deux dans le jardin vers dix heures ce matin quand elles ont commencé à se disputer. Sophie ignore ce qui a déclenché cette dispute. Mais quand elle a entendu un cri, elle est sortie voir ce qu'il se passait et a trouvé Claire, bouleversée, au sommet de la falaise, et Polly Carter, morte, sur le sable en contrebas, juste ici.

— Des éléments pourraient laisser penser que Claire a poussé sa sœur du haut de la falaise ?

— C'est peu probable, dit Fidel. Claire est en fauteuil roulant. Je ne vois pas comment elle aurait pu prendre le dessus sur une personne valide. D'après Sophie, Claire a déclaré que Polly venait d'annoncer qu'elle allait se suicider juste avant de dévaler l'escalier de la falaise et de se jeter dans le vide.

— Vraiment ?

— Apparemment.

— Je vois, répondit Richard, en baissant les yeux vers le corps de Polly Carter qui gisait tordu sur le sable, figé par la mort.

L'inspecteur ne put s'empêcher de remarquer l'expression paisible de son visage. On aurait presque dit qu'elle dormait. Il regarda vers le haut de la falaise qui se profilait au-dessus de leur tête et essaya de deviner ce qui pouvait traverser l'esprit de quelqu'un avant qu'il ne s'élance ainsi vers le vide pour y trouver la mort. Malgré la chaleur, il frissonna.

— Y a-t-il d'autres personnes qui ont assisté à ce suicide ?

— Je crois qu'aucun des invités de la maison ne se trouvait à proximité, monsieur.

— Pouvez-vous me dire qui sont les autres invités ?

— Bien sûr, répondit Fidel, tournant une nouvelle page de son bloc-notes. Il y a la sœur jumelle de Polly, Claire Carter, dont je vous ai parlé. Sophie Wessel est son infirmière. Elle a été embauchée par l'intermédiaire d'une agence londonienne pour la durée du séjour. Ensuite, il y a Max Brandon, l'agent de Polly. Et le réalisateur Phil Adams.

— Phil Adams ? s'étonna Richard.

Il avait déjà vu quelques films du réalisateur et n'en avait aimé aucun.

— Oui, monsieur. Polly employait également un couple qui vit dans un cottage de la propriété et qui s'occupe de surveiller la maison en son absence. Il s'agit de Juliette et Alain Moreau. Ils sont allés à la messe ce matin et ne sont pas encore revenus de l'église.

— D'accord, dit Richard. Que pouvez-vous me dire sur le corps ?

— À vrai dire, monsieur, dit Fidel, après une chute comme celle-ci, il est difficile de déterminer quelles blessures ont précédé ou suivi la mort avant d'avoir les résultats du rapport d'autopsie. En revanche, on a remarqué quelque chose.

Fidel s'agenouilla et tourna le bras droit de Polly avec précaution pour que Richard et Camille puissent voir l'intérieur de son avant-bras. Une profonde entaille d'une quinzaine de centimètres courait de la base de son coude au pli de son poignet. L'attention de Richard se porta aussitôt sur les traces d'un vert sale qui s'étalaient autour de la plaie.

— Qu'est-ce que c'est ? demanda-t-il, en montrant les traînées verdâtres sur la blessure.

— Elle a les mêmes marques sur les mains, chef, précisa Dwayne.

Fidel ouvrit la main droite de la victime, et Richard constata en effet que des traces similaires couvraient sa paume et ses doigts.

— On dirait qu'elle a essayé de s'agripper à un buisson ou à quelque chose pendant la chute, déclara Camille.

Richard ouvrit la main gauche de la victime et vit les mêmes taches de mousse verte sur sa paume. Camille avait peut-être raison. Les traces verdâtres sur les deux mains de la victime et à l'intérieur de ses avant-bras laissaient penser qu'en toute vraisemblance elle avait tenté de s'accrocher à la végétation avant de tomber. Sans compter la profonde entaille sur son avant-bras droit.

En observant de nouveau la falaise, il ne remarqua en surplomb du corps aucune sorte de buisson que la victime aurait pu agripper en tombant. En revanche, au vu de la taille de la coupure, Richard savait qu'il ne serait pas difficile d'identifier ce à quoi elle s'était accrochée. L'objet devait être maculé de sang.

— Fidel, dit-il, je veux que vous examiniez la paroi de cette falaise pour trouver ce que la victime a tenté d'attraper avant de tomber.

— Oui, monsieur, répondit Fidel qui semblait indifférent au fait de devoir passer un à-pic au peigne fin.

Quant à Richard, il se dirigea à grands pas vers le pied de la falaise. Il voulait à présent évaluer la distance horizontale que le corps avait parcourue en chutant.

Camille s'écarta, elle aussi, du cadavre.

— À quoi pensez-vous ?

— La trajectoire de la chute ne correspond pas au saut d'un suicide, déclara Richard.

Mais Camille avait déjà deviné où voulait en venir son patron alors que celui-ci commençait à placer un pied devant l'autre pour mesurer à quelle distance de la falaise le corps avait atterri. Il était de notoriété publique que les personnes qui décidaient de se suicider en se jetant de quelque hauteur que ce soit se laissaient généralement tomber dans le vide. Elles ne prenaient pas d'élan pour plonger vers leur mort. Toutefois, songea Camille, si la victime avait annoncé son suicide lors d'une dispute virulente, elle avait peut-être couru jusqu'au bord du précipice avant de sauter.

— Dix-sept pas, s'exclama Richard lorsqu'il atteignit le corps, s'arrêtant soudain.

— C'est plus que ce que vous imaginiez, commenta Camille.

— Oui.

— Ce n'était peut-être pas un suicide ?

— Exactement, déclara Richard, jetant un nouveau regard à sa montre.

Sa mère n'était pas censée arriver sur l'île avant un long moment. Il y avait de grandes chances qu'il puisse terminer ce qu'il avait à faire ici et qu'il ait encore le temps de la rejoindre à l'aéroport.

— Fidel, continuez de ratisser la zone et supervisez le retrait du corps à l'arrivée de l'ambulance. Dwayne, je veux que vous fouilliez la maison de la victime. Essayez de voir si vous pouvez trouver une lettre d'adieu. Quant à nous, Camille, je crois que nous devrions nous entretenir avec les témoins. Qu'en pensez-vous ?

Quelques minutes plus tard, Richard et Camille se trouvaient dans le salon de Polly. Richard essayait tant bien que mal de refréner sa toux, car si l'ensemble de la maison était poussiéreux, cette pièce semblait être l'endroit où toutes les particules de poussière du monde venaient finir leur course. Les rideaux, les vieux canapés, les piles de livres et les tas de bibelots étaient tous couverts d'une couche de crasse incrustée. En fermant la porte, Richard avait même aperçu un gros nuage de poussière s'envoler du lustre en cristal plein de saletés qui était suspendu au centre de la pièce et auquel il manquait au moins un tiers des pendeloques.

Pendant que Camille s'occupait de faire les présentations et d'expliquer aux quatre témoins rassemblés que la police avait pour devoir d'enquêter sur toutes les morts suspectes de l'île, Richard profita de l'occasion pour les observer rapidement à tour de rôle.

Il put constater que la sœur de la victime, Claire Carter, était assise dans son fauteuil roulant au cadre métallique, vêtue d'un pantalon en coton beige, de mules et d'un haut en coton bleu pâle. Elle avait la même silhouette élancée et les mêmes pommettes saillantes que sa sœur, mais Richard nota que leurs coiffures étaient différentes. La chevelure de Polly était sombre, longue et indisciplinée. Les cheveux de Claire étaient tout aussi foncés, mais coupés en un carré raide et impeccable qui lui tombait juste sous les oreilles. Quant à sa posture, Richard pouvait voir que Claire était complètement recroquevillée sur elle-même, les épaules courbées sous le poids du chagrin, la tête inclinée alors qu'elle essuyait du dos de la main les larmes qui roulaient le long de ses joues. C'était une image que Richard avait le sentiment d'avoir vue bien trop souvent au cours de sa carrière : la douleur d'un proche qui se retrouvait seul.

L'infirmière de Claire, Sophie Wessel, était une femme rondelette que Richard devina être vers le milieu ou la fin de la quarantaine. Elle avait un visage affable, de grands yeux naïfs et des cheveux bruns parsemés de mèches grisonnantes retenus à l'arrière de sa tête par une queue de cheval. Elle portait une longue robe vert foncé, des chaussures en cuir toutes simples et arborait une montre épinglée à l'envers sur sa robe, juste sous son épaule gauche. Richard remarqua que Sophie tenait l'une de mains de Claire sans pour autant paraître particulièrement concernée par les événements. Elle était payée pour prendre soin des autres, et Richard pensa deviner la façon dont elle remplissait ses fonctions. Sophie se montrait à la fois attentive et indifférente. Tout comme « Matée », pensa-t-il, l'infirmière en chef de l'internat où il avait été scolarisé : gentille quand il le fallait, mais uniquement par devoir professionnel.

Ensuite, il y avait Max Brandon, l'agent de Polly. Richard observa ce quinquagénaire élancé, au visage anguleux et aux cheveux noir de jais séparés par une raie bien nette, qui cachait ses yeux derrière des lunettes de soleil aux verres teintés. Un homme de nature grincheuse, pensa aussitôt l'inspecteur. Mais le détail le plus intéressant qu'il releva était la façon dont il utilisait l'index de sa main gauche pour arracher la peau autour de l'ongle de son pouce. En réalité, Richard remarqua que, sur les deux pouces de Max, la peau entourant les ongles était arrachée. Il se demandait ce qui pouvait bien rendre l'agent de Polly aussi nerveux.

Quant à Phil Adams, Richard estima qu'à l'instar de Max il devait avoir la cinquantaine, mais c'était là le seul point commun entre les deux hommes. Phil était grand, large d'épaules, et il semblait parfaitement détendu. Ses cheveux d'un blond brillant étaient rabattus vers l'arrière, dégageant son beau visage et ses yeux entourés de pattes-d'oie. Il portait une chemise de coton blanc à col officier qui devait provenir de chez un tailleur londonien de renom, supposa Richard, un bermuda kaki qu'il arborait non sans élégance – ce qui ne manqua pas de susciter une certaine exaspération chez l'inspecteur –, ainsi qu'une vieille paire de sandales.

Une fois que Camille eut terminé les présentations, Richard prit la parole à son tour.

— Merci de nous avoir attendus. Le sergent Bordey va prendre vos déclarations dans un instant. Avant cela, j'aimerais éclaircir quelques points avec vous sur ce qu'il s'est passé ce matin. D'après ce que j'ai compris, Claire, vous vous trouviez avec votre sœur jumelle au moment de sa mort. C'est bien cela ?

Claire se tourna vers Richard, les yeux rougis par le chagrin.

— C'est exact, finit-elle par dire.

Elle semblait encore incrédule d'avoir à prononcer ces mots.

— Peut-être pourriez-vous nous expliquer ce qu'il s'est passé ? demanda gentiment Camille.

Claire réfléchit un instant, puis acquiesça lentement.

— Bien sûr. Eh bien… je suis arrivée dans la cuisine ce matin pour le petit déjeuner, et Polly était déjà là.

— Quelle heure était-il ? demanda Richard.

— Je ne sais pas. Peu avant dix heures, j'imagine.

— Merci. C'était la première fois que vous croisiez votre sœur aujourd'hui ?

— Oui.

— Comment décririez-vous son humeur quand vous l'avez vue ?

— Je ne sais pas. Elle était comme d'habitude. Légèrement de mauvaise humeur. Un peu agaçante. Rien qui ne sorte de l'ordinaire.

— Vous ne vous entendiez pas bien avec elle ?

— Pas toujours. Même si je pense qu'il serait plus juste de dire que c'est Polly qui ne s'entendait pas avec moi.

— Comment expliquez-vous cela ?

— On n'avait pas grand-chose en commun, dit Claire tristement. Enfin, peu importe. Elle a dit qu'elle voulait m'emmener faire un tour dans le jardin, et c'est ce qu'on a fait.

— Votre sœur et vous alliez souvent vous promener ensemble ?

Claire hésita un moment avant de répondre.

— Pas vraiment.

— Mais ça vous arrivait, de vous balader ensemble ?

— À vrai dire, non. On était déjà sorties ensemble, bien entendu, mais toujours au sein d'un groupe. Et toujours en présence de Sophie.

— Vous le confirmez ? demanda Richard en se tournant vers Sophie.

— Oui, dit Sophie. Le règlement de l'agence stipule que je dois être disponible à n'importe quel moment pour aider ma patiente, mais ce matin, Polly a insisté pour sortir seule avec Claire.

Richard et Camille échangèrent un regard.

— En réalité, dit Claire, tout aussi perplexe, Polly a insisté sur le fait qu'elle ne voulait pas que Sophie nous accompagne.

— Savez-vous pourquoi elle voulait que vous soyez en tête à tête pour aller vous promener ? demanda Richard à Claire.

— Je n'en ai aucune idée, répondit Claire, mais dès que l'on s'est retrouvées dans le jardin, Polly s'est mise à me crier dessus. C'était comme si elle explosait. Elle m'a dit qu'elle était profondément malheureuse, et que son malheur était entièrement ma faute. J'étais en état de choc. Je n'ai pas compris de quoi elle parlait.

— Vous n'avez pas compris ?

— Non. Vous savez, on n'était pas très proches. En réalité, je n'avais pas vu Polly depuis l'an dernier.

— Je vois.

Camille se tourna vers Sophie.

— Si vous vous trouviez à proximité à ce moment-là, avez-vous entendu la dispute, Sophie ? questionna-t-elle.

Sophie hocha la tête.

— Oui. J'allais monter l'escalier quand j'ai entendu des éclats de voix provenant du jardin. C'était Polly qui criait sur Claire.

— Avez-vous entendu quoi que ce soit ?

— Non, je suis désolée. Elles étaient trop loin. Quand je suis sortie dans le jardin pour voir si je pouvais aider ou intervenir, Polly a emmené Claire vers le sommet de la falaise.

— C'est vrai, approuva Claire. J'ai vu Sophie sortir de la maison, et c'est là que Polly m'a dit quelque chose comme : « Tu viens avec moi. » Elle a saisi mon fauteuil et a commencé à me pousser rapidement vers la falaise. Je lui criais d'arrêter, mais elle ne m'écoutait pas.

— J'ai commencé à les suivre, déclara Sophie. Vous comprenez, je ne savais toujours pas si je devais intervenir ou non. Quand j'ai perdu Claire et Polly de vue, je me suis aussitôt arrêtée.

— Comment se fait-il que vous les ayez perdues de vue toutes les deux ? demanda Richard.

Sophie parut interloquée.

— Eh bien, il y a un large massif d'arbrisseaux au fond du jardin. Les marches qui descendent la falaise se trouvent juste derrière.

— Je vois, déclara Richard, en balayant la pièce du regard. Une fois encore, il remarqua que Max fixait ses mains et triturait la peau autour de ses ongles.

Phil se racla la gorge pour signaler qu'il souhaitait prendre la parole.

— Je peux confirmer tout ce que Sophie et Claire viennent de raconter, déclara-t-il, s'exprimant avec une parfaite aisance. Voyez-vous, je me trouvais dans ma chambre à l'étage à ce moment-là. Je travaillais sur mon prochain scénario. J'ai entendu du raffut à l'extérieur. Je me suis approché de la fenêtre et j'ai alors vu Polly qui criait sur Claire dans le jardin. Puis, quand Polly a poussé Claire vers le fond du jardin et qu'elles ont disparu derrière la végétation, j'ai vu Sophie s'avancer à leur suite et s'arrêter net au milieu de la pelouse.

— C'est vrai, se souvint Sophie. Je me demandais si personne d'autre n'était là pour venir aider, alors je me suis retournée vers la maison et j'ai vu quelqu'un derrière l'une des fenêtres de l'étage.

— Eh bien, il y a une explication très simple à cela, dit Phil, un sourire indulgent sur les lèvres. C'était moi.

— Comment ça, Phil ? demanda Max, qui ouvrait la bouche pour la première fois.

— Ce n'est pas compliqué à comprendre, répondit Phil avec condescendance.

Richard en déduisit que Phil et Max ne devaient pas beaucoup s'apprécier.

— Je regardais par la fenêtre de ma chambre, poursuivit Phil, donc si Sophie a vu quelqu'un à l'étage, ce devait être moi.

— Pas si vite, dit Max. (Il se passa la langue sur les lèvres avant de reprendre.) C'est sûrement moi qu'elle a vu, car je me trouvais derrière la baie vitrée à l'étage. Je regardais Sophie au moment de la mort de Polly.

— Vraiment ? demanda Camille.

— Absolument, affirma Max. Je venais de croiser Sophie au pied de l'escalier, dans le hall. Je suis désolé, je ne vous ai pas répondu lorsque vous m'avez salué.

Max savait qu'il n'était pas très approprié de relever ce genre de détail, mais il se tourna de nouveau vers Camille pour ajouter :

— Sophie pourra le confirmer. Elle m'a vu dans la maison juste avant la mort de Polly.

Richard était intrigué. Pourquoi Max essayait-il de produire un alibi pour l'heure de la mort ?

— C'est vrai ? demanda Camille à Sophie.

— Oui, répondit Sophie, sans réellement comprendre où Max voulait en venir avec cette histoire. J'ai bel et bien croisé Max qui montait l'escalier juste avant que je ne sorte dans le jardin. Je lui ai dit bonjour, et il ne m'a pas répondu.

Richard remarqua que Sophie fronçait les sourcils.

— Dites-moi, Sophie, qui avez-vous vu à la fenêtre ? Max ou Phil ?

— Je ne sais pas, répondit-elle. Le soleil se reflétait sur les vitres. Je ne me souviens pas quelle fenêtre exactement j'ai regardée, mais je sais que je n'ai vu qu'une seule personne.

— Ce devait être moi, répondit aussitôt Max.

— Foutaises, rétorqua Phil, c'est moi que Sophie a vu.

Sophie adressa un regard perdu à Richard, dans l'espoir qu'il lui vienne en aide.

— Peu importe, trancha l'inspecteur, qui ne voulait pas que ses témoins se perdent dans des détails. Dites-moi, Sophie, après vous être retournée vers la maison et avoir aperçu quelqu'un à l'étage, que s'est-il passé ?

— Eh bien, c'est là que j'ai entendu un cri, dit Sophie. Un cri horrible. Quelques instants après, j'ai entendu Claire qui appelait à l'aide.

— Avez-vous vu quelque chose ? demanda Camille.

— Non. Tout se passait derrière le massif d'arbustes. Mais j'ai tout entendu.

— Et vous, Phil, avez-vous vu ce qu'il se passait au sommet de la falaise ?

— Non, répondit Phil. Comme Sophie le disait, on ne voit que la pelouse depuis la maison. Il est impossible d'apercevoir le sommet de la falaise, le parterre de buissons et d'arbustes bouche la vue.

— Moi non plus, je n'ai rien pu voir, ajouta Max, comme pour rappeler à tout le monde que lui aussi se trouvait à l'étage à ce moment-là.

— Peu importe si quelqu'un d'autre a vu quelque chose, dit Claire.

Visiblement, elle venait de comprendre qu'elle était la seule personne à avoir assisté à la mort de Polly, et que partant de là, les policiers considéraient son témoignage avec suspicion.

— Après tout, c'est moi qui ai vu ce que Polly a fait lorsque nous étions toutes les deux sur la falaise.

— Oui, répondit Camille avec douceur. Pourriez-vous nous le raconter avec vos mots ?

Claire ravala ses larmes avant de reprendre la parole.

— Avant qu'elle ne saute, elle avait l'air d'être possédée. Je veux dire par là qu'elle était en colère contre moi quand on est sorties dans le jardin, mais au moment où on est arrivées sur la falaise, elle est devenue comme folle. Elle m'a dit que j'étais égoïste. Que je l'avais laissée tomber. Que je n'avais jamais compris son chagrin. Ce genre de choses. Puis elle a ajouté qu'elle allait se tuer, que c'était ma faute et que rien de ce que je ferais ne pourrait l'arrêter !

Claire contint un sanglot en terminant son récit.

— Que s'est-il passé ensuite ? demanda Camille.

— Elle… elle a descendu quelques marches en courant, et puis, une fois arrivée dans le tournant, elle a crié en sautant.

— Comment ça ? demanda Richard.

— Pardon ? dit Claire en posant un regard déboussolé sur l'inspecteur.

— Vous avez dit que ce n'est qu'une fois arrivée dans le tournant que Polly a crié et sauté dans le vide.

— Oui.

— Elle ne s'est pas jetée du haut de la falaise ?

— Non, elle a descendu la première volée de marches, et c'est au moment où elle tournait à l'angle des escaliers que je l'ai entendue crier et sauter.

— Vous n'avez donc pas réellement vu le moment où cela s'est passé ?

Claire sembla déconcertée par cette question.

— Eh bien, non. J'imagine que non. Pas si on regarde les choses comme ça. Mais je ne pouvais tout de même pas la suivre dans l'escalier avec mon fauteuil roulant ! Alors, non, je n'ai pas vu le moment exact où ma sœur a sauté vers la mort. Dieu nous accorde parfois un peu de miséricorde.

Richard nota ce détail dans son calepin en le soulignant de trois traits. L'inspecteur se tourna ensuite vers Sophie.

— Vous non plus, vous n'avez rien vu, n'est-ce pas ?

— Non. Je suis désolée.

— C'est intéressant. Cela signifie que nous n'avons qu'un seul témoin ayant assisté à la scène. C'est vous, Claire. Or, même vous n'avez pas réellement vu ce qu'il s'est passé.

Claire parut offensée, mais garda son calme.

— Mais il n'y avait rien à voir. Ma sœur a dit qu'elle allait mettre fin à ses jours. Puis elle a couru dans l'escalier et je l'ai entendu crier pendant qu'elle tombait. Je n'avais pas besoin de voir quoi que ce soit pour comprendre ce qu'il se passait.

Richard se détourna de Claire pour s'adresser à Sophie.

— Dites-moi, Sophie, combien de temps après avoir entendu Polly crier êtes-vous arrivée en haut de la falaise ?

— Oh, pas longtemps, répondit Sophie. Trente secondes ? Quelque chose comme ça.

À ce moment-là, Claire manœuvra son fauteuil roulant pour se placer devant Richard. Ce dernier ne sut pas comment interpréter la lueur dans son regard. Était-ce de la défiance ? Ou peut-être du désespoir ? Pourquoi semblait-elle tellement à cran tout à coup ?

— Puisque vous semblez si intéressé par ce que j'ai vu, déclara Claire, sachez qu'il y avait quelqu'un d'autre dans l'escalier juste avant que Polly ne s'y engage.

Tout le monde tourna son attention vers elle.

— Quelqu'un d'autre ? demanda Camille.

— Oui.

— Et vous n'avez pas pensé à le préciser plus tôt ? s'impatienta Richard.

— Vous ne l'avez pas demandé, rétorqua Claire.

— Je vois, dit Richard. Et qui était cette personne que vous avez vue quelques instants avant ?

— Je crois que c'était un homme.

— Vous *croyez* que c'était un homme ?

— Peut-être que c'était une femme. Pour tout vous dire, je n'ai fait qu'entrevoir une silhouette alors que Polly me poussait vers la falaise. Quand nous sommes arrivées en haut de l'escalier, j'ai aperçu un éclair jaune alors que cet inconnu descendait les marches et disparaissait dans le premier virage.

— Un éclair jaune ? s'étonna Richard.

— Absolument, répondit Claire, finalement animée d'un certain emportement. Qui que soit cette personne, elle portait un imperméable jaune. Vous savez, comme les cirés de marin. Le problème, c'est que la capuche était rabattue sur son visage, si bien que je n'ai pas pu voir de qui il s'agissait.

— Vous déclarez donc que cette personne, qu'il s'agisse d'un homme ou d'une femme, portait un imperméable jaune avec la capuche relevée sur la tête et qu'elle s'est engagée dans l'escalier de pierre juste avant que votre sœur ne se jette dans le vide ?

— Exactement.

Richard savait à présent ce qu'il devait faire.

— Personne ne voit d'inconvénient à ce que le sergent Bordey fouille toutes les pièces de la maison à la recherche d'un ciré jaune ?

Avant même que quiconque n'ait eu le temps de répondre, l'inspecteur poursuivit :

— Bien. Camille, si vous voulez bien vous en occuper.

Après avoir adressé un hochement de tête à son patron, Camille quitta la pièce, mais Richard ne décrochait pas le regard des quatre témoins qui se tenaient devant lui. L'un d'entre eux paraissait-il anxieux à l'idée que sa chambre soit fouillée ? Il devait admettre que non, et il porta de nouveau son attention sur Claire.

— Voyez-vous, ce qui m'interpelle, c'est qu'il est assez étrange que quelqu'un porte un imperméable à capuche par une journée aussi chaude qu'aujourd'hui, alors qu'il n'y a aucun nuage dans le ciel.

— C'est vrai que quand on y pense, dit Claire, cela paraît étrange. Mais c'est ce que j'ai vu.

— Si quelqu'un vêtu d'un imperméable jaune a emprunté l'escalier juste avant votre sœur, puis-je me permettre de vous demander quelle est la première personne à avoir descendu les marches après Polly ?

— C'est moi, déclara Sophie.

— Et combien de temps s'est écoulé avant que vous ne vous élanciez derrière elle ?

— Je ne sais pas, peut-être une minute ou deux. Quand je suis arrivée au bord de la falaise, Claire était en état de choc, et ce n'est que lorsque j'ai vu le corps sur la plage que j'ai compris ce qui avait dû se passer.

— Vous avez donc vu le corps de Polly sur la plage avant même de descendre l'escalier ?

— Oui. Claire s'était avancée le long de la crête. De là, on pouvait voir la plage derrière nous.

— Avez-vous vu quelqu'un portant un ciré jaune quelque part sur la plage pendant que vous regardiez le corps de Polly depuis le haut de la falaise ?

Sophie réfléchit un instant avant de répondre.

— Non, je suis désolée.

— Peut-être avez-vous aperçu une silhouette dans un imperméable jaune pendant que vous descendiez vers la plage ?

— Je suis désolée. Je n'ai vu personne ni dans l'escalier ni sur la plage. Il n'y avait pas de traces d'un imperméable jaune ou de quoi que ce soit d'autre. Quand je suis arrivée sur le sable, il n'y avait que le corps de Polly. C'est tout.

— C'est impossible, intervint Claire. Je vous dis que j'ai vu quelqu'un avec un ciré jaune descendre l'escalier juste avant. Vous avez dû l'apercevoir, Sophie ! Vous n'avez vu aucun éclair jaune ? Même après être descendue sur la plage ?

— C'est peu probable, déclara Richard. Même au moment où mes officiers sont arrivés sur place, les seules empreintes visibles dans le sable menaient de l'escalier au corps et nulle part ailleurs. S'il y avait bel et bien un « individu en jaune » dans l'escalier, il n'a pas pu s'envoler ni se cacher sur la plage.

— Alors peut-être qu'il a réussi à se cacher quelque part au milieu des marches, Sophie, dit Claire.

Un bref instant, Richard vit Sophie hésiter, mais cela ne dura que quelques secondes.

— Je suis désolée, dit-elle à Claire. Je suis presque sûre qu'il n'y avait personne qui se cachait dans l'escalier de la falaise. En tout cas, certainement pas quelqu'un vêtu d'une veste jaune.

— Mais c'est impossible ! insista Claire d'une voix perçante. Je sais ce que j'ai vu !

Richard nota que l'individu que Claire avait aperçu dans l'escalier de pierre avant la mort de Polly – si toutefois, il y avait bien eu quelqu'un – avait réussi d'une manière ou d'une autre à disparaître quelques instants plus tard.

— Très bien, dit-il. Maintenant, pourriez-vous me dire, Claire, si Polly présentait une coupure à l'avant-bras avant de s'engager dans les marches de pierre ?

La question désarçonna Claire.

— Une coupure ?

— Oui. Une entaille assez profonde, d'une quinzaine de centimètres de long, allant de son coude jusqu'à son poignet.

Tout en parlant, Richard dessina la ligne que formait la blessure sur la manche de son bras droit.

— La plaie a dû saigner abondamment.

— Non, dit Claire, elle ne saignait pas du tout. Sa robe était sans manches, si elle s'était coupée de quelque façon que ce soit, je suis sûre que je l'aurais remarqué.

— Et vous, Sophie ? demanda Richard, en se tournant vers l'infirmière. Vous avez dû voir l'entaille sur l'avant-bras de Polly lorsque vous l'avez trouvée sur la plage.

Sophie prit le temps de réfléchir avant de répondre.

— Non... Je suis désolée. Je n'ai pas non plus remarqué d'entaille sur son bras.

Richard prit note. Aucun témoignage ne semblait confirmer que la blessure au bras ait été infligée à Polly avant sa chute. Dès lors, à quel moment exactement s'était-elle coupée ? Il était impossible qu'elle se soit blessée post-mortem, n'est-ce pas ?

Il regarda de nouveau Sophie.

— Bien, après avoir rejoint Polly sur la plage, qu'avez-vous fait ?

— J'ai essayé de prendre le pouls de Polly dans son cou, mais je n'ai rien senti. J'ai alors crié à Claire qu'il fallait appeler une ambulance.

— C'est exact, confirma Claire. Comme je n'avais pas de téléphone portable sur moi, j'ai dû revenir jusqu'à la maison.

— Pardon ? dit Richard, surpris.

— Je... je n'avais pas mon téléphone avec moi, alors je suis retournée à l'intérieur de la maison et j'ai utilisé la ligne fixe pour prévenir les secours. C'est là que je suis tombée sur Max qui descendait l'escalier. Je lui ai raconté ce qu'il s'était passé.

— Et vous, Phil ? demanda Richard. Quand avez-vous appris que Polly était morte ?

— Eh bien, commença Phil, après avoir aperçu la dispute dans le jardin, je suis retourné à mon travail. Je ne voulais pas me laisser distraire par les histoires entre Claire et Polly. J'ai continué à travailler dans ma chambre jusqu'à ce que je voie une ambulance arriver devant la maison environ une demi-heure plus tard. C'est à ce moment-là que je suis descendu au rez-de-chaussée et que j'ai finalement appris la terrible nouvelle.

— Je vois, répondit Richard.

L'inspecteur se rendit compte que, sans même chercher à déterminer lequel des deux hommes Sophie avait entrevu à la fenêtre lorsqu'elle s'était tournée vers la maison, Max disposait désormais d'un solide alibi : Sophie l'avait vu monter à l'étage juste avant l'heure de la mort et Claire l'avait croisé alors qu'il descendait l'escalier juste après. Quant à Phil, dans la mesure où Sophie était incapable de dire qui elle avait aperçu derrière la fenêtre, il ne semblait pas avoir de véritable alibi pour le moment qui avait précédé la mort ni même pour les minutes qui l'avaient immédiatement suivie.

— Je ne comprends pas pourquoi vous nous demandez où nous nous trouvions tous, commenta Max avec une certaine nervosité. Ni pourquoi vous vous interrogez sur l'identité de cet individu à l'imperméable jaune. Rien de tout cela n'est pertinent, puisque nous savons ce qu'il s'est passé. Polly s'est suicidée, elle a descendu les marches le long de la falaise et s'est jetée dans le vide.

— En effet, répondit Richard, vous soulevez là un point important. Puis-je me permettre de vous demander si vous êtes surpris que Polly ait ainsi mis fin à ses jours ?

Richard vit les témoins échanger quelques regards entre eux. De toute évidence, il venait de toucher une corde sensible.

— Si quelqu'un veut bien répondre à la question, insista-t-il.

— Peut-être qu'il vaut mieux que je m'en charge, déclara Max. En tant qu'agent. Pour être honnête, Polly souffrait de dépression ces derniers temps. Un instant, elle était euphorique, et l'instant d'après, tout paraissait s'effondrer autour d'elle et elle faisait preuve d'une attitude destructrice. Elle semblait prête à nuire ne serait-ce que pour se soulager.

— C'est ce à quoi je faisais référence quand je disais qu'elle ne s'entendait pas bien avec moi, déclara Claire. Elle se montrait difficile et obstinée même dans les meilleurs moments.

— Elle ne se rendait pas service non plus, reprit Max. Vous savez, Polly consommait de la drogue, elle était en plein sevrage. Cela suscitait de terribles sautes d'humeur chez elle.

— Qu'entendez-vous par « drogue » ? demanda Richard.

— De l'héroïne, répondit Claire. Elle en prenait depuis des années.

— Votre sœur était héroïnomane ?

— Elle avait entamé une cure de désintoxication au début de l'année, ajouta Phil, dans un souci d'honnêteté. Elle était clean depuis.

— Quand a-t-elle suivi cette cure ?

— Il y a six mois, déclara Max. Juste après Noël. Elle a passé trois mois dans une clinique de Los Angeles. Depuis sa sortie, elle n'avait pas retouché à la drogue. Je suis sûr qu'on l'aurait su sinon.

Max balaya la pièce du regard, mais personne ne le contredit.

— À vrai dire, commença Phil, s'exprimant au nom de tous, on peut facilement imaginer que si Polly voulait mettre fin à ses jours, c'est tout à fait le genre de mise en scène follement tragique qu'elle aurait choisi. Elle a toujours eu un goût prononcé pour le mélodrame.

Richard observa les témoins. Il avait probablement recueilli assez d'informations auprès d'eux pour le moment. Malgré tout, il restait un détail qu'il souhaitait éclaircir avant de partir.

— Merci à tous de nous avoir accordé votre temps, dit-il à son auditoire, clôturant provisoirement le chapitre sur la toxicomanie de Polly. J'ai juste une dernière question, si vous n'y voyez pas d'inconvénient. Claire, vous confirmez que vous n'aviez pas votre téléphone portable avec vous au moment de la mort de votre sœur ?

— Je vous demande pardon ? s'étonna Claire.

— C'est juste que, par expérience, il me semble que les personnes invalides ont toujours leur téléphone portable sur elle. Ou n'importe quel autre moyen de communication d'urgence ou système d'alerte.

— Oui... C'est vrai, concéda-t-elle. En temps normal, je garde mon téléphone avec moi. Je le range ici.

Claire indiqua une poche en tissu suspendue à l'accoudoir de son fauteuil roulant.

— Votre téléphone ne se trouvait pas dans cette poche, ce matin ?

— Je pensais qu'il y était, répondit Claire, de plus en plus déboussolée par les questions pressantes que Richard lui posait. Mais lorsque j'ai voulu l'attraper en haut de la falaise, il n'y était pas. C'est pour cette raison que j'ai dû revenir à la maison pour appeler une ambulance. Comme je vous l'ai dit.

— Pouvez-vous me dire où se trouve votre téléphone en ce moment même ?

— Vraiment ?

— Pouvez-vous répondre à cette question ?

Claire souffla.

— Je n'ai pas encore remis la main dessus. Ce sont des choses qui arrivent. À vrai dire, ça n'a pas été ma priorité.

— Vous entendez par là que vous ne l'avez pas encore retrouvé ? demanda Richard, une pointe d'excitation grandissante dans la voix.

— C'est exact. Je ne sais pas où il est.

— Dans ce cas, quelqu'un pourrait-il appeler Claire sur son téléphone immédiatement ? demanda Richard avec empressement. Si nous l'entendons sonner dans la maison, nous saurons alors exactement où il se trouve.

Personne ne semblait comprendre pourquoi Richard y tenait tant, mais Phil attrapa son smartphone dans sa poche en soupirant.

— Très bien, dit-il avec perplexité, tandis qu'il faisait défiler la liste de son répertoire. Je vais l'appeler.

Après avoir appuyé sur son écran, il attendit quelques secondes, puis dit :

— C'est bon. Ça sonne.

Quelques instants plus tard, la sonnerie d'un téléphone se mit à retentir.

Il se trouvait quelque part dans la pièce.

Quand tous se rendirent compte d'où le son provenait, ils levèrent les yeux au plafond.

Le lustre suspendu au milieu de la pièce sonnait.

Le téléphone de Claire était caché dans le lustre au-dessus de leur tête.

Mais que diable faisait-il là ?

Chapitre 2

Il fallut quelques minutes pour retirer le téléphone de Claire du lustre. En fin de compte, Richard dut déplacer une table basse au milieu de la pièce et grimper dessus pour pouvoir atteindre le luminaire en tâtonnant d'une main, son autre main plaquant un mouchoir contre son nez pour se protéger des nuages de poussière qu'il soulevait dans la manœuvre.

Une fois le téléphone récupéré, il demanda aux témoins rassemblés devant lui si l'un d'entre eux savait comment l'appareil s'était retrouvé là, mais ils étaient tous aussi sidérés que lui. Tout cela n'avait aucun sens.

Tandis que Richard mettait le téléphone sous scellés pour l'examiner à son retour au poste, il vit un vieux break Citroën s'engager dans l'allée en faisant crisser les graviers sous ses pneus.

— Qui est-ce ? demanda-t-il à l'assemblée.

— Ce sont Juliette et Alain, répondit Phil, les employés de Polly. Je pense qu'ils étaient à l'église.

En s'approchant de la fenêtre, Richard put voir qu'Alain était un homme de taille moyenne aux cheveux courts qui devait avoir la quarantaine. Il portait un pantalon kaki, d'élégantes chaussures noires et une chemise blanche à manches longues. En le regardant fermer avec précaution la portière de sa voiture, il se dit que c'était le genre d'homme qui aimait que tout soit précis et ordonné. Quant à Juliette, Richard remarqua qu'elle avait sensiblement le même âge que son mari.

Sa cascade de cheveux bruns retenue par un bandana rose, elle portait une tenue de course moulante en Lycra striée de bandes vert fluo. De toute évidence, si Alain revenait de l'église, Juliette était partie faire de l'exercice.

Richard informa les témoins que Camille allait prendre leurs déclarations officielles un peu plus tard, mais d'abord, il devait aller annoncer la triste nouvelle du décès de Polly à M. et Mme Moreau, à supposer que ces derniers n'étaient pas déjà au courant.

Une fois dans le hall d'entrée, Richard tomba sur Camille qui descendait l'escalier. Elle n'avait pas trouvé d'imperméable jaune dans les chambres à l'étage ni dans un aucun endroit accessible qu'elle avait pu inspecter. Par ailleurs, elle n'avait pas non plus trouvé de trace d'une quelconque lettre d'adieu – il faudrait tout de même procéder à une perquisition en règle de la maison plus tard.

— Vous devriez aller voir la chambre de Polly, dit-elle.

— Pourquoi ? demanda Richard, intrigué.

— Parce qu'elle ne ressemble en rien au reste de la maison. Tout y est propre et rangé.

— Ah bon ?

— Vous feriez bien d'aller y jeter un œil. Ça risque de vous plaire, dit-elle, le regard pétillant.

— Malheureusement, nous avons une tâche plus urgente à accomplir, répondit-il, en lui expliquant que Juliette et Alain venaient de rentrer.

Lorsque Richard et Camille sortirent sous le soleil étincelant des Caraïbes, ils virent que Juliette et Alain n'avaient pas encore regagné leur cottage. Ils observaient le 4×4 de la police garée dans l'allée.

— Je m'en occupe, déclara Richard, avant de se diriger à grands pas vers le couple.

— Vous êtes sûr que c'est une bonne idée ? hasarda Camille, qui savait que son chef n'était pas vraiment la personne la plus diplomate quand il s'agissait d'annoncer de mauvaises nouvelles.

Or, c'était trop tard. Richard venait de s'écrier : « Un instant, s'il vous plaît ! » de sa voix la plus avenante et chaleureuse, alors qu'il arrivait déjà au niveau du couple.

Quand Camille rejoignit Richard, il avait déjà fait les présentations.

— Mais que vient faire la police ici ? demanda Juliette sans détours, une main sur la hanche.

Richard comprit que Juliette était le genre de femme habituée à obtenir ce qu'elle voulait. Quant à Alain, l'inspecteur ne fut pas surpris de lire une expression d'obéissance docile dans son regard.

— Juste avant de vous répondre, dit Richard, puis-je vous demander ce que vous faisiez ce matin vers dix heures ?

— En quoi cela peut-il bien vous intéresser ? rétorqua Juliette.

— Si vous pouviez vous contenter de répondre à la question, répondit Richard sur le ton le plus « policier » dont il était capable.

Camille ressentit un certain malaise. Il était toujours utile de recueillir l'alibi d'un suspect potentiel avant qu'il ne sache pourquoi il lui en fallait un, mais ce n'était pas vraiment la façon la plus délicate d'annoncer la mort d'un proche.

— Eh bien, dit Alain, se lançant courageusement dans la conversation, à dix heures ce matin, je me trouvais à l'église.

— Et vous, madame Moreau ? demanda Richard. Vous étiez également à l'église ?

— Habillée comme ça ? répliqua Juliette avec dédain, indiquant sa tenue de sport. Non, j'étais en plein footing. Je m'entraîne pour le triathlon, déclara-t-elle fièrement. J'ai ensuite rejoint Alain à la sortie de la messe vers 10 h 30 et nous sommes allés prendre un café ensemble au bar de Catherine. Je suis sûre que cet endroit vous est familier.

En effet, Richard connaissait bien cette adresse. L'établissement était tenu par la mère de Camille – qui devenait parfois sa pire ennemie –, Catherine Bordey.

— Pourquoi voulez-vous savoir où nous nous trouvions ? demanda Alain, le front plissé d'inquiétude.

— Excusez-nous de ne pas vous l'avoir dit plus tôt, intervint Camille. J'ai le regret de vous informer que Polly Carter est morte ce matin, vers dix heures.

Juliette et Alain restèrent silencieux quelques instants.

— Comment ça ? finit par demander Juliette.

— Je suis désolée. Elle est tombée du haut de la falaise qui se trouve au bout du jardin. Elle est morte sur le coup.

Les jambes d'Alain flageolèrent brièvement et il dut prendre appui sur la voiture.

— Excusez-moi, dit-il, accusant le coup de ce qu'il venait d'entendre. Elle est... ?

Richard et Camille accompagnèrent Alain et Juliette jusqu'à leur cottage pour qu'ils puissent se remettre du choc de la nouvelle en toute intimité. Richard profita de l'occasion pour observer l'intérieur de la maison des Moreau.

Il fut satisfait de constater qu'à l'évidence Juliette et Alain menaient une vie propre et ordonnée. Le mobilier de leur séjour était simple, le sol carrelé et les murs peints en blanc. Les cloisons étaient ponctuées de petites étagères fixées à différentes hauteurs et remplies de livres, un piano sur lequel était posé un recueil de cantiques était installé dans un coin et une série colorée d'icônes représentant des saints était placardée sur les murs. Des rideaux blancs encadraient les portes-fenêtres qui menaient à une petite cour comportant un fil à linge, une rangée de pots de fleurs et quelques chaises pour s'asseoir au soleil.

C'était une maison modeste, mais accueillante, se dit Richard. À l'image, peut-être, de ses propriétaires.

— Je ne comprends pas, dit Alain, encore abasourdi. L'annonce de la mort de Polly l'avait durement touché. Vous dites qu'elle a *sauté* ?

— Il semblerait, en effet, confirma Richard.

L'inspecteur préférait ne pas encore révéler qu'il n'était pas pleinement convaincu par la théorie du suicide. À vrai dire, le corps de Polly avait été retrouvé trop loin de la paroi de la falaise pour penser qu'elle s'était donné la mort. Par ailleurs, les différents témoignages recueillis suggéraient que le décès de Polly comportait plus de zones d'ombre qu'on ne pouvait le croire à première vue – sans compter que le seul témoin présent au moment de sa mort ne l'avait pas vue mettre fin à ses jours, mais l'avait simplement entendue.

— Cela vous surprend ? interrogea Camille.

— Oui. Elle avait tout dans la vie. Pourquoi se serait-elle tuée ?

— Eh bien, dit Richard, j'ai cru comprendre que Polly souffrait de troubles de l'humeur.

— Vous avez entièrement raison là-dessus, déclara Juliette. Elle pouvait se montrer joyeuse un instant et fielleuse l'instant d'après. Pas vrai, Alain ?

Elle chercha l'approbation de son mari du regard, mais Richard remarqua qu'Alain était bien moins à l'aise que son épouse pour parler de la défunte.

— Elle était aussi capable d'une grande générosité, ajouta-t-il, désireux de défendre la mémoire de son ancienne patronne. Elle nous rapportait toujours un cadeau des pays qu'elle visitait. Et l'année dernière, quand tu t'es cassé le pied, elle t'a quand même versé ton salaire. C'était gentil de sa part.

— C'était le moins qu'elle puisse faire, répondit Juliette, s'adressant davantage à son mari qu'aux officiers de police. Et croyez-moi, toute la drogue qu'elle prenait n'aidait pas à stabiliser son humeur.

— Vous étiez au courant de son addiction ?

— C'était impossible de passer à côté.

— Mais elle avait arrêté, dit Alain, s'efforçant une nouvelle fois d'afficher sa loyauté. Tout cela appartenait au passé.

— Comment le savez-vous ? demanda poliment Camille.

Alain fronça les sourcils.

— Elle ne nous a jamais caché sa consommation de drogue. On pouvait être en train de nettoyer la piscine ou de débarrasser la table après le déjeuner, et elle sortait tout son attirail morbide devant nous... Vous savez, le papier aluminium, la cuillère rouillée, et tout le matériel. C'était dégoûtant.

— Elle se piquait devant vous ?

— Elle ne s'est jamais piquée. Du moins, pas autant que je sache. Elle avait l'habitude de fumer l'héroïne. Elle disait qu'elle « chassait le dragon ». En revanche, depuis son retour de désintoxication il y a quelques mois, je ne l'avais pas vue consommer de drogue.

— Oui, on a cru comprendre qu'elle était partie en cure de désintoxication aux États-Unis. C'est bien cela ?

— Tout à fait, confirma Alain. À son retour, je suis sûr qu'elle avait perdu cette habitude.

Juliette renifla, et Richard se tourna vers elle.

— Chassez le naturel, il revient au galop, dit-elle. On ne voyait peut-être plus Polly se droguer, mais elle avait sûrement trouvé un endroit où consommer son héroïne en cachette, si vous voulez mon avis.

Richard observa Juliette. Il n'aurait pas su dire s'il devait être reconnaissant de l'animosité qu'elle manifestait envers la victime ou s'il devait considérer cela comme particulièrement louche.

— Pourriez-vous m'aider sur un autre point ? demanda-t-il. Il serait possible que quelqu'un se soit trouvé dans l'escalier de la falaise au moment de la mort de Polly. Quelqu'un qui portait un manteau jaune.

— Vraiment ? s'empressa de demander Juliette.

— Apparemment, répondit Richard, tout en essayant de ne pas laisser sa voix trahir son vif intérêt.

De toute évidence, ce qu'il venait de dire avait fait écho en Juliette.

— Quel genre de manteau jaune ? demanda-t-elle.

— Un ciré jaune vif.

— Avec une capuche ?

— Connaissez-vous quelqu'un qui possède un manteau de pluie similaire ?

— Non, mais il y a quelques jours, au fond du jardin – vous savez, vers le sommet de la falaise –, j'ai vu quelqu'un qui portait un ciré à capuche d'un jaune éclatant. Je n'ai pas réussi à voir qui c'était, j'ai pensé que cela devait être un des occupants de la maison.

— Avez-vous vu s'il s'agissait d'un homme ou d'une femme ? s'enquit Richard.

— Je ne sais pas. J'étais trop loin.

— Sauriez-vous dire quelle était la corpulence de cette personne ? Ou la couleur de ses cheveux, peut-être ? Réfléchissez. Cela pourrait être important. Que pouvez-vous nous dire sur cet individu ?

Juliette prit un long moment pour réfléchir avant de répondre.

— Je suis désolée. Qui que ce soit, je n'ai fait que l'apercevoir. La seule chose dont je me souvienne, c'est que cette personne portait une capuche.

— La capuche était relevée sur sa tête de sorte que vous n'avez pas vu son visage ?

— Exactement.

Richard fronça les sourcils. C'était la deuxième fois que quelqu'un de la maison affirmait avoir vu un inconnu vêtu d'un imperméable jaune au sommet de la falaise. Cela ne pouvait quand même pas être une coïncidence.

— À votre avis, quel occupant de la maison cela aurait-il pu être ? demanda-t-il.

— Cela aurait pu être n'importe qui. Je suis désolée.

— Peut-être que ce n'était pas quelqu'un qui vit ici, hasarda Alain.

— C'est possible ?

— Cela se pourrait. Il y a un ancien chemin de contrebandiers qui contourne la pointe rocheuse. Les gens l'empruntent parfois comme raccourci le long de la côte, même s'ils ne sont pas censés le faire.

— Il y a un ancien chemin de contrebandiers ? demanda Richard, surpris.

— Oui, répondit Juliette, reprenant les rênes de la conversation des mains de son mari. La maison était un repaire de contrebande autrefois. Son accès était dissimulé par la baie. À l'époque, des marchandises arrivaient clandestinement par bateau et on les déchargeait sur la plage, au pied de la falaise, à l'insu des douaniers britanniques. Vous comprenez ?

— Le jardin de Polly est donc accessible à n'importe qui ?

— Les gens ne sont pas censés passer par là, mais beaucoup connaissent l'existence du chemin. Il y a des sentiers de contrebandiers un peu partout sur l'île.

Richard était déçu. Tant que seul l'un des habitants de la maison pouvait se cacher derrière le mystérieux individu à l'imperméable jaune, il semblait possible de découvrir son identité. En revanche, si n'importe quel résident de l'île vêtu d'un ciré jaune pouvait avoir emprunté l'escalier de la falaise avant la mort de Polly…

— Je vois. Accepteriez-vous de nous laisser fouiller votre maison à la recherche d'un ciré jaune ? demanda Richard.

Il vit Juliette soudain plisser les yeux.

— Pour quoi faire ? dit-elle.

Richard et Camille virent un éclair de vigilance traverser son regard tandis qu'elle posait la question.

— Il est possible que Polly ait échangé avec une personne vêtue d'un ciré jaune avant qu'elle ne tombe. Nous essayons de mettre la main sur ce manteau de pluie.

— Quoi ? dit Juliette. Vous voulez dire que la personne en jaune aurait poussé Polly ?

— Nous n'avons absolument pas dit ça, précisa Richard. Toutefois, nous n'écartons aucune piste pour le moment.

Juliette regarda les agents de police, et Richard se demanda s'il n'y avait pas un léger accent triomphal dans sa voix lorsqu'elle déclara :

— Fouillez tout ce que vous voudrez.

Le cottage était petit, si bien que Richard et Camille se rendirent rapidement compte qu'il n'y avait aucun imperméable jaune caché à quelque endroit que ce soit ni aucun autre objet de grand intérêt. Après avoir remercié les Moreau du temps qu'ils leur avaient accordé, ils retournèrent dehors.

— Qu'en pensez-vous ? demanda Richard.

— Je n'en sais rien, dit Camille. Il avait l'air choqué. Logique. Mais quelque chose clochait chez elle, non ?

— Elle avait l'air assez contente de cracher son venin sur la victime, approuva Richard.

Avant que l'inspecteur n'ait pu ajouter quoi que ce soit, l'alarme de son téléphone se mit à sonner. D'un geste rapide, il sortit l'appareil de sa poche et l'éteignit.

— Qu'est-ce que c'était ? demanda Camille.

Richard savait qu'il s'agissait du rappel qu'il avait programmé plus tôt pour l'avertir qu'il ne restait plus qu'une heure avant que sa mère n'atterrisse sur l'île de Sainte-Marie.

— Oh, ce n'est rien, mentit-il.

— Non, je ne vous crois pas, répondit Camille. Vous n'avez pas arrêté de consulter votre montre de toute la journée. Je ne vous ai jamais vu programmer d'alarme auparavant. Vous cachez quelque chose.

Richard lança un regard vers sa subordonnée et sut qu'il ne trouverait pas la repartie à temps. Il estima alors que la meilleure solution était de continuer comme si de rien n'était. Il s'éloigna lentement.

— Hé ! cria Camille dans le dos de son patron, avant de s'élancer pour le rattraper.

— Je veux voir ces vieux chemins clandestins, déclara Richard, esquivant sa question.

— Très bien, vous ne voulez pas répondre, dit Camille. Mais je trouverai ce que vous cachez. Vous savez que j'y arriverai.

— Je ne cache rien, mentit une nouvelle fois Richard. Mais où est donc ce sentier ?

— Ne vous en faites pas, si c'est un ancien chemin de contrebandiers, je suppose qu'il doit longer le bord de la falaise.

Dès qu'ils eurent dépassé la limite des arbrisseaux et des plantes qui séparaient le jardin du sommet de la falaise, Camille observa l'espace qui marquait la fin de la pelouse et le début des broussailles.

— Oui, regardez, il est là, dit-elle en indiquant un vieux sentier de terre qui se dessinait en retrait, à environ trois mètres du bord de la falaise.

Il démarrait à l'extrémité du gazon et disparaissait dans l'épais taillis qui s'étendait jusqu'au pied de la pointe rocheuse.

Maintenant qu'il savait où regarder, Richard pouvait lui aussi distinguer le vieux chemin.

— Où pensez-vous que ce sentier mène ? demanda-t-il.

— Par ici, tous les vieux chemins côtiers débouchent à Honoré.

Pendant que Camille expliquait cela, Fidel surgit des marches de pierre.

— Monsieur ! Monsieur, je crois que j'ai trouvé !

Richard et Camille rejoignirent Fidel, et tandis que les trois policiers descendaient l'escalier creusé à même la roche, celui-ci expliqua comment, depuis que les secours avaient remonté le corps, il avait cherché à identifier de quel endroit de l'escalier Polly était tombée.

— Je crois que j'ai trouvé, monsieur.

Tout en parlant, Fidel tourna dans le premier lacet et quelques marches plus bas, il indiqua la bordure de l'escalier. Richard remarqua que les épais buissons d'épines qui longeaient le bord des marches s'étaient affaissés à cet endroit, dévoilant légèrement la verticalité de l'escarpement de terre ocre. S'approchant aussi près du vide vertigineux qu'il s'en sentit capable, il regarda vers le bas. L'affaissement des arbres épineux se trouvait juste au-dessus de l'endroit où le corps de Polly avait été trouvé sur la plage en contrebas.

Richard regarda autour de lui. Comme l'avait indiqué Claire, cette partie de l'escalier se situait juste après le premier virage que les marches formaient en descendant le long de la paroi rocheuse. Ainsi, c'était assurément le premier endroit de tout l'escalier où l'on pouvait sortir du champ de vision de quiconque se tenant au sommet de la falaise. Y compris quelqu'un en fauteuil roulant.

Ce détail troubla Richard. Après tout, pourquoi Polly ne s'était-elle pas donné la mort en se jetant du haut de la falaise ? Pourquoi avait-elle attendu de dépasser le premier lacet et de s'engager dans la deuxième volée de marches pour sauter ?

Mettant ces interrogations de côté, il observa de nouveau comment l'affaissement des buissons épineux surplombait l'endroit exact où le corps de Polly avait été trouvé sur le sable en dessous. Fidel avait certainement raison. C'était d'ici que Polly avait fait une chute mortelle. Mais alors, comment s'était-elle entaillé le bras ? Richard ne voyait aucune trace de sang sur les marches ni aucun végétal suffisamment robuste pour pouvoir être à l'origine des traces vertes qui recouvraient les mains de la victime et les contours de sa plaie.

Fidel avait déjà sorti tout le matériel pour inspecter la scène de crime. Richard attrapa un flacon pulvérisateur de luminol et la lampe à ultraviolets portative. Si Polly saignait déjà au moment de sa chute – ce qui semblait être le cas –, alors il devait y avoir des éclaboussures de sang sur la terre ocre à l'endroit même où elle s'était jetée dans le vide.

Richard pulvérisa une fine couche de liquide sur la parcelle de terrain où il pensait que le sang de Polly avait pu couler. Il éclaira aussitôt la zone à l'aide de la lampe à ultraviolets. Des gouttes de sang se mirent instantanément à briller d'un reflet violet métallique sous le faisceau.

— Bien, il y a des traces de sang ici, déclara-t-il. C'est du bon travail, Fidel. Il s'agit désormais d'une scène de crime secondaire. Bouclez le périmètre et passez la zone au peigne fin. Je veux surtout que vous vérifiiez s'il y a des traînées de sang qui mènent jusqu'ici ou si les éclaboussures se concentrent uniquement sur cette zone.

— Oui, monsieur.

Richard se redressa dans un craquement d'articulations et sortit son mouchoir de la poche de sa veste pour éponger la sueur qui perlait sur son front et sa nuque.

Camille sentit que son patron était contrarié.

— Qu'y a-t-il ? demanda-t-elle.

— Eh bien, ces gouttes de sang ne vous paraissent-elles pas étranges ?

Camille avait assez souvent joué à ce petit jeu pour savoir qu'il était plus simple de feindre l'ignorance.

— Non, monsieur. Je ne vois pas en quoi c'est étrange. Qu'est-ce qui vous fait penser ça ?

— Parce que, répondit Richard, si ces taches de sang proviennent de la blessure de Polly – ce qui semble être assez plausible –, alors où se trouve l'objet qui a provoqué l'entaille ?

Camille réfléchit un instant.

— Peut-être qu'elle s'est coupée ailleurs et que l'objet se trouve encore à cet autre endroit ?

— Mais vous avez vu les éclaboussures de sang. On dirait qu'elles se concentrent sur cette seule marche.

Richard regarda autour de lui, perplexe.

— Bien, réfléchissons. Je pense que les traces de mousse sur son bras indiquent qu'elle s'est coupée avec une branche ou un bâton.

— Cela semble logique.

— Ce morceau de bois devait être relativement grand pour creuser une entaille aussi profonde.

— Cela semble tout aussi logique.

— Reste à savoir où il se trouve.

— Oh, je vois où vous voulez en venir. Bien vu.

Richard et Camille entreprirent de chercher un morceau de bois solitaire au milieu des épais buissons qui bordaient l'escalier de pierre de haut en bas du côté de la baie. Pour Richard, cette tâche exigeait des nerfs d'aciers, car il fallait se placer tout au bord des marches – laissant entrevoir une mort certaine quelques mètres plus bas en cas de chute – et remuer la végétation pour voir si une branche isolée ne s'y cachait pas. L'omniprésence d'épines sur les arbustes ne facilitait *en rien* cette opération.

Pour la centième fois, Richard poussa une exclamation soudaine en retirant sa main droite des fourrés pleins de piquants, et Camille dut se forcer à réprimer un sourire. Devant la vision de son chef qui, vêtu de son costume en laine, essayait de retirer des épines de la paume de sa main alors qu'il se tenait au beau milieu d'un chemin à flanc de falaise dans la chaleur étouffante des Caraïbes, elle ne put s'empêcher de penser qu'il était l'un des hommes les plus extraordinaires qu'il lui ait été donné de rencontrer. Bien qu'elle le trouve obstiné, arrogant et incapable de manifester la moindre chaleur humaine, il était impossible de nier ses qualités d'enquêteur. Rien que pour ça, Camille aurait presque pu lui pardonner tous ses autres défauts. *Presque*.

— Ah, ah ! s'écria Richard, quelques marches plus bas.

— Qu'y a-t-il ?

Camille descendit rejoindre son patron qui se trouvait au niveau du lacet inférieur. Là, dans le virage qui menait vers la volée de marches suivante, quelques véritables arbustes avaient pu pousser jusqu'à hauteur d'épaule sur la terre ocre. Richard était à quatre pattes et soulevait les branches basses d'un arbrisseau épineux qui paraissaient particulièrement acérées.

À l'arrivée de Camille, il lui cria :

— N'approchez pas autant.

Il s'enfonça ensuite dans l'arbuste et en retira prudemment un objet.

Il s'agissait d'un vieux bâton de bois flotté d'environ un mètre de long. Il avait passé tellement de temps dans les eaux marines qu'il était entièrement recouvert de mousse verte.

— Pourriez-vous me dire ce qu'un morceau de bois flotté peut bien faire, caché dans les broussailles à flanc de falaise ?

Richard tourna le bâton entre ses mains. À l'une des extrémités, un bout de bois se détachait, formant un angle aigu, comme si on avait cassé un morceau de la branche. Ce petit segment brisé ne faisait pas plus de deux centimètres de long, mais Richard et Camille constatèrent qu'il était couvert de taches sombres, tout comme l'extrémité du bâton auquel il était encore rattaché.

L'utilisation de la lampe à UV et du flacon de luminol permit rapidement de le confirmer : les éclaboussures sombres sur le bout de branche cassé étaient bien du sang, tout comme les traces sur le reste du bois flotté.

S'il s'agissait du sang de Polly, alors quelqu'un avait dû cacher la branche *après* sa chute, pensa Richard.

En réalité, l'inspecteur se rendit compte que cette trouvaille était beaucoup plus significative. Ses soupçons concernant la mort de Polly étaient justes depuis le début.

— Vous savez quoi ? dit-il. Polly Carter n'a jamais sauté. Elle a été assassinée.

Chapitre 3

Tout en tendant la branche à Fidel pour qu'il la mette sous scellés afin qu'elle soit analysée, Richard exposa sa théorie.

— Sans nous préoccuper de savoir comment un morceau de bois flotté peut se retrouver quasiment au sommet d'une falaise, essayons de comprendre ce que cela signifie. Polly s'est disputée avec sa sœur dans le jardin, tous les témoins sont d'accord là-dessus. Elle a ensuite déclaré qu'elle allait mettre fin à ses jours. Sur ce point, nous devons croire Claire sur parole. Pour le moment, nous n'avons aucune raison de mettre en doute ses propos, alors nous allons partir du principe que c'est ce qu'il s'est passé. Dans un accès de rage, Polly s'est tournée vers Claire et lui a dit qu'elle allait se tuer.

» Ensuite, plutôt que de sauter du haut de la falaise, elle a veillé à descendre la première partie de l'escalier et à tourner dans le virage pour disparaître du champ de vision de sa sœur. Ce qui nous amène à l'entaille sur son bras.

» Nous avons certainement trouvé le bâton à l'origine de la coupure – je suis sûr que nous en convenons tous. Donc, s'il s'agit d'un suicide, Polly a dû trouver le bois flotté quelque part ici. Elle a dû le ramasser, puis, pour des raisons qui lui sont propres, elle a certainement enfoncé ce bâton pointu dans sa chair pour creuser une vilaine entaille le long de son avant-bras. Ce qui paraît peu probable, n'est-ce pas ?

— En effet, monsieur, approuva Fidel.

Richard indiqua la trouée dans les arbustes à l'endroit d'où Polly avait mortellement chuté.

— Nous savons que Polly saignait abondamment au moment où elle a basculé dans le vide. Il y a des traces de sang sur la terre, là où elle est tombée.

Richard désigna ensuite les arbustes où ils avaient trouvé le bâton de bois flotté ensanglanté, une vingtaine ou une trentaine de marches plus bas.

— Cependant, comment a-t-elle réussi à descendre jusqu'à ces buissons, à cacher le bâton dans les branches, puis à remonter jusqu'ici sans laisser une seule goutte de sang dans l'escalier ? Si vous voulez mon avis, il ne fait aucun doute que *tout cela* est impossible. De plus, pour quelle raison se serait-elle mutilée avec un bâton qu'elle aurait ensuite caché au pied de ces marches, avant de les remonter et de *finalement* se jeter dans le vide ?

Fidel et Camille suivaient la logique de Richard.

— Cela signifie que nous avons un problème.

— Comment ça, monsieur ? demanda Fidel.

— Tout cela n'a de sens que si quelqu'un attendait déjà à cet endroit avant que Polly ne descende les marches.

— Vous pensez à l'individu à l'imperméable jaune ? demanda Camille.

— C'est une possibilité, non ? répondit Richard. Qui que soit cette personne, elle ne s'est pas contentée d'attendre ici. Elle avait ce bâton avec elle. Elle se tenait prête à asséner un coup mortel à Polly dès qu'elle apparaîtrait à l'angle de l'escalier.

— Cela explique pourquoi son corps a atterri aussi loin de la paroi rocheuse.

— En effet. Il y avait dix-sept pas d'écart. Elle n'a pas sauté. Elle a été poussée depuis les marches avec une force considérable.

— À vrai dire, monsieur, objecta Camille, réalisant soudain ce qu'impliquait la théorie de Richard, je comprends l'intérêt d'utiliser un vieux bâton pour commettre un meurtre. Il vaut mieux garder vos distances avec la victime pour qu'elle ne s'accroche pas à vous et qu'elle ne vous entraîne pas avec elle dans sa chute.

— Bien vu, dit Richard.

— Vous voulez être sûr que votre ADN ou les fibres de vos vêtements ne se retrouvent pas sous les ongles de la victime si elle se débat.

— Oui, c'est très juste, répondit Richard, incapable de contrôler la pointe d'exaspération qui perçait dans sa voix.

C'était à lui de formuler ces remarques, pas à Camille.

— Mais c'est exactement ce qu'il s'est passé, n'est-ce pas ? poursuivit Camille. Polly s'est accrochée au bâton et s'est entaillé le bras juste avant de tomber.

— Oui, tout à fait, coupa Richard, interrompant la tirade de Camille avant qu'elle ne lui vole toute la vedette. Car, dans la possible échauffourée qui a précédé la mort, notre tueur n'aura pas nécessairement remarqué que Polly s'est coupée au bras avant de tomber. Et il ou elle aura alors caché le bâton de bois flotté dans le buisson sans même se rendre compte qu'il était en réalité couvert du sang de Polly.

— Mais si le tueur n'a pas remarqué le sang sur le bâton, dit Fidel, alors cela laisse penser qu'il était très pressé après le meurtre.

— Cela n'a rien de surprenant, reprit Camille. L'assassin devait se douter que quelqu'un aurait entendu le cri de Polly au moment où elle est tombée et que cette personne ne tarderait pas à arriver.

— Tout à fait, approuva Richard. C'est d'ailleurs ce qu'il s'est passé, non ? Sophie a descendu l'escalier environ une minute plus tard seulement. C'est là que nous avons un problème. Ou plutôt, quatre problèmes. Premièrement, si quelqu'un se trouvait déjà dans l'escalier – qu'il s'agisse de l'individu à l'imperméable jaune ou de n'importe qui d'autre –, comment pouvait-il savoir que Polly descendrait les marches à cet instant précis ? Deuxièmement, quelle est la probabilité pour que Polly annonce son suicide au moment précis où le tueur envisage de l'assassiner ? Toute cette histoire reposerait sur un concours de circonstances incroyable, vous ne trouvez pas ? Et troisièmement, ce qui semble encore plus invraisemblable, c'est que si notre tueur se trouvait dans ces escaliers, comment cet individu en jaune – ou qui que ce soit – a-t-il réussi à disparaître de la falaise avant l'arrivée de Sophie une ou deux minutes plus tard ?

En regardant Fidel et Camille, Richard sut qu'ils étaient d'accord avec lui. Cela semblait impossible.

— Mais, monsieur, cela ne fait que trois, remarqua Fidel.

— Je sais, dit Richard, ravi que l'un des membres de son équipe soit tombé dans le piège. Car la dernière question que je poserai est : que faisait donc le téléphone de Claire dans le lustre de la maison ?

Il y eut un moment de silence durant lequel ni Fidel ni Camille n'intervinrent.

— Il s'agit là du quatrième problème, monsieur ? se risqua à demander Fidel.

— Évidemment ! répondit Camille sans dissimuler son exaspération. Nous avons un tueur qui commet un meurtre ici, mais nous devons comprendre comment ce téléphone s'est retrouvé coincé dans un lustre.

— Exactement, répondit Richard, parfaitement réjoui. Croyez-moi, cela n'a aucun sens, et je n'aime pas les choses insensées.

Un bruit de pas retentit au-dessus d'eux, et Dwayne apparut à l'angle de l'escalier.

— Bien, chef, dit-il une fois qu'il eut repris son souffle. Je pense que cela pourrait être un meurtre.

— Vraiment ? dit Richard. Excellente nouvelle, nous venons justement d'arriver à la même conclusion. Qu'avez-vous trouvé ?

Dwayne voulait montrer sa découverte à Richard et à Camille, qui le suivirent jusqu'à la maison, dans une pièce que Dwayne présenta comme le bureau de Polly.

En entrant dans la pièce, Richard remarqua que ses dimensions et son agencement étaient similaires au salon dans lequel ils avaient interrogé les témoins. D'immenses fenêtres encadrées de rideaux surplombaient le jardin et la mer au loin, et un lustre tout aussi poussiéreux était suspendu au milieu du plafond. En réalité, autant qu'il pût en juger, la seule différence, c'était que l'un des murs était recouvert du sol au plafond par une bibliothèque remplie de vieux livres, de bric-à-brac et de souvenirs que Polly avait entassés pêle-mêle.

Étant donné que cette pièce était le bureau de Polly, il y avait également une vieille armoire métallique à tiroirs, un bureau fabriqué avec une ancienne porte et une paire de tréteaux, un ordinateur portable posé au milieu d'une flopée de vieilles factures et d'enveloppes encore cachetées, et tout un tas de meubles et de bricoles disposées çà et là.

— D'abord, dit Dwayne, je tiens à vous dire que j'ai inspecté tout le bureau et que je n'ai trouvé aucune lettre d'adieu.

— Tu as regardé dans son ordinateur ? demanda Camille.

— Rapidement, répondit Dwayne. Il n'y a aucun e-mail dans le dossier des envois ni aucun document récemment rédigé.

— Et qu'est-ce qui vous fait croire à un meurtre ? demanda Richard.

Dwayne indiqua l'armoire métallique, et Richard remarqua qu'un fermoir en métal était attaché au sommet du tiroir supérieur, verrouillé par un cadenas à combinaison. Plus exactement, le cadenas aurait dû maintenir le tiroir fermé, mais quelqu'un en avait forcé l'ouverture en arrachant le fermoir qui pendait désormais mollement.

— Quelqu'un a défoncé son armoire métallique ! s'exclama Richard.

— Oui, répondit Dwayne avant de tousser à plusieurs reprises. C'est moi.

— Comment ? demanda Richard, incrédule.

— Attendez, se défendit Dwayne, on a un cadavre sur les bras. Je voulais voir ce qui pouvait bien mériter d'être gardé sous clé.

— Mais c'est de la dégradation de biens privés !

Camille voulait en savoir plus, et elle coupa court.

— Qu'as-tu trouvé ?

Adressant un sourire de gratitude à sa collègue, Dwayne ouvrit le tiroir supérieur.

— Eh bien, pour commencer, c'est ici que Polly rangeait son arsenal de drogue.

Richard et Camille furent tous deux frappés par une odeur âcre tandis qu'ils jetaient un œil à l'intérieur du tiroir contenant une petite balance en cuivre, de vieilles cuillères noircies par la consommation d'héroïne, du papier à cigarette, une pipe à crack décolorée par la fumée, un petit miroir et des résidus de cannabis, d'héroïne brune et de poudre blanche répandus partout. Saisi d'une soudaine impression de déjà-vu, Richard se rendit compte que le désordre et l'odeur fétide de ce tiroir lui rappelaient l'armoire dans laquelle son grand-oncle Harold rangeait sa pipe et toute sa panoplie de fumeur, du nécessaire de nettoyage aux canifs, en passant par les vieilles pipes cassées et les boîtes d'allumettes. L'inspecteur pensa alors que fumer la pipe ou consommer de l'héroïne revenait en fin de compte au même : tout était question de dépendance à une drogue. À cela près que l'une de ces dépendances impliquait de porter des charentaises, contrairement à l'autre.

Richard aperçut également une clé rouillée posée sur une pile de vieux papiers. Il l'attrapa. Elle était aussi longue que son index et dotée de trois dents usées. De toute évidence, c'était une très vieille clé.

— Voilà qui est intéressant, déclara-t-il. Qui conserve une clé dans un tiroir verrouillé ?

— Quelqu'un qui a envie de garder une clé dans un tiroir verrouillé, répondit Camille, bien moins impressionnée par cette découverte que son supérieur.

Avant que Richard ne les distraie davantage avec cette clé, Dwayne ôta la pile de papiers qui se trouvait au fond du tiroir.

— Voici ce qui me fait penser que quelqu'un cherchait à tuer Polly Carter, chef.

Dwayne posa les papiers sur le bureau et les disposa les uns à côté des autres.

Il y avait en tout six feuilles au format A4. Sur chacune d'entre elles, un message avait été inscrit en collant des lettres découpées une à une dans les gros titres d'un journal.

La première mosaïque de lettres en papier journal formait le message :

tU VAS Le PAyER

La seconde : JE SAiS cE QUE TU AS fAIT

La troisième : JE PEuX TE DÉtRUiRE

La quatrième : TU MÉRiTES De MOURIR

La cinquième : jE TE hAIS

Et la sixième : TU DOIS mOURIr

Les trois officiers de police échangèrent un regard. Dwayne avait raison. Quelqu'un sur l'île avait souhaité la mort de Polly Carter. Et son vœu s'était exaucé.

— Avez-vous trouvé des enveloppes accompagnant ces messages ? demanda Richard.

L'inspecteur savait qu'avec les lettres anonymes l'indice le plus utile se trouvait souvent être l'enveloppe elle-même, car elle était parfois manuscrite ou portait au moins la mention d'une date et d'un lieu sur le cachet de la poste.

— J'ai cherché, mais je n'ai rien trouvé, déclara Dwayne.

— Les messages eux-mêmes comportent-ils la moindre indication sur l'identité de l'expéditeur ?

— Rien qui ne soit visible à l'œil nu. Mais c'est important, non ? dit Dwayne. Car, si vous voulez mon avis, seule une personne désespérée en vient à poster des messages anonymes avec des lettres découpées dans des journaux. Et les personnes désespérées peuvent finir par commettre des actes désespérés, comme des meurtres.

— Je suis d'accord, approuva Richard.

Une sonnerie aiguë retentit à l'intérieur de sa veste, et il comprit que quelqu'un essayait de le joindre. Il sortit son téléphone de sa poche et regarda l'écran. C'était sa mère. Il consulta sa montre. Évidemment. Elle venait d'atterrir à l'aéroport.

— Un instant, dit Richard à Camille et Dwayne.

Essayant de ne pas avoir l'air contrit – ce qui ne faisait qu'accentuer terriblement son expression de contrition –, il s'isola dans un coin de la pièce pour prendre l'appel le plus tranquillement possible.

— Allô ? murmura-t-il.

Il resta un moment suspendu à son téléphone avant de répondre.

— Oui, bien sûr. Je peux être à l'aéroport dans une demi-heure. Oui, d'accord. Bien sûr. Je t'amènerai à l'hôtel, alors. Bien. Entendu. Bon, je te retrouve là-bas, donc. Oui, bien sûr. Une demi-heure. À tout à l'heure.

Richard raccrocha et retourna devant le bureau pour examiner les lettres anonymes, dans l'espoir de trouver une piste.

— Bien, maintenant, vous êtes obligé de me dire, dit Camille.

— Vous dire quoi ?

— Qui c'était ?

— Au téléphone ?

— Oui, au téléphone.

— Oh, personne d'important, répondit Richard, tout en se replongeant dans l'examen des messages de menace comme pour signifier que la conversation était close.

— Très bien, déclara Camille, un sourire diabolique aux lèvres. Si vous ne me dites pas ce qu'il se passe, je fouillerai les poches de votre veste pour prendre votre téléphone et obtenir la réponse par moi-même.

Affolé, Richard leva le regard des feuilles étalées devant lui.

— Pardon ? Vous fouilleriez les poches de ma veste ?

— Oui.

— Pour prendre mon téléphone ?

— Oui.

Camille ne détacha pas le regard de son patron. Elle savait ce qu'il allait se passer.

Elle ne se trompait pas.

— Bon d'accord, finit par dire Richard. Puisque vous voulez savoir, ma mère vient d'atterrir à l'aéroport de Sainte-Marie.

— Quoi ? dit Dwayne.

— Ma mère vient me rendre visite.

— Votre mère est sur l'île ?

— Oui. Qu'est-ce qu'il y a de si surprenant ?

Camille battit des mains dans un élan de jubilation.

— Combien de temps va-t-elle rester ?

— Deux semaines.

— Elle est déjà arrivée ?

— Normalement.

— Racontez-nous, comment elle est ?

Richard fronça les sourcils.

— Qu'est-ce que vous voulez dire par là ?

— Eh bien, votre mère ! Je ne sais pas, est-ce qu'elle est comme vous, monsieur ?

— Comme moi ?

Richard semblait effaré par la question.

— Bien sûr que non.

— Alors, elle est comment ?

Richard ne savait même pas par où commencer. Il prit quelques instants pour réfléchir avant de dire :

— Et bien, tout d'abord, elle est très soignée et très précise.

— Ce qui ne vous ressemble pas du tout, monsieur, s'étonna Dwayne.

— Par-dessus le marché, c'est une éternelle stressée.

Dwayne et Camille froncèrent les sourcils.

— Comment ça ?

— Vous savez, un rien la tracasse.

— Ce qui ne vous ressemble pas du tout, *non plus*, chef ? finit par demander Dwayne avec toute la diplomatie dont il était capable.

— Et elle est casse-pieds.

— Un rien la tracasse et elle est casse-pieds ? demanda Camille, incapable de dissimuler le rire de sa voix.

— Oui. C'est ce que je viens de dire.

Dwayne ressentait lui aussi le besoin d'obtenir plus de précision de la part de son supérieur.

— Là aussi, monsieur, vous dites que ces traits de caractère ne vous ressemblent *pas* ?

— Évidemment que non ! explosa Richard. Enfin, ne vous méprenez pas, je crois que chaque chose a une place et qu'il y a une place pour toute chose – et je suis absolument convaincu qu'il faut maintenir certains standards –, mais croyez-moi, je ne suis rien comparé à ma mère.

— Waouh, répondit Dwayne, résumant ainsi le sentiment que Camille et lui partageaient sur le sujet.

— Et quand est-ce qu'on va la rencontrer ? demanda Camille.

— Ah, justement, répondit Richard, heureux de reprendre la conversation en main. Pendant que je vais la chercher, je veux que vous, Camille, rassembliez toutes ces preuves et les mettiez sous scellés. Quant à vous, Dwayne, je veux que vous fouilliez la maison de fond en comble. Continuez à chercher un imperméable jaune, et essayez également de trouver ce que cette clé ouvre.

Tout en donnant ses instructions, il se rapprocha de l'armoire métallique et en sortit la vieille clé.

— Tout cela pourrait être lié. Quelqu'un a tué Polly Carter. Nous devons trouver qui l'a assassinée, et pourquoi Polly devait mourir.

Avant même que ses subordonnés n'aient pu l'arrêter, Richard avait déjà pris congé et se dirigeait vers l'aéroport de Sainte-Marie au volant du 4 × 4.

Une fois là-bas, pendant que sa mère passait la douane, il attendit sous un petit palmier situé légèrement en retrait du bâtiment d'un blanc immaculé qui servait à la fois de hall de départ et d'arrivée. L'édifice était aussi petit car l'île de Sainte-Marie ne disposait pas de piste assez longue pour accueillir des vols internationaux. Les touristes devaient d'abord atterrir sur l'île voisine de la Guadeloupe où ils embarquaient alors à bord d'un avion à hélice que les habitants du coin appelaient « la sauterelle ». Richard ne l'avait pas souvent emprunté, juste assez pour constater qu'il portait bien son nom. Au moment où l'appareil atteignait sa vitesse de croisière après une ascension vertigineuse, il redescendait presque aussitôt dans le ciel pour se poser sur Sainte-Marie.

Pendant qu'il patientait, Richard resserra sa cravate. Il se rendit alors compte que le nœud s'était un peu relâché. Cela ferait pourtant l'affaire, il en était sûr.

Soudain en proie à un terrible doute vestimentaire, il plongea derrière le palmier. Il dénoua sa cravate, l'enleva énergiquement et releva le col de sa chemise trempée de sueur pour refaire un nœud à la hâte. Il rabattit ensuite les pans de son col, reprit place sous le soleil et poussa un soupir de soulagement. Il avait eu chaud : sa mère ne s'était pas encore montrée.

Il sentit une goutte de sueur rouler sur sa joue et glisser le long de son cou jusqu'au col de sa chemise.

Soudain, chaque centimètre de peau sous son costume se mit à le démanger sous l'effet de la chaleur écrasante.

C'est alors qu'elle apparut.

La soixantaine avancée, mais élégante, arborant une robe à fleurs rose et un chapeau de paille dont le ruban était assorti à sa tenue, Jennifer Poole avança sous le soleil, une valise à roulettes noire à ses côtés.

Richard esquissa un pas vers elle et leva la main dans ce qui se voulait être un vague salut.

— Bonjour, Maman, dit-il.

— Oh, Richard, quel voyage épouvantable ! s'exclama Jennifer tout en faisant rouler sa valise vers son fils. Ils ne plaisantent pas en appelant ça la classe économique, n'est-ce pas ? Avant même d'avoir quitté Londres, j'étais en train d'épousseter mon siège, et tu sais quoi ? La femme assise juste à côté de moi m'a dit que je ferais mieux de faire avec. Non, mais tu imagines ? Et quand j'ai commencé à passer un coup de lingette sur ma tablette – et sur la sienne –, elle a appelé une hôtesse et s'est carrément plainte. Autant te dire que cela a jeté un sacré froid entre elle et moi pendant les huit heures de vol restantes. Au moment où on atterrissait en Guadeloupe, elle n'arrêtait pas d'éternuer. Elle me lançait des regards bizarres chaque fois que j'utilisais mon gel hydroalcoolique, mais ça n'est pas moi qui contracterai la légionellose.

Même Richard était pratiquement certain qu'on ne pouvait pas attraper la légionellose par l'intermédiaire de la climatisation d'un avion. Il n'eut toutefois pas le temps de le faire remarquer à sa mère, car celle-ci avait repris son monologue.

— Et quand nous avons atterri en Guadeloupe, quelle fournaise ! Je n'en revenais pas. Bien sûr, je me doutais qu'il faisait chaud sous les tropiques, mais je ne m'attendais pas à une telle chaleur. Cela m'a rappelé la canicule de 1976. Je me suis dit que de toute façon je devrais bien faire avec pendant qu'on embarquait dans l'avion qui devait nous amener jusqu'à Sainte-Marie. Enfin ! J'ai même vu de la rouille autour des rivets sur les ailes. Et tu sais ce que disait ton grand-oncle dans l'armée de l'air, on ne devrait jamais monter dans un engin qui n'est visiblement pas entretenu avec fierté.

Richard remarqua qu'elle observait une pause, et il donna la réponse attendue.

— Oui, Maman.

— J'ai failli refuser de monter dedans et puis, une fois à bord, j'ai découvert que j'étais assise à côté d'un homme qui tenait sur ses genoux une boîte contenant un poulet. Bon, le poulet semblait avoir belle allure, mais on ne s'attend pas à voyager à côté d'un poulet sur un vol commercial, si ?

Une fois encore, Richard donna la réponse appropriée.

— Non, Maman.

— Enfin, me voilà arrivée à bon port, j'imagine, et c'est vraiment merveilleux de te voir.

Jennifer arrêta de parler assez longtemps pour regarder son fils.

— Et je dois dire que tu es *très* élégant.

Richard ne put s'empêcher d'éprouver une certaine fierté en entendant ce compliment.

— Alors, où est Papa ? demanda-t-il, et il reconnut aussitôt le froncement de sourcils maternel.

— J'ai le droit de me déplacer sans lui, non ? J'ai mon indépendance, tu sais, dit-elle.

— Oui, bien sûr, s'empressa d'approuver Richard. C'est juste que je crains d'avoir à peine le temps de te déposer à ton hôtel. Il y a eu un meurtre.

Jennifer regarda son fils et soupira.

— Allons bon, dit-elle. J'ai dû supporter les meurtres de ton père toute ma vie, je suis certaine que je pourrai supporter les tiens.

Tandis qu'elle prononçait ses mots, Richard vit deux nonnes coiffées de cornette les dépasser en leur adressant un regard choqué et s'enfuir à toutes jambes.

— Mais sache que je suis venue ici pour prendre des vacances, conclut Jennifer, que tu sois disponible ou non pour les partager avec moi.

— Oui, bien sûr. À quel hôtel séjournes-tu ? Je vais t'y emmener, répondit Richard.

En route vers l'hôtel, ils échangèrent quelques banalités. Il entendit parler de Beth, la voisine qui vivait au numéro 7, et des problèmes qu'elle rencontrait avec son beau-fils. Il écouta ensuite l'histoire du chat du professeur Brodowski. *Tu te souviens du professeur Brodowski ? Il habite au 11. Sa fille a un œil paresseux.* Il s'agissait des habituelles futilités qui rythmaient la vie sociale de sa mère, et Richard put donner le change sans avoir à fournir un effort intellectuel trop important. Il se laissa gagner par un sentiment de malaise croissant pendant le reste du trajet. En quarante-quatre ans, il n'avait jamais vu sa mère passer ne serait-ce qu'une nuit loin de son père. À présent, elle réservait un séjour entier seule, à l'autre bout du monde qui plus est. Que se passait-il ?

Une fois que Richard fut assuré que sa mère était confortablement installée dans ce qui s'avérait un hôtel bien plus haut de gamme qu'il ne l'aurait imaginé, il prit congé et regagna le poste de police.

— Où en êtes-vous ? lança Richard à son équipe tandis qu'il pénétrait dans le bureau étouffant de chaleur.

L'inspecteur constata que Dwayne était au téléphone, Fidel étudiait les empreintes relevées sur le téléphone de Claire et Camille inscrivait sur le tableau blanc les éléments importants de l'affaire.

— Alors, comment va votre mère ? dit-elle. Elle a fait bon vol ?

— Oui, merci, répondit Richard aussi brusquement que possible.

Il refusait de se laisser déconcentrer par des bavardages sur sa famille.

— Avez-vous pu analyser les lettres anonymes que nous avons trouvées dans l'armoire de la victime ?

Camille adressa un regard indulgent à son supérieur, acceptant son refus de jouer le jeu.

— J'ai photographié le recto et le verso de chacune des six lettres pour en conserver une copie dans le dossier, et j'ai envoyé les originaux au labo en Guadeloupe pour analyse. On a aussi emballé et envoyé la branche couverte de sang que l'on a trouvée sur place. Fidel a également expédié des échantillons de sang qu'il a prélevés dans la terre à l'endroit de la chute.

Richard sourit à demi, toujours aussi frustré que l'île de Sainte-Marie soit trop petite pour être équipée de son propre laboratoire d'analyse criminelle.

— Merci. Et vous, Fidel. Vous avez du nouveau ?

— Eh bien, monsieur, dit Fidel, levant les yeux du bureau où il analysait le téléphone de Claire, j'ai d'abord essayé de relever les empreintes sur la clé que l'on a trouvée dans l'armoire de la victime, mais elle est trop vieille et trop rouillée. Je n'ai rien pu en tirer.

— Rien du tout ?

— Non, monsieur.

— Dans ce cas, pourrais-je la récupérer ?

Fidel tendit le bras vers le petit plateau en plastique sur lequel était posée la clé. Il l'attrapa et la remit à Richard. L'inspecteur l'examina de nouveau, essayant de deviner ce qu'elle pouvait ouvrir. Puis il émit un léger claquement de langue en signe de déception et glissa la clé dans la poche de son pantalon.

— Depuis, j'ai relevé les empreintes sur le téléphone de Claire que vous avez extrait du lustre, et je les compare à celles qu'on a prélevées sur les témoins.

— À qui appartiennent-elles ?

— Je n'ai pu en relever que douze complètes. Le reste est inexploitable. Huit de ces empreintes digitales appartiennent à Claire Carter, et les quatre autres à sa sœur, Polly.

— Je vois, répondit Richard, tout en essayant de comprendre ce que tout cela pouvait signifier. Claire n'aurait absolument pas pu placer le téléphone dans le lustre elle-même, elle est coincée dans son fauteuil roulant. Donc, soit c'est Polly qui l'a posé là, soit ses empreintes se trouvaient déjà sur le téléphone. Le cas échéant, cela voudrait dire que quelqu'un d'autre a caché l'appareil dans le luminaire en veillant à porter des gants pour ne laisser aucune trace.

— Exactement, monsieur, dit Fidel.

Richard réfléchit à ce que Fidel venait de lui dire et décida qu'il était temps d'avancer.

— Bien, Polly Carter ! dit-il, en désignant les notes que Camille avait étalées sur le tableau. Nous avons affaire à une vedette du mannequinat international qui se trouve chez elle en compagnie de sa sœur, Claire Carter, de l'infirmière de Claire, Sophie Wessel, de son manager, Max Brandon et d'un ami proche, le réalisateur Phil Adams. Oh, sans oublier ses employés de maison, Juliette et Alain Moreau, qui habitent sur place, bien que tous deux aient déclaré être absents au moment du meurtre.

— Sous réserve qu'ils nous disent la vérité, souligna Camille.

— En effet. Bref, Polly était une personne avec laquelle il était difficile de travailler, d'après Juliette, son employée. Bien qu'elle ait pu aussi se montrer généreuse, d'après son époux, Alain.

— À en croire son agent, Max, elle pouvait aussi passer du rire aux larmes en un clin d'œil, ajouta Camille.

— Et se montrer trop confiante, d'après son grand ami, Phil.

— C'est le portrait type de la célébrité égocentrée, résuma Dwayne.

Richard se tourna vers Dwayne en feignant une expression de surprise.

— Vous connaissez le milieu des célébrités, n'est-ce pas, Dwayne ?

— Je sais que ce n'est pas sain, répondit celui-ci. Si Polly était célèbre depuis ses vingt ans, je peux vous garantir qu'elle devait avoir une vision déformée de la réalité, chef.

— Très bien. Voilà donc le profil de notre victime. Ce matin, elle est allée se balader avec sa sœur, Claire.

— C'était la première fois qu'elle sortait faire un tour, seule, avec sa sœur, précisa Camille.

— Tout à fait, approuva Richard. D'après Claire, une fois qu'elles se sont retrouvées dans le jardin, Polly s'est emportée contre elle. Puis, toujours d'après Claire, Polly l'a amenée au sommet de la falaise et a menacé de se tuer avant de descendre quelques marches et de se jeter dans le vide. Cependant, le bâton couvert de sang que l'on a retrouvé un peu plus tard sur place laisse penser que quelqu'un se trouvait déjà dans l'escalier avant que Polly n'arrive.

— L'individu à l'imperméable jaune, suggéra Dwayne.

— Exactement, approuva Richard. Qui que soit cette personne, elle a attaqué Polly avec ce bâton, l'a frappée pour la faire tomber ou l'assommer et a caché le bout de bois avant de s'enfuir. D'une manière ou d'une autre. En revanche, nous savons grâce aux lettres anonymes que quelqu'un voulait la mort de Polly Carter. Je veux donc que vous vérifiiez les antécédents de Polly et de chacun des occupants de la maison. Qui aurait intérêt à tuer Polly Carter ? Qui aurait voulu la voir morte ? Il faut que l'on épluche le rapport d'autopsie. Si elle a été attaquée par quelqu'un avec cette branche, je parie qu'il y aura d'autres indices sur son corps.

— Il y a aussi les quatre questions de tout à l'heure, rappela Fidel.

— C'est vrai, mais je pense qu'à présent nous devons modifier nos quatre questions, dit Richard, tout en se tournant vers le tableau pour en dresser la liste de son écriture nette.

Quand il eut terminé, il s'écarta du tableau pour que son équipe puisse lire ce qu'il venait d'écrire.

Les questions clés

1. Comment le tueur a-t-il su qu'il devait se trouver sur la falaise à ce moment précis ?
2. Comment le tueur a-t-il pu se volatiliser après coup ?
3. Que faisait le téléphone de Claire coincé dans le lustre ?
4. Qui est l'expéditeur des lettres anonymes ?

— Vous savez quoi ? dit Richard tout en rebouchant le feutre du tableau avec un cliquetis satisfaisant. Je pense que si nous réussissons à répondre à ces quatre questions, nous avons toutes les chances d'identifier l'assassin de Polly Carter. Nous devons comprendre pourquoi elle devait mourir et par-dessus tout, *comment* le tueur s'est échappé sans être vu. À présent, au travail.

Chapitre 4

Le lendemain, Richard était assis à son bureau et tentait de se concentrer sur son travail, mais ses pensées ne cessaient de le ramener au dîner qu'il avait partagé avec sa mère la veille au soir. Non pas qu'elle se soit montrée particulièrement pénible – après tout, elle voulait simplement discuter de la vie que son fils menait sur l'île –, mais en policier aguerri, il avait l'impression qu'elle se montrait quelque peu évasive. Il avait lu dans son regard une certaine retenue qu'il ne lui connaissait pas. L'inquiétude de Richard était accentuée par le fait que sa mère esquivait toute question relative à son père. « Oh, tu sais comment il est », se contentait-elle de dire joyeusement, sans que cette remarque ait véritablement de sens.

Peut-être que le détail le plus perturbant pour Richard avait été de découvrir qu'elle n'avait rien prévu pour son séjour. Pourtant, il ne l'avait jamais vue voyager sans s'être abondamment renseignée sur sa destination et avoir préalablement défini ses itinéraires. À la place, elle lui avait expliqué qu'elle avait rencontré à la réception de l'hôtel un jeune homme charmant du nom de Karl qui se chargeait de lui concocter un circuit touristique commençant par la visite d'une distillerie de rhum local le lendemain matin.

En somme, la soirée tout entière s'était déroulée de manière bien étrange pour Richard, et tandis qu'il embrassait sa mère sur chaque joue en lui souhaitant une bonne nuit, il n'avait pu réprimer le sentiment d'avoir été en quelque sorte « dupé ».

Il savait qu'il était censé se renseigner sur la vie de Polly – et non penser à sa mère –, et il se força donc à consulter l'article de presse affiché sur l'écran de son ordinateur. C'est alors qu'il se rendit compte de ce qu'il avait sous les yeux.

— Bon sang ! s'exclama-t-il, ahuri.

Camille soupira bruyamment.

— Quoi, encore ?

Richard indiqua la page Internet sur son écran.

— On raconte ici que Polly a participé à une orgie à Cheam[1] en 2005.

— Je vous avais prévenu, monsieur, ils publient tout et n'importe quoi, déclara Camille, se répétant pour la énième fois.

— Mais comment peuvent-ils le savoir ? demanda Richard, ébahi. Vous pensez qu'ils avaient envoyé un reporter là-bas ?

Un rire amusé s'éleva derrière l'ordinateur de Dwayne. Son visage apparut alors, les yeux étincelants.

— Vous seriez surpris, chef.

— Je serais certainement surpris si je me retrouvais dans une orgie à Cheam.

Richard ajouta cette nouvelle information invraisemblable à l'interminable liste de mensonges, vérités, demi-vérités et frasques médiatiques qu'ils avaient rassemblés sur Polly. Il avait appris qu'elle avait un jour été le mannequin le mieux rémunéré de la planète, qu'elle était la marraine d'un refuge pour hérissons en Cornouailles, qu'elle était une héroïnomane notoire qui avait passé sa vie à lutter contre son addiction, qu'elle avait dessiné une collection de vêtements pour bébés, qu'elle faisait toujours l'objet d'un mandat d'arrêt au Portugal pour avoir agressé un paparazzi, qu'elle avait remporté la médaille d'or dans la catégorie

1. Village de la banlieue de Londres. *(N.d.T.)*

sportive du Prix international du duc d'Édimbourg lorsqu'elle était adolescente et qu'elle était sortie avec une célèbre rock star pendant de nombreuses années, même si autant qu'il pût en juger, l'homme en question ressemblait plus à un éboueur qu'à un rocker.

Les seules informations utiles que Richard avait réussi à glaner sur Internet concernaient une grave overdose qui avait failli coûter la vie à Polly au mois de septembre précédent. Elle avait été transférée en urgence à l'hôpital où elle avait subi un lavage gastrique et une transfusion sanguine qui lui avaient tout juste permis de survivre. Il avait trouvé une multitude de photos sur lesquelles on pouvait voir Polly, maigre comme un clou, quitter l'hôpital de Sainte-Marie douze jours après son admission, le visage caché derrière des lunettes de soleil noires et une béquille à la main.

L'inspecteur avait également pu vérifier la véracité des premiers témoignages recueillis : à la suite de cette overdose quasi mortelle au mois de septembre, Polly avait suivi après Noël une cure de désintoxication de dix semaines dans la banlieue de Los Angeles. Richard avait trouvé un communiqué de presse à ce sujet que le manager de Polly, Max, avait publié à sa sortie de la clinique au mois de mars. Dans sa déclaration, Max annonçait que Polly avait enfin gagné la bataille de sa vie contre son addiction et qu'elle était désormais impatiente de remonter sur les podiums internationaux où elle était tant attendue.

Richard se rendit compte que son esprit ne cessait de divaguer, cherchant à imaginer à quoi pouvait bien ressembler une orgie à Cheam, mais avant de vaciller complètement sur le fil de ses pensées, il frappa des mains en se levant d'un bond – ce qu'il regretta presque aussitôt, car ce geste lui avait sûrement donné l'air d'un professeur de géographie fraîchement diplômé.

— Bien, tout le monde, dit-il en s'adressant à son équipe. Qu'avons-nous rassemblé jusqu'à présent ?

— Eh bien, monsieur, dit Fidel en s'empressant d'attraper ses notes pour faire un rapport à son supérieur, j'ai fait quelques recherches sur Phil Adams. Il a un pedigree assez impressionnant. Avant de prendre sa retraite, son père était enseignant à Eton College, et sa mère occupe un haut poste de fonctionnaire au ministère des Affaires étrangères. Quant au reste de la fratrie, il a un frère plus âgé et une sœur plus jeune. Son frère est banquier, il possède sa propre société de gestion de fonds spéculatifs – autant dire qu'il pèse lourd –, et sa sœur est l'ambassadrice de Grande-Bretagne en Slovénie.

— Je vois, répondit Richard, qui ne put s'empêcher d'éprouver une certaine admiration. Phil est issu d'une famille prestigieuse.

— Quant à M. Adams, reprit Fidel, il s'est fait un nom en tournant une série de films violents sur des gangsters dans les années 1990, mais il n'a pas été très actif depuis. La seule information que j'ai réussi à obtenir sur lui, c'est qu'il était également en cure à Los Angeles en début d'année.

— Lui aussi ? demanda Richard, interloqué. Tous les invités de Polly sortent-ils de la clinique ?

— Non, monsieur, seulement Phil Adams et Polly Carter, pour autant que je puisse l'affirmer. J'ignore le nom de la clinique dans laquelle il était inscrit et la raison de son séjour. Seules les pages mondaines de quelques journaux britanniques en faisaient mention : à la suite de l'échec de son long-métrage sorti l'an dernier, il s'est inscrit à une cure.

— Son dernier film n'a pas eu de succès ? demanda Richard.

— Apparemment pas, répondit Fidel.

— Intéressant. C'est du bon travail, Fidel. À vous, Dwayne. Qu'avez-vous trouvé ?

— À vrai dire, chef, déclara Dwayne, je n'ai pas pu rassembler grand-chose au sujet de Max Brandon. Il a autrefois été l'un des meilleurs imprésarios d'une agence artistique à Londres. Puis il a décidé de faire cavalier seul quand il a commencé à représenter Polly et à partir de là, il n'a jamais eu d'autres clients. Ce n'est pas surprenant qu'il ne représente personne d'autre : s'occuper de la carrière de Polly est un travail à plein temps. Il passe la plupart de ses journées à essayer d'empêcher la presse à scandale de divulguer les excès de Polly liés au sexe et à la drogue. On raconte même qu'il lui indique avec qui elle doit sortir pour promouvoir sa carrière. En tous les cas, chef, il est peu probable que Max soit notre tueur : Polly était sa seule cliente et maintenant qu'elle est morte, il a perdu son unique source de revenus.

— En effet, dit Richard. Bien vu.

— Mais les choses deviennent beaucoup plus savoureuses quand on s'intéresse à l'infirmière de Claire, Sophie Wessel.

— Ah oui ?

— Absolument, répondit Dwayne. J'ai téléphoné à l'agence qui emploie Sophie au Royaume-Uni. Il s'avère qu'elle ne travaille plus pour eux depuis plusieurs mois. Or, quand Claire a voulu une infirmière pour l'accompagner à Sainte-Marie, elle a réclamé Sophie, car écoutez bien, Claire est venue sur l'île l'an dernier juste avant que sa sœur Polly ne fasse son overdose, et c'est Sophie qui l'avait accompagnée cette fois-là également.

— Vraiment ? demanda Richard. Combien de temps Claire était-elle restée la dernière fois ?

— D'après l'agence de Sophie, il s'agissait d'un séjour de cinq semaines ayant démarré au début du mois d'août.

— Donc, reprit Richard en essayant de dérouler la chronologie des événements, Claire et Sophie ont séjourné ici pendant cinq semaines l'an dernier, juste avant que Polly ne fasse une overdose quasi mortelle... et elles étaient à nouveau ici cette année, mais cette fois-ci, Polly est morte.

— Vous avez tout juste, claironna Dwayne, en s'appuyant sur le dossier de sa chaise d'un air satisfait.

— C'est du bon travail, Dwayne. Nous devons creuser cette piste. Pourquoi Claire est-elle venue ici l'an dernier ? Sa visite a-t-elle un lien quelconque avec l'overdose de Polly ?

Richard se tourna vers Camille.

— Et vous, Camille ? Vous vous en sortez avec Alain et Juliette Moreau ?

Camille le regarda en haussant les épaules, comme si elle n'en savait rien. Cette manie rendait toujours son supérieur perplexe. Après tout, le cliché du Français était celui d'une personne qui haussait les épaules en permanence, pensa Richard, tandis qu'il suffoquait sous la chaleur de midi dans sa paire de richelieus, son costume en laine et sa cravate à l'ancienne mode, alors pourquoi se montrait-elle assez écervelée pour entretenir le poncif national ?

— Oui, monsieur, commença Camille.

Cet autre tic agaçait tout autant Richard : elle ne l'appelait jamais « chef » comme le faisait Dwayne. Ou Fidel. Ou Catherine, somme toute. À bien y réfléchir, même Selwyn Patterson, le commandant de police de l'île, l'appelait ainsi de temps à autre, bien que ce soit purement ironique. Si toutes ces personnes étaient prêtes à lui attribuer l'affectueux sobriquet de « chef », pourquoi Camille ne pouvait-elle pas s'y plier elle aussi ? Ne serait-ce qu'une fois ? Franchement, c'était exaspérant.

— Vous m'écoutez, monsieur ? demanda Camille, tout en basculant le poids de son corps sur une jambe.

Richard se rendit compte trop tard qu'il n'avait rien suivi de son exposé.

— Excusez-moi. Oui, bien sûr. Continuez.

— Il n'y a presque à rien à dire sur Juliette et Alain – si ce n'est qu'Alain est le troisième mari de Juliette. Elle a épousé son premier mari à l'âge de dix-neuf ans. Leur histoire a duré deux ans. Puis elle a épousé un Français qui était venu en vacances ici, quand elle avait vingt-neuf ans. Cette fois-ci, le couple a tenu quatre ans avant que son deuxième mari ne la quitte pour rentrer en France. Quant à Alain, lui et Juliette se sont mariés il y a sept ans, juste avant d'être embauchés pour garder la maison.

— Je vois. Intéressant. Merci, Camille.

— Monsieur, intervint Fidel, je connais un peu Alain et Juliette. On fréquente la même paroisse.

— Ah oui ? répondit Richard.

— Bien que Juliette ne vienne pas aussi souvent qu'Alain.

— Et comment les décririez-vous ?

— Je dirais qu'ils sont plutôt gentils, répondit Fidel. Surtout lui. C'est le genre d'homme assez impressionnant, si vous voulez mon avis. Vous ne le remarquez pas vraiment jusqu'à ce que vous vous rendiez compte qu'il participe à l'école du dimanche tous les week-ends et qu'il apporte à manger aux personnes âgées qui vivent seules sur l'île.

— Il rend visite aux personnes âgées ?

— Oui, monsieur.

Richard réfléchit un instant.

— Oui. La livraison des repas aux personnes isolées ne fait pas vraiment partie du mode opératoire propre à l'image que vous vous faites d'un assassin, n'est-ce pas ?

— En effet, monsieur.

— Et sa femme, Juliette ?

Fidel parut un instant embarrassé.

— Eh bien, monsieur, je ne la connais pas très bien, je ne saurais pas quoi vous dire.

Richard poussa un soupir d'exaspération.

— Fidel, dit-il, nous menons une enquête pour meurtre. Si vous disposez d'informations compromettantes sur l'un de nos suspects, c'est exactement le terrain sur lequel j'aimerais que vous vous engagiez.

— En fait, monsieur, je ne sais rien de compromettant sur Juliette, c'est juste que je ne suis pas sûr de l'apprécier. Vous comprenez ? Elle ne vient pas souvent à l'église, et quand elle est là, elle ne se montre pas très sympathique. Elle fait partie de ces gens qui ont l'air austères, si vous voulez mon avis. Austères et froids.

— Oui, dit Richard. Elle n'a pas paru particulièrement émue en apprenant la mort de Polly. On a donc affaire à une femme dure qui en est à sa troisième union avec un homme dévoué. C'est bien cela ?

— On dirait bien, monsieur, approuva Fidel.

— Dites-moi, Fidel, Alain a déclaré qu'il était à l'église dimanche dernier à l'heure où Polly a été tuée. À tout hasard, vous rappelez-vous l'y avoir vu ?

— Je suis désolé, monsieur. Je n'étais pas à l'église dimanche dernier, mais je peux demander autour de moi si quelqu'un se souvient l'y avoir croisé.

— Merci. Je veux bien.

— Oh, dit Camille, j'ai aussi discuté avec ma mère, et elle m'a confirmé que Juliette et Alain sont venus prendre un café dans son bar vers 10 h 30 le matin du meurtre. Ils ont un alibi.

— Et alors ? répondit Richard. Est-ce vraiment un alibi ? Même si Juliette et Alain buvaient un café dans le bar de votre mère aux alentours de 10 h 30, cela n'exclut pas que l'un d'eux ait commis un meurtre en haut de la falaise vers dix heures, si ?

Tout en posant cette question, il se tourna vers les notes que Camille et lui avaient écrites sur le tableau blanc du bureau. Une fois encore, il fut saisi d'une envie presque physique de rentrer au Royaume-Uni. Car au Royaume-Uni, il y avait des salles de réunion équipées de systèmes d'air conditionné. Ici, l'air était seulement conditionné par la chaleur étouffante qui régnait en permanence. Au Royaume-Uni, il y avait des salles audiovisuelles avec des écrans tactiles sur les murs. Ici, il n'y avait qu'un vieux tableau blanc monté sur un chevalet. Là-bas, un réseau national recensait des milliers d'agents des forces de l'ordre alors que sur Sainte-Marie, Richard avait toujours l'impression qu'il ne pouvait compter que sur eux quatre pour résoudre chaque affaire. Peut-être était-ce parce qu'ils n'étaient en réalité que quatre pour résoudre chaque affaire.

Il soupira et se força à relire les maigres éléments qu'ils avaient rassemblés sur le tableau.

***Polly Carter*. La victime. Un mannequin. Ancienne héroïnomane. A dit qu'elle allait se suicider avant d'être assassinée.**

***Claire Carter*. La sœur jumelle. En fauteuil roulant. Dernière personne à avoir vu la victime en vie.**

***Sophie Wessel*. L'infirmière de Claire. Deuxième personne arrivée sur les lieux. N'a rien vu, mais a entendu le cri juste avant le décès.**

***Max Brandon*. Agent de Polly. A été vu par Sophie dans l'escalier avant le meurtre et par Claire dans la maison juste après. Posté à une fenêtre à l'étage au moment de la mort ?**

***Phil Adams*. Réalisateur. Posté à une fenêtre à l'étage au moment de la mort ?**

***Juliette Moreau*. Faisait un footing de dix kilomètres à l'heure de la mort ?**

***Alain Moreau*. Était à l'église à l'heure de la mort ?**

Tandis que Richard examinait ces noms, il s'aperçut qu'il en manquait un qu'il ajouta en bas de la liste.

***L'individu en jaune* ? A été vu par Claire en train de descendre l'escalier juste avant le meurtre... ?**

— Bien, écoutez tous, dit-il. Qu'il s'agisse ou non de l'individu à l'imperméable jaune, il y avait *bien quelqu'un* qui attendait dans l'escalier avant le meurtre de Polly. Parmi tous nos suspects, qui aurait pu se trouver là ?

Camille se rapprocha de Richard devant le tableau.

— À vrai dire, monsieur, dit-elle, cela ne peut pas être Claire, puisque c'est elle qui a vu l'individu en jaune.

— Je suis d'accord, répondit Richard.

— Et Sophie était dans le jardin à ce moment-là, dit Dwayne, rejoignant Richard et Camille devant le tableau.

— En effet. Elle ne pouvait donc pas se trouver dans l'escalier au même instant.

Fidel rejoignit les autres devant le tableau.

— Mais Sophie nous a donné une information de taille, monsieur, non ? Elle nous a dit que, au moment où Polly a été tuée, elle a regardé vers la maison et elle a aperçu quelqu'un à l'une des fenêtres de l'étage.

— C'est vrai, approuva Richard. Bien que Max et Phil affirment tous deux être la personne qui était postée devant la fenêtre.

— Alors, l'un d'eux ment ? demanda Dwayne.

— C'est possible, répliqua Richard. Ou peut-être qu'ils regardaient tous les deux dans le jardin et que Sophie n'a pas examiné la façade assez attentivement. De toute façon, puisque Sophie a indéniablement vu Max dans la maison *avant* même de sortir dans le jardin – et que Claire l'y a croisé juste après –, je vois difficilement comment il aurait pu passer devant elles pour s'engager dans l'escalier avant Polly, et encore moins comment il aurait pu regagner la maison après coup sans être vu.

— Alors, c'était peut-être Max que Sophie a aperçu à la fenêtre de l'étage, dit Dwayne. Ce qui signifie que Phil n'a pas d'alibi pour l'heure du meurtre. Il pouvait avoir descendu les marches de la falaise avant Polly.

— Oui, approuva Richard. À mes yeux, il est évident que la déclaration de Phil est assez douteuse : il dit avoir vu Claire et Polly se disputer depuis la fenêtre de sa chambre et s'être calmement remis au travail pendant environ une heure et demie pour n'émerger providentiellement que longtemps après le meurtre. Toutefois, il n'est pas le seul à ne pas avoir d'alibi convaincant pour l'heure du meurtre. Juliette et Alain n'en ont pas, eux non plus.

— Et si Juliette était notre assassin ? suggéra Camille.

— D'accord. Qu'est-ce qui vous fait dire ça ?

— C'est juste qu'elle a déclaré qu'elle était partie courir – ce qui est tout à fait possible, bien entendu. Or, il me semble que les joggeurs portent parfois des hauts réfléchissants ?

— En quoi est-ce important ? demanda Fidel.

— Des hauts *jaunes* réfléchissants, précisa-t-elle. Souvenez-vous, Claire était incapable d'affirmer catégoriquement si la personne qu'elle a entrevue était un homme ou une femme, n'est-ce pas ? Et s'il ne s'agissait pas d'un imperméable, mais d'un gilet de course réfléchissant que Juliette portait ?

— Mais Juliette nous a dit qu'elle avait également aperçu un individu en jaune dans le jardin il y a quelques jours, releva Richard.

— Elle essayait peut-être de nous égarer, rétorqua Camille. Après tout, si elle déclare avoir vu quelqu'un dans le jardin quelques jours avant la mort, on ne va pas s'intéresser trop longuement à elle, n'est-ce pas ?

Richard comprenait le raisonnement de Camille, mais il se souvenait également du vieux chemin de contrebandiers qui traversait les broussailles sur le flanc de la falaise, à l'endroit où Polly avait été mortellement poussée dans le vide. Il était encore possible que quelqu'un d'autre se soit trouvé là – quelqu'un qui n'était pas un des occupants de la maison –, et que cette personne soit leur assassin.

— C'est vrai, admit-il. Toutefois, même si Phil, Juliette et Alain ne disposent pas d'alibi digne de ce nom, nous ne devons pas exclure la possibilité qu'une tierce personne ait rejoint la maison en empruntant le vieux sentier de contrebandiers depuis Honoré. Bien, Dwayne, je veux que vous parcouriez tout le chemin depuis la maison de Polly jusqu'à Honoré en essayant de ratisser chaque recoin autant que possible. Voyez si vous pouvez trouver des mégots de cigarettes, de vieilles cannettes de soda – n'importe quel indice que notre assassin aurait laissé derrière lui lors de son trajet jusqu'à la maison de Polly.

Les yeux de Dwayne s'écarquillèrent.

— Vous voulez que j'inspecte tout le chemin qui va de chez Polly jusqu'à Honoré ?

— Oui, c'est ce que je viens de dire.

— Oh, je vois, suggéra Dwayne d'une voix pleine d'espoir, mais que diriez-vous si je n'arpentais que les cinquante premiers mètres du sentier ? Quelque chose comme ça ?

— Non, je veux que l'intégralité du chemin soit passée au crible de chez Polly jusqu'à Honoré, s'il vous plaît.

Dwayne réfléchit un instant et claqua soudain des doigts lorsqu'une idée lui traversa l'esprit.

— Je sais ! Je veux dire par là, chef, que c'est une excellente idée – nous devons inspecter le sentier, cela va sans dire –, mais que faire si je passe à côté d'un indice essentiel ? Après tout, je n'ai plus une aussi bonne vue qu'avant. Je me disais donc qu'on pourrait peut-être réquisitionner une paire d'yeux plus jeune pour effectuer le travail.

Dwayne se tourna aussitôt vers Fidel.

— Très bien, déclara Richard. Fidel, pouvez-vous inspecter le sentier ? Dwayne, je vais vous donner le travail que j'allais attribuer à Fidel.

Dwayne affichait un sourire radieux, heureux de l'avoir échappé belle.

— Bien, Dwayne, reprit Richard, Juliette affirme qu'elle était partie courir dix kilomètres dimanche matin. Pourriez-vous lui demander l'itinéraire qu'elle a suivi, le parcourir vous-même et frapper à chaque maison que vous dépasserez pour trouver un témoin capable de lui offrir un alibi à l'heure de la mort ?

— *Quoi ?*

— Ce n'était pas si compliqué que ça à comprendre, si ?

— Vous voulez que je parcoure dix kilomètres ? dit Dwayne, indigné. Avec *mes* genoux ?

— Ne t'inquiète pas, dit Fidel, intervenant comme toujours pour jouer les pacificateurs. Je me charge des dix kilomètres. Tu n'as qu'à t'occuper du chemin sur la falaise, Dwayne.

Dwayne poussa un soupir de soulagement.

— Merci, mon vieux, dit-il, tout en cognant son poing contre celui de Fidel.

— Bien, ravi que tout cela soit rentré dans l'ordre, dit Richard. À partir de maintenant, je veux que nous restions concentrés. Si nous voulons découvrir qui est l'assassin de Polly Carter, nous devons d'abord comprendre le comment et le pourquoi de ce meurtre. *Comment* le tueur a-t-il pu pousser Polly dans le vide et se volatiliser aussitôt après ? Et quel était le mobile ? Qui tire un avantage à sa mort ?

— Je pense que j'ai une petite idée, déclara une voix de femme depuis le seuil de la porte.

Tous se retournèrent et virent une élégante femme anglaise approchant de la fin de la soixantaine se tenir à l'entrée du poste de police vêtue d'une robe d'été à fleurs et d'un cardigan beige.

— On peut vous aider ? demanda Fidel, légèrement embarrassé.

— Je pense savoir à qui la mort de Polly Carter profite.

Fidel, Dwayne et Camille lancèrent un regard en direction de Richard, attendant qu'il congédie cette étrange femme, mais à la place, ils virent leur supérieur se figer dans une mortification silencieuse.

— Tu ne fais pas les présentations ? demanda la femme à son fils.

— Vous êtes... ? réussit à articuler Camille par-dessus les marmonnements de Richard.

— Tout le monde, voici ma mère. Jennifer Poole.

Il s'écoula un moment où les membres de l'équipe observèrent la mère et le fils côte à côte. Ils étaient si différents, bien entendu, et en même temps tellement semblables. Camille fut la première à rompre le silence.

— Quelle joie de vous rencontrer, Jennifer ! Je suis Camille, bienvenue à Sainte-Marie !

Elle s'avança vers Jennifer et déposa une bise sur chacune de ses joues - ce qui eut initialement pour effet de la faire reculer comme un oiseau effarouché –, mais elle réussit à masquer son trouble tandis que Camille lui présentait Dwayne et Fidel. En quelques minutes, toute l'équipe de Richard se mit à énumérer les sites touristiques incontournables que Jennifer devait visiter pendant son séjour à Sainte-Marie. Malheureusement, comme Jennifer ne cessa de le leur faire remarquer, chaque activité que les membres de l'équipe lui suggéraient risquait de multiplier fortement ses chances d'attraper la dengue ou d'avoir le mal de mer - ce qui était un calvaire pour elle –, ou encore de manger des plats épicés, ce qu'elle n'appréciait guère, à son grand regret, mais elle était très reconnaissante de toutes ces recommandations. Ainsi, après quelques minutes, ils convinrent tous que le mieux serait peut-être que Jennifer passe simplement la matinée à déambuler dans les boutiques et le port d'Honoré.

Pendant toute la conversation, Richard se tint légèrement en retrait, transpirant dans son costume sombre. À vrai dire, en voyant sa mère s'entretenir avec son équipe, il s'était pétrifié. De temps à autre, il amorçait un geste de ses bras comme s'il allait se joindre à la conversation, mais il se rendait compte qu'il n'avait rien à dire, et ses bras retombaient mollement le long de son corps.

— Bonjour, Maman, réussit-il finalement à articuler.

Ce n'était absolument pas ce qu'il avait l'intention de dire, mais les mots s'étaient précipités au bord de ses lèvres comme si toute son existence en tant qu'homme de nationalité anglaise se résumait au conditionnement pavlovien – ce qui était peut-être le cas.

Jennifer observa son fils, déconcertée par son embarras.

— Bref, dit-elle, toute l'île ne fait que parler de la mort de Polly Carter. Vous parliez sérieusement quand vous disiez qu'il s'agit d'un *meurtre* ?

— Oui, répondit Dwayne, comme s'il pouvait personnellement s'attribuer le mérite de cette déduction.

— Est-il vrai que le réalisateur Phil Adams se trouvait chez elle quand elle est morte ?

— Oui, répondit Dwayne, une fois de plus comme s'il était responsable de cette découverte capitale dans l'affaire.

Richard se sentait abattu. Il n'était pas étonnant que les habitants aient découvert l'existence de cette affaire étant donné que sa propre équipe se réjouissait d'en parler.

— Alors, si vous vous demandez qui tire profit de la mort de Polly Carter, déclara Jennifer, je vous suggère de vous pencher sérieusement sur Phil Adams.

Cette affirmation retint l'attention de Richard.

— Vraiment ? demanda-t-il.

— Oh, oui ! répondit Jennifer. Je suis certaine que Phil Adams profite de la mort de Polly Carter.

— Mais comment cela ? demanda Camille.

— Eh bien ! Il y a quelques années, chez le coiffeur, je me souviens avoir lu dans un magazine que Phil Adams et Polly Carter étaient allés à Las Vegas ensemble. Ils étaient partis en vacances. Enfin bref, je me souviens que cet article racontait que Phil et Polly avaient fait la fête à Vegas et qu'ils avaient terminé leur soirée à la Chapel of Love[1] pour se marier. Je me dis donc que maintenant qu'elle est morte, Phil Adams risque d'hériter de sa fortune, non ? Puisqu'il est son mari.

— Tu sais ce genre de choses ? demanda Richard, stupéfait.

— Si vous dites qu'elle a été tuée, alors vous devriez commencer par le mari. Après tout, dans un couple, c'est toujours l'homme qui est à blâmer.

Jennifer avait dit cela sur un ton relativement joyeux, mais tout le monde – y compris Richard – avait remarqué qu'il s'agissait d'une affirmation pour le moins énigmatique. Toutefois, avant que sa mère n'en dise davantage, Richard s'engouffra dans la brèche.

— Très bien, Maman. Merci. Reste à savoir à présent si Phil Adams est véritablement marié à Polly Carter.

— Apparemment, oui, répondit Fidel qui venait de passer les dernières minutes à son bureau pour vérifier ces informations sur son ordinateur. Je trouve des quantités de résultats confirmant que Phil Adams et Polly Carter se sont mariés il y a sept ans à Las Vegas.

Jennifer frappa dans ses mains avec jubilation, mais en observant son patron, Camille constata que, pour une raison quelconque, Richard était la seule personne de la pièce qui ne semblait pas impressionnée par la contribution de sa mère. En réalité, Camille nota qu'il

---

1. Chapel of Love est une quasi-institution de Las Vegas, où les jeunes couples viennent se marier devant un prêtre déguisé en Elvis Presley. Las Vegas est réputée pour la facilité avec laquelle on peut se marier pour seulement quelques dollars. *(N.d.T.)*

était à présent d'une humeur noire. Elle décida alors qu'une fois en route pour aller interroger Phil Adams elle profiterait du trajet pour découvrir tout ce qu'elle pourrait sur la relation que Richard entretenait avec sa mère.

Chapitre 5

Camille arriva chez Polly avec des envies de meurtre. Elle avait essayé d'aborder subtilement la question avec Richard, elle avait essayé de se montrer directe – elle avait même tenté de l'enjôler, de le secouer et, encore plus déshonorant pour elle, de se montrer polie –, mais l'inspecteur avait catégoriquement refusé de discuter de sa mère. Tout ce qu'il acceptait de dire sur le sujet se résumait à : « Je préfère ne pas en parler, merci. »

En descendant du 4×4 de fonction, elle claqua la portière avec fureur, mais Richard ignora ce geste de rage comme il avait ignoré les questions.

Ils trouvèrent Phil dans le salon, son ordinateur allumé et des dessins étalés en désordre tout autour de lui. Il était en train de regarder par la fenêtre.

— Bonjour, monsieur Adams, dit Richard.

Phil tourna le regard vers les policiers. Il indiqua les feuilles éparpillées devant lui.

— Excusez-moi. Je pensais pouvoir me distraire en travaillant un peu.

Camille attrapa un des dessins. Il s'agissait d'un croquis encadré d'un rectangle qui représentait deux personnes marchant sur un chemin. Une énorme flèche pointait vers le haut, accompagnée du mot « panoramique ».

— Qu'est-ce que c'est ?

— Le story-board de mon nouveau film, dit Phil. Ou ce qui sera mon nouveau film.

— Le story-board ?

Phil soupira, bien que, de toute évidence, il soit content de pouvoir se concentrer sur autre chose que la mort de son amie.

— Eh bien, expliqua-t-il, quand on tourne un film, on prépare tous les plans en les dessinant sur des centaines de feuilles de papier. C'est ce que j'essaie de faire.

— Et de quoi parle le film ? demanda Camille.

— C'est l'histoire d'une bande de vieux escrocs qui décident de se réunir pour braquer une banque.

— Ah ! s'exclama Richard dans un spasme involontaire.

Camille et Phil se tournèrent vers lui, et Richard réalisa que sa réaction méritait quelques explications.

— C'est juste que... Cela a déjà été fait auparavant, non ?

— C'est une nouvelle interprétation du genre, dit Phil.

Richard lut une certaine vulnérabilité dans les yeux de Phil lorsqu'il prononça cette dernière phrase. L'inspecteur ne connaissait que trop bien ce regard confiant-mais-pas-trop. Après tout, Phil venait d'une famille brillante et il n'avait peut-être pas eu la carrière auréolée de réussite à laquelle il aurait pu prétendre. Richard pouvait parfaitement s'identifier à lui.

— Quoi qu'il en soit, dit Phil, voilà ce que je suis en train de faire ici. Et vous, qu'est-ce qui vous amène ?

Richard sourit avec détachement.

— Nous voulions seulement savoir pourquoi vous n'aviez pas mentionné plus tôt que vous étiez le mari de Polly Carter.

Phil mit quelques instants à comprendre la question.

— Pardon ?

— Pourquoi ne pas nous avoir dit que vous étiez marié à la défunte ?

— Pourquoi l'aurais-je fait ?

— Parce que, en fonction de ses dernières volontés, il est possible que vous héritiez de sa fortune.

— Oh, non ! Vous n'êtes pas au courant, n'est-ce pas ?

— Reconnaissez-vous être le mari de Polly ?

— Oui, répondit Phil. On est partis à Las Vegas il y a quelques années. On a picolé tout le week-end, le week-end s'est transformé en une semaine, et à la fin du séjour, on s'est mariés à la Chapel of Love. Si vous voulez tout savoir, je ne regrette pas un seul instant. C'était l'une des meilleures semaines de ma vie. Une semaine entière d'alcool, de drogue et de sexe avec l'un des top-modèles les plus célèbres de la planète, c'est le rêve de n'importe quel homme qui devient réalité.

À vrai dire, tout cela n'avait rien de l'accomplissement d'un rêve aux yeux de Richard, mais il passa tout de même un doigt dans le col de sa chemise pour soulager une soudaine bouffée de chaleur.

— Après ça, poursuivit Phil, on a chacun repris nos vies respectives. Ce n'était pas sérieux.

Richard s'éclaircit la gorge. Il devait vraiment enchaîner à présent.

— Vous vous êtes mariés, mais ce n'était *pas sérieux* ?

— Non. On a quand même réussi à se voir de temps à autre, lorsqu'on voulait prendre du bon temps. Malgré ça, on s'était toujours dit que le jour où l'un d'entre nous voudrait se marier pour de vrai – vous savez, pour épouser la personne avec laquelle on envisagerait de passer le restant de nos jours –, on divorcerait.

— Je ne comprends pas, dit Richard.

La seule pensée que quelqu'un puisse se marier ainsi sans réfléchir – et divorcer de manière tout aussi irréfléchie – portait atteinte à son sens de l'intégrité. En réalité, l'idée que Richard se faisait du romantisme, de la fidélité et de l'amour s'approchait grandement d'une forme de chevalerie qui avait disparu avant même le début du quatorzième siècle, mais il ne pouvait rien y faire. Il estimait que l'amour – et l'union d'un homme et d'une femme – revêtait une certaine noblesse. Le fait que personne ne considère ces idéaux aussi sérieusement que lui constituait l'un des nombreux fardeaux qui pesaient sur ses épaules.

Phil sourit à nouveau tristement.

— Je ne m'attendais pas à ce que vous compreniez, mais c'était amusant d'être marié, vous savez. C'était tellement ennuyeux à faire, tellement conventionnel.

— Aviez-vous encore des rapports sexuels avec la défunte ces derniers temps ? demanda Richard avant d'être pris d'une quinte de toux.

— En l'occurrence, non, répondit Phil. Ce n'est pas faute d'avoir essayé. On s'est retrouvés plus tôt cette année, mais elle n'avait pas l'air de vouloir donner suite à cet aspect de notre relation.

— Était-ce pendant que vous étiez tous les deux en cure ? demanda Camille, et Phil lui lança un regard impressionné.

— Vous savez que nous étions en cure ensemble ?

— En réalité, dit Richard, nous savions seulement que vous aviez suivi une cure à Los Angeles en même temps que Polly. Nous ignorions que vous étiez dans le même établissement, merci pour cette information.

Phil dévisagea Richard avant de répondre.

— Je n'ai aucun problème à vous révéler quoi que ce soit. Je n'ai rien à cacher. De toute façon, à Hollywood, si vous ne passez pas au moins un séjour en clinique, vous n'êtes pas considéré comme un véritable artiste.

— Pourquoi étiez-vous en cure ?

— Pour de l'anxiété, dit Phil, comme si c'était la chose la plus naturelle au monde à admettre.

— On peut se retrouver en soins pour de l'anxiété ? demanda Richard.

— On peut, et c'est ce que j'ai fait.

— Vous ne semblez pas particulièrement anxieux en ce moment.

— C'est parce que la thérapie a porté ses fruits, déclara Phil, et Richard fut un bref instant irrité de voir sa réponse arracher un sourire à Camille. Mais en début d'année, j'étais à ramasser à la petite cuillère. Mon dernier film n'avait pas marché, j'étais sujet à de terribles crises d'angoisse. Je savais que j'avais besoin d'une purification complète de ma psyché pour pouvoir commencer à travailler sur mon nouveau long-métrage.

— Je vois, dit Richard. Vous n'étiez donc pas en sevrage de drogue comme Polly ?

— Absolument pas, répondit Phil. Je n'ai jamais consommé de drogues dures comme elle. Pour être franc, sa consommation d'héroïne était ce qu'il y avait de moins attirant chez elle.

— Pourriez-vous me dire comment cela s'est passé entre Polly et vous pendant que vous étiez en cure ?

— On s'est toujours bien entendus. C'est la raison pour laquelle elle m'a invité ici. Elle m'a dit que je pourrais disposer d'une pièce pour travailler sur mon nouveau long-métrage, et c'est ce que j'ai fait depuis que je suis arrivé ici. J'écris mon film. Cela fait environ six semaines que je suis là.

— Et maintenant qu'elle est morte, vous allez hériter de sa fortune ? demanda Richard.

— Vous n'êtes vraiment pas au courant, n'est-ce pas ?

— Au courant de quoi ?

— Elle n'a pas de fortune.

— Pardon ?

— La particularité de Polly – et la raison pour laquelle on l'aimait tous –, c'était qu'elle était excessive. Impulsive. Et beaucoup trop naïve, à sa façon. À cause de ça, elle manquait cruellement de discernement et se faisait très facilement manipuler. Dès qu'il était question d'argent, elle se comportait comme une enfant et donnait sans compter au premier venu qui lui racontait une histoire à faire pleurer dans les chaumières. Mais plus que tout, elle était excentrique. Franchement, regardez cette maison. Je sais qu'elle est miteuse, mais c'est parce que Polly l'a achetée sans avoir les moyens de l'entretenir.

— Mais elle était un mannequin de renommée internationale.

— Qui n'avait pas travaillé depuis son overdose en septembre dernier. Pendant tout ce temps, elle a continué à dépenser et à entretenir ses maisons, mais cela faisait presque un an qu'elle n'avait plus aucun revenu. Si vous voulez mon avis, vous feriez bien de surveiller Max, son agent, car même lorsqu'elle gagnait bien sa vie, elle ne semblait jamais avoir autant d'argent qu'elle n'aurait dû. Je pense qu'il la roulait dans la farine depuis des années.

— Vous pensez que Max Brandon est un escroc ? demanda Richard.

— Ce n'est pas ce que je dis, mais ce qui est sûr, c'est que je ne lui fais pas confiance. Vous voulez tout savoir ? Pas plus tard que la semaine dernière, je me trouvais dans cette pièce en compagnie de Polly. Elle était assise ici.

Phil pointa du doigt un vieux fauteuil poussiéreux.

— C'était juste avant minuit. Elle m'expliquait qu'elle était tellement sur la paille qu'elle allait devoir mettre cette maison en vente. Et son appartement de Los Angeles. Et son appartement de Londres. Je pense que c'est pour cela qu'elle a fini par disjoncter et qu'elle s'est tuée. Elle n'avait plus de travail, plus d'argent et elle a décidé d'en finir.

— Le problème, déclara Richard tout en s'avançant au bord du fauteuil dans lequel il était assis, c'est qu'elle ne s'est pas suicidée. Elle a été assassinée.

Phil cligna des yeux une fois. Deux fois.

— Quoi ?

— Elle a été tuée.

— C'est une plaisanterie ?

— Il semblerait que Claire ait dit vrai, expliqua Richard. Quelqu'un se trouvait déjà dans l'escalier de la falaise au moment où Polly a descendu les marches – très certainement cet individu à l'imperméable jaune –, et cette personne l'a tuée en la poussant dans le vide.

— Elle a été poussée... ?

— Je suis désolée, dit Camille. Les preuves sont indéniables.

— C'est impossible.

— Pourquoi donc ? demanda Richard.

— Parce qu'elle était exaspérante, je vous le concède, mais de là à l'assassiner ? Qui voudrait la tuer ?

— C'est exactement ce que nous essayons de découvrir.

Richard et Camille virent Phil soudain froncer les sourcils, comme si une pensée venait de lui traverser l'esprit. Après quelques instants d'introspection, il se tourna de nouveau vers Richard.

— Vous dites qu'elle a été poussée alors qu'elle descendait l'escalier ? demanda-t-il.

— Pourquoi posez-vous cette question ?

— Parce que si vous cherchez quelqu'un qui aurait pu vouloir la mort de Polly, Claire ne plaisantait pas en disant qu'elle ne s'entendait pas avec sa sœur. En réalité, je peux facilement imaginer Claire souhaitant la mort de Polly. Mais vu qu'elle est en fauteuil roulant, elle ne pourrait pas avoir descendu les marches, si c'est ainsi que Polly a été tuée.

— Vous pensez que Claire aurait pu vouloir assassiner Polly ?

— Oh, oui. Bien sûr.

— Comment ça, « bien sûr » ?

Phil regarda les policiers, interloqué.

— Vous ne savez pas comment Claire a perdu l'usage de ses jambes ?

— Non.

— Eh bien, dit Phil après un bref instant d'hésitation, si je dois faire quelque chose pour Polly, ce sera ceci. Je vais vous raconter cette histoire avant que vous ne l'entendiez de la bouche de quelqu'un d'autre. Polly et Claire sont jumelles, comme vous le savez. Pourtant, toute leur relation reposait sur le fait que Claire est née quelques minutes avant. Elle est la plus âgée des deux. Dans leur famille, cela a impliqué qu'à l'instant même où Claire a été en âge de comprendre on lui a répété qu'elle hériterait de tout. En l'occurrence, par « tout » il faut entendre une immense demeure dans le comté du Lincolnshire, une ferme laitière, un lac de pêche et des centaines d'hectares de terres arables. Cela représente des millions. Claire en hériterait donc et Polly ne toucherait pas un centime.

— Parce que Polly était née en second.

— Polly racontait que, pendant leur enfance, Claire lui a mené la vie dure en la traitant toujours en inférieure, comme une parente pauvre – ce que, de fait, elle était. Leurs parents n'étaient pas plus tendres. Claire était « l'héritière » et Polly sa « doublure ». Si vous voulez mon avis, c'est pour cette raison que Polly a fini comme ça. Elle a passé sa vie à chercher l'approbation d'autrui, car elle ne l'avait jamais trouvée auprès des siens. Peu importe, lorsque Polly a été en âge de s'émanciper de sa famille de fous, elle est partie s'installer à Londres. C'est à cette époque qu'elle a été repérée lors d'une soirée et qu'elle a entamé sa carrière de mannequin. En peu de temps, elle a gagné énormément d'argent, en a dépensé encore plus et a voyagé aux quatre coins de la planète pour travailler ou faire la fête. Mais – car il y a toujours un « mais » quand on parle de Polly –, il fallait bien qu'elle retourne dans le Lincolnshire de temps à autre. Elle ne pouvait pas totalement couper les ponts avec sa famille.

» Il y a une dizaine d'années, son père était malade – il était sur le point de mourir, à vrai dire – et Polly a été contrainte de rejoindre sa famille pour Noël, car tout le monde pensait que ce serait le dernier en compagnie du patriarche. À en croire le récit de Polly, elle a enduré un Noël atroce. Claire et ses parents ne manquaient pas une occasion de la dénigrer. Puis, le jour de la chasse à courre, elle s'est réveillée pour trouver devant la maison des centaines de beagles poussant des aboiements enragés ainsi qu'une horde de snobinards vêtus de queues-de-pie rouges et coiffés de bombes noires, tandis que les locaux se pressaient par centaines pour assister au spectacle, comme s'il s'agissait d'un honneur d'admirer les riches sur leurs montures. Polly les haïssait tous, alors avant même que la chasse ne démarre, elle a essayé de rejoindre des militants anti-chasse. Elle m'a dit qu'il n'avait pas été difficile de les trouver, ils se tenaient au bout de l'allée principale de la propriété et brandissaient des pancartes.

» Je pense qu'aucun d'eux ne savait qui elle était, à vrai dire. L'objectif de ces militants consistait toujours à essayer de barrer la route aux chasseurs, alors Polly en a amené quelques-uns au bout d'un chemin, car elle se doutait qu'il serait emprunté à un moment dans la journée. Elle avait raison. Environ une heure plus tard, un cavalier est arrivé. J'imagine que Polly a aussitôt reconnu sa sœur et qu'elle a informé ses complices qu'il fallait lui réserver une surprise spéciale. Ils se sont donc cachés derrière une haie, et lorsque Claire est passée devant eux, ils sont sortis de leur cachette en hurlant.

» Polly a déclaré que tout cela n'était censé être qu'une plaisanterie stupide, mais le cheval de Claire a pris peur. Il s'est cabré et l'a jetée à terre. Les militants se sont dispersés, mais Polly a accouru vers sa sœur pour lui venir en aide – bien entendu. Vous voyez où je veux en venir quand je vous dis que Polly manquait de discernement ? Si vous voulez faire du mal à votre sœur, vous ne vous précipitez pas pour l'aider. Ou alors, c'est juste ma perception des choses. Bref, il s'est avéré que Claire a eu les jambes et le pelvis fracturés, et le dos également brisé. Elle a été transférée par hélicoptère à l'hôpital et a passé six mois alitée. Au moment de sa sortie, les médecins avaient réussi à rafistoler son dos et son pelvis, mais elle n'a plus jamais remarché.

— Et tout ça, c'était la faute de Polly ? demanda Camille.

— En effet. C'est pour cela que Claire a toujours haï Polly – même si je n'ai jamais rejoint Polly sur le fait qu'elle utiliserait à présent son fauteuil roulant pour la faire culpabiliser.

Richard leva brusquement le regard de ses notes.

— Comment ça ?

— Eh bien, Polly avait tendance à penser que l'invalidité de Claire n'était pas aussi sévère ni aussi permanente qu'elle le faisait croire.

— Vraiment ?

— C'était juste une idée fantaisiste, du Polly tout craché, si vous voulez mon avis.

— Comment l'infirmité de Claire pourrait-elle ne pas être définitive ?

Phil soupira avant de reprendre.

— Écoutez. Je n'y crois pas une seconde, mais Polly soupçonnait Claire de faire seulement semblant d'être infirme. Elle m'a dit qu'on appelait ça « un trouble de conversion ». C'est un état pathologique où le patient est physiquement apte à marcher, mais pour une raison psychologique insensée, il en est incapable. Pour être franc, j'ai passé la semaine qui vient de s'écouler avec Claire. Il ne fait aucun doute qu'elle a besoin de son fauteuil roulant. Réfléchissez-y. Bien que je sois convaincu que Claire haïssait Polly du plus profond de son être, il était délirant de la part Polly de penser que sa sœur feigne d'être infirme pour la faire culpabiliser.

Richard songea à ce que Phil venait de dire.

— Serait-il possible que ce soit Claire qui ait adressé les lettres anonymes à Polly ces derniers mois ?

Phil parut troublé.

— Je ne sais pas de quoi vous parlez. Quelles lettres anonymes ?

— Des courriers écrits à partir de lettres découpées dans des titres de journaux. Il s'agissait de messages particulièrement menaçants.

— Ces messages étaient adressés à Polly ?

— C'est ce que nous supposons. Nous les avons trouvés dans l'armoire de son bureau.

— Je suis désolé, c'est la première fois que j'entends parler d'une quelconque lettre de menace.

Une fois que Richard eut remercié Phil pour ses réponses, il emmena Camille dans le hall et s'arrêta au pied de l'escalier.

— Je pense que nous devrions discuter avec Claire, non ? Nous devons savoir si elle détestait sa sœur autant que Phil le laisse entendre.

Tout en disant cela, il s'engagea dans le large escalier qui menait au palier supérieur. Camille lui emboîta le pas.

Arrivé à l'étage, il regarda par les fenêtres qui surplombaient le jardin et la mer des Caraïbes au loin.

— C'est étrange, non ? dit-il tout autant pour lui-même que pour Camille. On ne voit pas vraiment les marches de la falaise d'ici, n'est-ce pas ?

C'était vrai. À l'extérieur, la vaste pelouse descendait légèrement en pente et s'étendait vers la droite avant de disparaître derrière un épais massif de buissons, d'arbustes et d'arbres qui bouchaient la vue du sommet de la falaise.

Une porte s'ouvrit sur le palier. Camille et Richard virent Sophie émerger d'une des chambres, un magazine à la main. Elle s'arrêta, visiblement surprise de tomber sur les policiers.

— Oh, excusez-moi. J'espère que je ne vous interromps pas, dit-elle.

— Bien au contraire, répondit Richard. En réalité, je pense que vous pouvez nous aider.

— Ah oui ? demanda Sophie en s'approchant.

— J'ai une question assez simple, déclara Richard. Lorsque vous avez traversé la pelouse avant la mort de Polly et que vous avez aperçu quelqu'un derrière les vitres, vous ne vous souvenez vraiment pas à travers quelle fenêtre vous avez regardé ?

— Je suis désolée, répondit Sophie. Je n'ai pas arrêté d'y penser depuis, mais à vrai dire, j'étais un peu paniquée à ce moment-là. Cela aurait très bien pu être Max s'il se tenait ici. Mais la chambre de Phil se trouve juste là.

Sophic pointa du doigt la première porte accessible depuis le palier.

— Il aurait tout aussi bien pu s'agir de Phil à sa fenêtre. Je n'en sais rien.

— Très bien, dit Richard, incapable de masquer sa déception. Puis-je maintenant vous demander si vous savez où se trouve Claire ? Nous aimerions lui toucher deux mots.

— Oui, elle est à la salle de bains. Elle en a pour un petit moment. Après, j'irai lui donner un coup de main.

— Bien sûr. Elle ne peut pas marcher, dit Richard.

— En effet, répondit Sophie, légèrement offensée par le manque de tact de Richard.

— C'est juste que nous nous demandions si Claire était aussi handicapée qu'elle le laisse paraître, expliqua Richard.

— Je suis une infirmière diplômée et je peux vous affirmer catégoriquement que ma patiente est totalement privée de l'usage de ses jambes, dit Sophie, effarée que la police remette en doute cette réalité.

— Je vois, répondit Richard, sans vraiment prendre la mesure de l'outrage qu'il venait de commettre. Vous avez déclaré plus tôt que Claire et Polly ne s'entendaient pas, qu'elles passaient leur temps à médire l'une de l'autre. Selon vous, est-il possible que Claire ait voulu tuer sa sœur ?

Sophie était maintenant horrifiée.

— Pardon ?

Richard expliqua à Sophie qu'ils considéraient désormais la mort comme un meurtre, et le visage de l'infirmière devint livide.

— Non... c'est impossible, dit-elle.

— Je conviens que cela semble peu *probable*, objecta Richard, mais c'est malheureusement ce qu'il s'est passé. Je répète donc ma question : à votre avis, est-il possible que Claire ait souhaité la mort de sa sœur ?

— Non, en aucun cas, répondit loyalement Sophie. Certes, elles ne s'entendaient pas très bien, mais c'est le cas de beaucoup de frères et sœurs. De toute façon, j'ai couru jusqu'au sommet de la falaise dès que j'ai entendu le cri de Polly. Quand je suis arrivée, Claire était immobile dans son fauteuil roulant. Elle ne peut en aucun cas être l'assassin, puisque vous dites que Polly était déjà dans l'escalier au moment de sa chute. Claire n'aurait pas pu descendre les marches avec son fauteuil, et encore moins les remonter, sans que je la voie.

— Alors, dites-moi, si Claire ne peut pas être l'assassin, qui dans cette maison aurait pu vouloir du mal à Polly Carter ? Avez-vous par hasard une idée ?

Sophie prit le temps de réfléchir avant de répondre.

— Je ne pense pas que qui que ce soit lui voulait du mal.

— Et si vous deviez désigner quelqu'un ?

— Je suis désolée, mais je ne passe pas beaucoup de temps avec les autres invités. Je ne les connais pas très bien. En toute franchise, ils me traitent la plupart du temps comme un membre du personnel.

Camille perçut une pointe d'amertume dans le discours de l'infirmière, et elle se souvint que Dwayne leur avait précisé que Sophie avait récemment quitté son agence.

— Oui, c'est vrai. Cela fait longtemps que vous travaillez dans votre agence, n'est-ce pas ?

— Effectivement. Depuis que j'ai obtenu mon diplôme d'infirmière et que j'ai choisi d'exercer dans le secteur privé.

— J'avais pourtant cru comprendre que vous n'étiez plus employée là-bas ?

Le regard de Sophie trahit sa surprise croissante.

— Peut-être pourriez-vous nous expliquer pourquoi ? demanda Richard.

— Vous voulez savoir pourquoi j'ai quitté l'agence ?

— C'est ce que je viens de vous demander.

— Très bien. Je suis partie parce que j'ai été renvoyée.

Cette révélation retint l'attention de Richard et Camille.

— Et pour quelle raison ?

Les joues de Sophie virèrent au rouge vif.

— Puisque vous voulez savoir, j'ai... j'ai été surprise en train de voler.

— Ah bon ? s'étonna Camille. Qu'avez-vous volé ?

— Écoutez, dit Sophie, se lançant dans un discours que Richard la soupçonnait d'avoir souvent répété pour elle-même. Je sais que cela semble mal, mais vous ne savez pas ce que c'est de travailler pour des riches. Ils ont tellement d'argent, ils ne savent pas... c'est comme s'ils ne voyaient pas pourquoi ils devraient faire preuve de bonnes manières. Lorsque vous tombez sur un mauvais client, vous êtes parfois considéré comme un moins que rien. Cela vous détruit, surtout lorsqu'ils exposent leur fortune de manière ostentatoire tout en refusant de vous accorder la moindre augmentation.

» C'est ce qu'il s'est passé lors de mon précédent contrat avec l'agence. Je travaillais pour un homme qui n'avait même pas gagné son argent. Il avait hérité toute sa fortune de son père, un grand banquier. C'était d'ailleurs de son père que je devais m'occuper. Il avait eu un AVC et c'était un homme adorable, avec un regard si gentil. Tout se passait bien avec lui. C'était uniquement son fils qui posait problème, surtout parce qu'il était méchant. Méchant avec moi, méchant avec son père – et il laissait traîner des liasses de billets de cinquante dollars partout dans la maison, comme si c'était de la menue monnaie pour lui. Ce qui était le cas, il faut l'avouer. Et, un jour, il s'est montré particulièrement mesquin avec moi, en me demandant d'aller chercher son linge au pressing, ce qui n'était pas du tout prévu dans ma fiche de poste. J'ai vu quatre billets de cinquante dollars pliés sur le manteau de la cheminée... et je n'ai pas pu m'en empêcher. Je les ai pris.

Richard demanda :

— Mais on vous a vue faire ?

Sophie poussa un profond soupir. Elle avait honte.

— Il s'avère que l'un des membres du personnel de maison commettait déjà des vols, et mon employeur avait laissé ces billets en évidence pour l'attraper. Ils étaient couverts de ce colorant bleu utilisé par la police. Je me sentais tellement honteuse quand les policiers sont arrivés avec la lampe à UV. Mais j'ai eu de la chance, aussi. Le père de mon patron - le monsieur dont je m'occupais - a convaincu son fil de ne pas porter plainte. J'ai bien évidemment dû quitter l'agence. Toutefois, pour être honnête, j'ai vécu mon départ comme un soulagement. Je commençais à me lasser de tous ces gens pour lesquels je travaillais depuis des années. J'ai décroché un emploi dans un centre de soins palliatifs peu de temps après. C'était bien plus gratifiant d'être de retour dans le monde réel. D'avoir affaire à de vraies personnes ayant de vrais problèmes. C'est pour cela que je suis devenue infirmière.

— Si vous aviez trouvé un autre emploi dans un centre de soins palliatifs, pourquoi vous retrouvez-vous à travailler pour Claire ?

— Parce que je suis une bonne infirmière, répondit Sophie, tout en relevant le menton avec un brin de fierté. Quand l'agence m'a téléphoné pour me dire que Claire m'avait réclamée, j'ai été heureuse de prendre mes congés annuels pour venir à Sainte-Marie et gagner quelques dollars en plus sous le soleil des Caraïbes. À présent, le moins qu'on puisse dire, c'est que j'ai changé d'avis.

Une alarme se déclencha sur le téléphone de Sophie. Elle sortit l'appareil de sa poche et l'éteignit d'un geste.

— Excusez-moi, c'est mon minuteur. Je dois aller sortir Claire de son bain. Vous permettez ?

— Oui, allez-y, dit Camille.

— Pouvez-vous veiller à lui dire que nous avons besoin de lui parler ?

Quand Sophie s'éloigna pour aider Claire à sortir de la baignoire, Richard récapitula tout ce qu'il venait d'apprendre. Il n'avait aucun mal à imaginer que Sophie puisse être traitée comme du petit personnel par Claire et les autres occupants de la maison – ce qui pouvait susciter du ressentiment chez elle –, mais il voyait difficilement comment tout cela aurait pu déboucher sur un meurtre. Après tout, comme Sophie venait de le leur dire, elle avait appris il y a bien assez longtemps à quel point les personnes fortunées pouvaient être exaspérantes. À moins, bien sûr, que la mort de Polly ait été d'une manière ou d'une autre liée au vol de billets commis par Sophie. Mais si Polly était ruinée – comme le prétendait Phil à présent –, il était alors difficile d'imaginer quelle somme d'argent Sophie aurait pu convoiter au point de commettre un meurtre ? Il fallait examiner les finances de Polly dès que possible, décida Richard.

Maintenant que Sophie s'était retirée, il se rendit compte qu'il se retrouvait en quelque sorte désœuvré – puis il se souvint que Camille lui avait affirmé qu'il trouverait la chambre de Polly intéressante, aussi suggéra-t-il qu'ils aillent y jeter un bref coup d'œil ensemble.

Lorsqu'ils pénétrèrent dans la chambre, Richard constata que Camille avait raison. Cette pièce était fascinante – ne serait-ce parce qu'il s'agissait du seul endroit de toute la maison qui semblait impeccablement propre. Le magnifique lit en laiton patiné était recouvert d'un édredon récemment sorti de la blanchisserie et les coussins de damas étaient moelleux, remarqua-t-il avec émerveillement. Quant à la garde-robe et à la commode, il s'agissait de meubles anciens et lustrés, sans aucun grain de poussière à leur surface. Il y avait même une moquette de couleur crème au sol, le nec plus ultra aux yeux de Richard.

L'inspecteur avait religieusement retiré ses chaussures avant d'entrer dans la chambre et pendant qu'il fouillait parmi les vêtements suspendus sur le petit portant de la garde-robe, il songea qu'il n'y avait décidément rien de tel dans la vie que l'agréable sensation de remuer ses orteils dans la moelleuse épaisseur d'une moquette de luxe. En voyant la rangée de vêtements et de souliers élégants soigneusement alignés dans la garde-robe, les pensées de Richard se centrèrent à nouveau sur la femme à qui ils appartenaient. Après tout, quel genre de personne vivait dans une maison aussi désordonnée tout en ayant une chambre impeccable ?

Une fois qu'il eut terminé d'inspecter la garde-robe, Richard se tourna vers Camille.

— Vous avez raison. Ce n'est pas comme ça que j'imaginais la chambre de Polly.

— Je sais. Comment se fait-il qu'elle soit si ordonnée alors que c'est la pagaille partout ailleurs ?

— Peut-être que quelqu'un a rangé cette pièce avant qu'elle ne meure ? Ou après ?

— Pour quelle raison quelqu'un prendrait cette peine ?

Richard l'ignorait. Cependant, il voyait bien que cet endroit ne laissait en rien refléter une personnalité impulsive, désordonnée et irresponsable, telle que Phil avait décrit Polly. Soit Phil les avait induits en erreur et cette pièce montrait Polly sous son vrai jour, soit c'était l'inverse, le reste de la maison dans son désordre poussiéreux était à l'image de Polly, et la chambre n'était qu'un leurre. Quoi qu'il en soit, le contraste était troublant de l'avis de Richard. Les personnes dont les chambres étaient bien ordonnées ne vivaient pas dans des maisons sens dessus dessous, et inversement.

Camille entra dans la salle de bains attenante et vit qu'elle était aussi raffinée que le reste de la chambre. La douche à l'italienne était flambant neuve et des miroirs immaculés étincelaient au-dessus du lavabo en porcelaine blanche. Elle ouvrit l'armoire à pharmacie et n'y trouva que des boîtes de vitamines soigneusement rangées. Il n'y avait toujours aucun indice d'une quelconque consommation de drogue.

— Je ne trouve aucune preuve indiquant que Polly se droguait toujours. Et vous ? demanda-t-elle à son supérieur tandis qu'elle retournait dans la chambre.

Richard semblait s'être volatilisé.

— Monsieur ?

— Un instant, s'éleva la voix de Richard de derrière le lit.

Camille contourna le meuble et trouva l'inspecteur à quatre pattes. Il avait retourné l'un des angles de la moquette crème.

— Bon sang, mais que faites-vous ? demanda-t-elle.

— Ce fil pourrait mener quelque part, expliqua-t-il en indiquant un mince câble électrique qui s'enfonçait sous la moquette. Ce que je veux dire, reprit-il, conscient de son manque de clarté, c'est qu'il pourrait mener quelque part au sens propre comme au sens figuré.

— J'avais compris du premier coup, répondit Camille, s'accroupissant à côté de son patron. Vous avez trouvé un câble.

Richard désigna le mince fil électrique blanc.

— Voyez-vous, lorsque j'ai examiné l'arrière de la commode, j'ai vu une fiche d'alimentation branchée et un câble qui partait sous la moquette.

— Et c'est pour cela que vous la décollez à présent ? demanda Camille, surprise.

— Absolument. Le seul appareil électrique dans cette pièce est la lampe posée sur la table de chevet, et je suis certain que vous avez déjà remarqué qu'elle est branchée à la prise murale juste en dessous.

Camille lança un regard dans cette direction et vit que Richard disait vrai. Il n'y avait qu'un seul appareil électrique dans la pièce et de toute évidence, il était déjà branché. Alors, à quoi ce câble était-il donc relié ?

Dans un puissant bruit de déchirure, Richard décolla la moquette sur une quinzaine de centimètres supplémentaires et vit que le câble courait toujours en direction du lit. Toutefois, le fil était désormais à portée de main, si bien que Richard put le saisir pour le faire passer par-dessus la moquette.

Le câble se souleva jusque derrière la tête de lit. Il semblait disparaître sous le sommier.

— Attendez, je vais l'attraper, dit Richard.

L'inspecteur s'allongea pour pouvoir accéder à l'espace sous le lit. La hauteur n'excédait pas trente centimètres, mais c'était suffisant pour qu'il puisse s'y glisser.

Une fois que ses yeux se furent habitués à l'obscurité, Richard suivit le câble du regard et vit qu'il était relié à un boîtier en plastique gris pas plus grand qu'un paquet de cartes qui avait été fixé sous le sommier avec du ruban adhésif. Le boîtier présentait un motif ressemblant à une douzaine de trous d'aération sur sa face inférieure et une petite lumière LED verte sur le côté.

Il s'agissait d'un système de surveillance.

Quelqu'un avait mis la chambre de Polly sur écoute.

Chapitre 6

Pendant que Richard et Camille découvraient le système de surveillance sous le lit de Polly, Fidel avait enfilé sa tenue de sport et courait le long des routes secondaires de l'île pour retracer l'itinéraire que Juliette avait emprunté le matin du meurtre. C'était un travail épuisant sous le soleil de plomb, surtout parce que Fidel – plus consciencieux jamais – se sentait obligé d'arrêter chaque personne qu'il rencontrait pour lui demander si elle se rappelait avoir croisé Juliette lors de son jogging le dimanche matin précédent. Cela faisait à présent plus d'une heure qu'il poursuivait cette tâche, il n'avait parcouru qu'un dixième de la distance totale et n'avait trouvé aucun témoin. Bien entendu, cela ne signifiait pas que Juliette n'avait pas réellement fait son jogging, mais il trouvait tout de même curieux de ne pas être encore tombé sur quelqu'un qui se souviendrait de l'avoir aperçue.

Quant à Dwayne, il passait une matinée bien plus agréable à arpenter le sentier de la falaise qui menait de la maison de Polly à la banlieue d'Honoré. Après tout, même si Richard avait exigé une fouille approfondie du chemin que le tueur aurait pu emprunter, Dwayne se disait qu'il ne fallait pas prendre son supérieur au mot, et il se contentait de guetter tout ce qui sortirait de l'ordinaire. Jusqu'à présent, par chance pour lui, il n'avait rien trouvé d'inhabituel.

Il marchait donc l'esprit léger tandis qu'il retournait vers Honoré en longeant la plage. C'était dans des occasions comme celles-ci qu'il sentait monter en lui tout l'amour qu'il éprouvait pour l'île. Il avait vaguement conscience qu'en dehors d'ici il existait un monde d'opulence, de frénésie et de notoriété. Pourtant, il pensait que les personnes qui déployaient autant d'efforts pour prospérer et s'offrir une vie meilleure passaient en quelque sorte à côté de l'essentiel, qui n'avait rien à voir avec l'argent ou la gloire. Non, songeait Dwayne, la vie consistait avant tout à savoir qui on était et d'où on venait, et à être en paix avec cela. Voilà pourquoi il éprouvait une certaine sympathie pour l'embarras et la colère de Richard. Après tout, celui-ci avait été arraché à son environnement et à ses repères pour être parachuté dans un endroit où il devait repartir de zéro.

Dwayne s'arrêta un moment et réprima un petit rire. Il éprouvait une *certaine* sympathie pour son patron, mais il ne fallait pas qu'il s'emporte trop.

C'est dans cet état d'esprit bienveillant qu'il aperçut alors la mère de Richard qui regardait les bateaux sur la jetée du port.

— Bonjour, Jennifer, comment allez-vous ? s'écria Dwayne. Il l'interpella avant tout parce que cela l'amusait de connaître à présent le prénom de la mère de Richard.

Jennifer se retourna et lui adressa un signe de la main. Dwayne s'approcha aussitôt de sa démarche nonchalante pour engager la conversation.

— Comment se déroule votre journée ? demanda-t-il.

Jennifer lui expliqua avec enthousiasme qu'elle avait pris un café au bar donnant sur la plage et qu'elle s'était même risquée à goûter une pâtisserie locale appelée « roulé aux raisins de Corinthe ».

— Vous avez mangé un roulé aux raisins ? dit Dwayne, impressionné.

Pour lui, l'association des raisins secs, de la pâte briochée et de la cannelle constituait la sainte Trinité de toutes les saveurs connues ici-bas.

— Vous savez quoi ? dit Jennifer, avec un brin de fierté non dissimulée. J'ai même aimé ça !

— Bien évidemment ! répondit Dwayne en riant.

Jennifer et lui se mirent rapidement à échanger des recettes sur leurs pâtisseries préférées. Jennifer était fascinée par les rapprochements culinaires qu'ils étaient capables d'établir entre les beignets jamaïcains et les chaussons de Cornouailles, et Dwayne fut captivé par la description exaltée qu'elle lui donna du pudding traditionnel anglais.

En réalité, tous deux passaient un moment tellement agréable qu'il parut tout naturel à Dwayne d'inviter Jennifer à le suivre pour découvrir certains points d'intérêt de l'île, maintenant qu'il en avait terminé avec la mission urgente confiée par Richard sur le sentier côtier. Toutefois, lorsque Dwayne suggéra l'idée à Jennifer, elle se figea d'horreur. Elle était encore préoccupée par le risque d'attraper toute maladie s'apparentant à la malaria, au chikungunya, à la rage, à la typhoïde, à la fièvre jaune, voire à l'hépatite A et/ou B. Mais le sourire de Dwayne était tellement charmant, songea-t-elle, et il était tellement séduisant dans son uniforme de policier, comment aurait-elle pu résister ?

— Très bien, dit-elle. Je serai ravie de vous accompagner. Merci.

*

* *

Dans la maison de Polly, Richard ne mit pas longtemps à sectionner le câble branché au système de surveillance grâce à son couteau de poche au manche nacré. Il s'avéra bien plus difficile de s'extirper sous le lit, mais une fois debout, il tendit le boîtier de surveillance à Camille pour qu'elle le mette sous scellés.

— Il faut relever les empreintes dessus, dit-il.

— Je pense que l'on peut faire encore mieux que ça, dit-elle en sortant un énorme couteau suisse de son sac à main.

Tandis qu'elle passait en revue la panoplie d'outils – la loupe grossissante, la scie et le crochet multi-usage –, Richard ne put s'empêcher d'établir une comparaison.

— J'ignorais que vous possédiez un si gros canif, dit-il en tenant en l'air son propre petit couteau de poche.

Camille regarda son supérieur et rit.

— Ce n'est pas la taille qui compte, monsieur, c'est la façon de s'en servir.

Richard s'empourpra instantanément, mais comme l'exercice physique sous le lit lui avait déjà donné quelques couleurs, son rougissement passa inaperçu aux yeux de Camille qui dépliait le tournevis de son couteau et commençait à retirer les vis minuscules fixées sur le boîtier de surveillance.

— Je pensais simplement, haleta Richard, que puisque vous portiez sur vous depuis tout ce temps un outil aussi utile, vous auriez pu le mentionner plus tôt.

— J'aurais pu, approuva Camille. Vous voulez bien tenir ceci ? ajouta-t-elle tandis qu'elle retirait le fond du boîtier pour révéler le système électronique à l'intérieur. Je veux voir comment le dispositif permet d'accéder aux enregistrements.

Elle inséra la pointe du tournevis dans le minuscule appareil et en sortit une petite carte SIM.

— Voilà qui est intéressant. S'il y a une carte SIM, cela signifie que quelqu'un passe un appel pour écouter les enregistrements ou que le dispositif les envoie sur son téléphone. Quoi qu'il en soit, cette carte SIM doit être associée aux coordonnées bancaires de quelqu'un. Si on contacte l'opérateur, on pourra certainement découvrir à qui elle appartient.

Richard regarda Camille et ne put s'empêcher d'être impressionné.

— Vous sauriez faire cela ?

On frappa à la porte et Sophie passa la tête dans la chambre.

— Excusez-moi de vous déranger, dit-elle. Claire est prête. Elle vous attend dans le bureau en bas.

— Très bien, dit Richard. Merci de nous avoir prévenus.

Après avoir ordonné à Camille de contacter l'opérateur téléphonique, il descendit l'escalier pour aller interroger Claire seul.

En entrant dans le bureau, il vit que Claire était assise sur son fauteuil roulant près de la fenêtre, ses cheveux bruns encore mouillés après son bain, son menton et son encolure dégagée dessinant un profil élégant tandis qu'elle observait la vue au-dehors.

Richard s'arrêta brièvement sur le seuil de la porte. De profil, Claire ressemblait bien plus à sa sœur qu'elle ne pouvait sans doute l'imaginer. Pourtant, l'une des jumelles était devenue un top-modèle célèbre dans le monde entier, et l'autre n'avait jamais fait de mannequinat de sa vie. Il se demanda un instant comment cela était possible, mais, en regardant Claire, il se rendit compte qu'elle lui inspirait naturellement de la compassion, en dépit de ce que Phil lui avait confié sur les sentiments haineux qu'elle nourrissait envers sa sœur. Après tout, endosser le rôle de premier-né avait dû être un fardeau pour elle aussi. La gestion et l'enrichissement du patrimoine familial avaient toujours reposé sur ses épaules. En outre, songea Richard, il avait beau être fils unique, il n'avait aucun mal à se figurer que s'il avait eu des frères et sœurs, il les aurait trouvés tout bonnement horripilants, au même titre que Claire avait trouvé Polly exaspérante.

— Il y a quelque chose que je devrais vous dire, annonça Claire sans se retourner. Quelque chose à propos de ma sœur et moi.

Ce n'est qu'à ce moment-là qu'elle se tourna vers Richard pour le regarder. Elle orienta ensuite son fauteuil face à lui – ou du moins, elle essaya. Richard remarqua que la petite roue gauche à l'avant de son fauteuil semblait s'être momentanément coincée. Finalement, dans un grincement de protestation, elle se débloqua et se remit à rouler normalement, et Claire put s'avancer vers l'inspecteur.

— Je suis désolée, déclara-t-elle, ces fauteuils coûtent une fortune, et parfois, ils ne valent pas mieux que ces fichus chariots de supermarché.

Richard sourit malgré lui.

— Que vouliez-vous me dire ?

— Je pensais simplement qu'il faudrait peut-être que vous sachiez que c'est à cause de Polly que je suis en fauteuil roulant.

Richard décida de jouer la carte de l'ignorance.

— Vraiment ?

— Voyez-vous, poursuivit-elle le cœur gonflé de chagrin, ma sœur a toujours été différente. C'est comme si elle était incapable d'agir en réfléchissant aux conséquences.

Claire lui raconta alors l'histoire de la chasse à courre au lendemain de Noël, et Richard nota qu'elle correspondait globalement à la version des événements livrée par Phil, à une exception près, et de taille. Claire prétendait avoir pardonné à sa sœur d'être à l'origine de l'accident.

— Vous lui avez vraiment pardonné ? s'étonna-t-il.

Claire tourna de nouveau le regard vers l'inspecteur.

— Ne vous méprenez pas. Il m'a fallu plusieurs années, mais, oui, je lui ai pardonné. Je n'avais pas le choix.

— Que voulez-vous dire ?

— Quand tout cela est arrivé, j'ai passé six mois à l'hôpital et j'ai traversé la période la plus difficile de toute mon existence. Vous ignorez ce qu'est la douleur avant de la ressentir dans tout votre corps, vingt-quatre heures sur vingt-quatre. À un certain point, je ne me souvenais plus à quoi ressemblait une vie *sans* souffrance. Vous seriez prêt à accepter n'importe quel compromis, n'importe quelle invalidité pour arrêter d'avoir mal.

Claire observa un instant de silence, puis elle poussa un profond soupir. De toute évidence, Richard percevait que le souvenir de cette époque de sa vie demeurait pénible pour elle.

— Quand je suis sortie de l'hôpital, j'étais animée par la rage, dit-elle d'une petite voix. Je restais très faible, mais j'étais comme dévorée par un feu brûlant à l'intérieur. Je bouillais de colère contre Polly et ce qu'elle m'avait fait. Pourtant, après l'accident, Polly n'est pas revenue au Royaume-Uni pendant des années – elle avait pris la fuite, si vous voulez mon avis. Puis j'ai réalisé que je dépensais beaucoup d'énergie à attiser ma haine. À quoi cela servait-il ? Au bout de quelques années, j'ai décidé que c'en était assez. J'ai invité Polly à venir me rendre visite dans le Lincolnshire. C'était la première fois qu'on se revoyait depuis l'accident. Je lui ai dit que je lui pardonnais, et on a pleuré comme des gamines. Si cela signifiait que je tournais la page, je ne suis pas certaine que mon pardon ait beaucoup aidé Polly. Je ne crois pas qu'elle ait à nouveau été heureuse après ça. J'ai toujours pensé que c'était pour cela qu'elle prenait de l'héroïne. Lorsqu'elle était stone, elle pouvait oublier sa vie et qui elle était.

— Vous saviez qu'elle consommait de la drogue ?

— Je savais qu'elle était héroïnomane, oui. C'était caractéristique chez Polly, elle faisait toujours de mauvaises rencontres et se laissait influencer. Chaque fois que je l'ai confrontée au sujet de son addiction, elle a essayé de se justifier en arguant qu'elle ne s'était jamais piquée, qu'elle ne faisait que fumer. Ce n'était pas pareil que d'être véritablement accro à l'héroïne. Enfin, c'est ce qu'elle croyait.

» Quelques années après mon accident, j'ai décidé que je pouvais continuer à blâmer ma sœur absente pour ce qu'elle m'avait fait, ou l'accepter et vivre ma vie. J'ai eu de la chance. J'avais hérité du patrimoine familial à la mort de notre père. J'avais du pain sur la planche et j'ai décidé de rester active. Cela a fonctionné. Je pensais plus souvent au futur qu'au passé. Je songeais plus à ce que je pouvais faire qu'à ce que je ne pouvais pas faire.

— Par curiosité, demanda Richard, si tous les biens familiaux vous ont été légués, de quoi a hérité Polly ?

Claire eut la décence de paraître embarrassée.

— Rien. Malheureusement, notre père ne lui avait jamais pardonné d'avoir causé mes blessures, si bien qu'il l'avait rayée de son testament.

— Cela a dû être un coup dur pour elle, commenta Richard.

— En effet. C'est ce que j'ai commencé à comprendre au fil du temps. J'étais passée à autre chose dans ma vie, mais Polly ne cessait de retomber dans les mêmes travers. Son comportement restait inchangé. Elle se montrait irresponsable. Je pense qu'elle avait aussi remarqué qu'elle commençait à prendre de l'âge. Elle ne pouvait plus continuer à dormir aussi peu qu'elle le faisait, elle ne pouvait plus faire de photos en étant complètement ravagée par la drogue. Et elle n'était plus aussi jolie qu'avant, il n'y a rien de méchant à le dire. Au bout du compte, j'étais désolée pour elle.

— Je vois, répondit Richard. Pourtant, Phil Adams nous a assuré que vous détestiez Polly.

— Lui ? dit Claire avec dédain. Cet homme est un parasite. Une sangsue. Ce sont des gens comme lui qui ont détruit ma sœur en l'entraînant dans le milieu de la drogue.

— C'est lui qui l'a fait tomber dans la drogue ?

— Je l'ignore, mais je sais que Polly et lui ont passé la majeure partie des années 1990 à se droguer ensemble. Il prétend que je détestais ma sœur, mais qu'en sait-il ? Ne me faites pas dire ce que je n'ai pas dit, je me disputais encore avec Polly et je la trouvais terriblement exaspérante, toujours si égocentrique, mais je ne pouvais pas la détester. Depuis la mort de notre mère, elle était la seule famille qu'il me restait.

Richard lut de la sincérité dans le regard de Claire. Pourtant, il n'y croyait qu'à moitié.

— Non, je suis désolé, déclara-t-il. Je ne comprends pas. Ce que je vois ici, ce sont deux sœurs. L'une est désignée héritière, l'autre est exclue de la succession.

Et celle qui hérite manque d'être tuée par celle qui se retrouve sans rien.

Claire soupira, comprenant la perplexité de Richard, mais il n'avait pas terminé.

— Et pour couronner le tout, leur père meurt après l'accident, rayant la plus jeune des jumelles de son testament.

— Je sais, dit Claire tout en changeant de position sur son fauteuil roulant. Mais le décès de notre père n'avait rien à voir avec mon accident. Il est mort d'une crise cardiaque lors d'une chasse aux faisans. En revanche, je suis d'accord. Polly a dû être particulièrement blessée quand notre père l'a déshéritée. Mais si vous voulez tout savoir, c'est le traitement que lui a réservé notre mère après le décès de notre père qui l'a le plus affectée.

— Comment votre mère la traitait-elle ?

— Mère n'a jamais pardonné à Polly de m'avoir rendue infirme. Et le fait est qu'elle pouvait se montrer aussi têtue qu'elle. Elle est donc restée dans le Lincolnshire et refusait de communiquer avec ma sœur, tandis que Polly courait le monde et refusait de communiquer avec ma mère.

» Quand Mère est morte au début du mois d'août l'an dernier, elles ne s'étaient toujours pas réconciliées. Polly est venue aux obsèques, et j'ai vu à quel point le décès de Mère l'avait abattue. Ma sœur est alors retournée à Sainte-Marie et je suis venue à mon tour pour m'assurer qu'elle tenait le coup. Je dois avouer qu'elle était dans un sale état quand je suis arrivée ici. Elle se défonçait à l'héroïne du matin au soir. Je n'ai pas arrêté de lui dire qu'elle ne pouvait pas réécrire le passé, mais qu'elle pouvait écrire l'avenir. Elle devait se faire soigner. Et puis, au bout de quelques semaines, un événement m'a conduite à penser que je n'arriverais jamais à la sauver.

Claire prit une profonde inspiration avant de poursuivre, et Richard se rendit compte qu'elle se préparait pour le point culminant de son récit.

— Voyez-vous, je ne prends pas de drogue. J'ai toujours trouvé répugnant d'intoxiquer ainsi son corps. Surtout depuis que je suis invalide. Cependant, Polly a voulu que je fume un peu de marijuana avec elle un soir. Elle n'arrêtait pas d'insister et de me tendre son pétard, si bien que j'ai fini par le prendre. Je ne comptais pas le fumer, juste l'écraser, mais j'ai vu le regard de Polly changer une fois que j'ai eu le joint entre les mains. C'était un regard froid à vous glacer. Et puis, quand je lui ai dit que je n'introduirais jamais aucune drogue dans mon corps, elle s'est mise en colère contre moi. En fin de compte, j'ai ouvert le joint pour le détruire, et c'est là que j'ai découvert qu'il ne contenait qu'une petite quantité de marijuana. Un flot de poudre brune s'en est également échappé.

— De la poudre brune ?

— C'était de l'héroïne.

— Votre sœur a essayé de vous faire fumer de l'héroïne à votre insu ?

— Elle était enfermée dans une spirale d'autodestruction à l'époque, je pense qu'elle disjonctait. Elle souffrait énormément, et elle voulait que tout le monde souffre avec elle.

— Mais comment faites-vous pour ne pas haïr votre sœur alors qu'elle a essayé de vous faire fumer de l'héroïne à votre insu ?

Claire tourna vers Richard un regard dénué d'expression.

— Je n'ai pas fumé l'héroïne. Je l'ai échappé belle. De toute façon, je m'étais depuis longtemps habituée au comportement de Polly. C'était ma sœur. Une personne dangereuse à fréquenter. Une personne abîmée. Mais je ne la déteste pas. Il y a longtemps que j'ai décidé de la prendre en pitié.

Richard s'aperçut que ses cuisses fourmillaient à cause de la chaleur qui s'était accumulée sous son costume en laine, et il décida de déambuler dans le bureau dans l'espoir de créer un semblant de courant d'air qui pourrait le rafraîchir.

Cela ne s'avéra pas très efficace, et l'inspecteur s'arrêta devant la bibliothèque qui s'élevait du sol au plafond dans un coin de la pièce. Il eut alors l'impression que quelque chose n'était pas à sa place sur ces étagères, mais il n'aurait su dire quoi. Était-ce les livres en eux-mêmes ?

Ce n'était pas le moment de méditer sur les livres et les bibliothèques, se dit-il, et il pivota pour faire de nouveau face à Claire.

— Qu'êtes-vous venue faire ici cette fois-ci ? demanda-t-il. Quand on voit comment Polly a essayé de vous faire tomber dans l'héroïne la dernière fois que vous l'avez vue.

— Après mon retour au Royaume-Uni, Polly a sombré. Je veux dire que ma sœur a *vraiment* touché le fond. Elle a fait une grave overdose. Elle a failli en mourir.

Richard perçut à quel point cela avait affecté Claire.

— Puis, au mois de janvier cette année, elle a pris contact avec moi et m'a dit qu'elle avait retrouvé assez de forces pour entamer une cure de désintoxication. Cette fois-ci, elle comptait s'accrocher. Et vous savez quoi ? C'est ce qu'elle a fait. Elle est allée au bout de la thérapie.

» Et puis, quand elle a quitté la clinique en mars, elle m'a rappelée pour me dire qu'elle était enfin clean et qu'elle se sentait bien plus en paix avec elle-même. Plus encore, elle voulait se racheter auprès de moi. Accepterais-je de venir passer des vacances chez elle ? Je ne savais pas si c'était une bonne idée, mais je n'avais pas vu Polly depuis près d'un an, alors j'ai décidé de venir. C'était il y a deux semaines, et je dois dire que depuis mon arrivée, je n'ai remarqué aucun signe indiquant qu'elle se droguait de nouveau.

— Comment Polly s'est-elle comportée pendant ce séjour ?

Claire fronça les sourcils.

— C'est difficile à décrire. Elle était à certains moments très enjouée, d'humeur vraiment gaie, et à d'autres, elle semblait morose. Presque tourmentée.

— Êtes-vous certaine que ce n'est pas l'héroïne qui jouait sur son humeur ?

— Je ne pense pas. Polly avait l'habitude de fumer sa drogue ouvertement devant tout le monde, et depuis notre arrivée, aucun d'entre nous ne l'a vue fumer autre chose qu'une cigarette.

Richard se souvint de ce que Phil lui avait raconté.

— Vous dites qu'elle semblait préoccupée par moments. Cela aurait-il pu concerner des problèmes d'argent ?

— Elle n'a jamais évoqué de soucis financiers.

Richard leva les yeux vers le lustre suspendu au plafond et songea qu'il était identique à celui qui ornait le salon d'à côté. À cette pensée, il se remit à observer la bibliothèque. Dans son souvenir, les deux pièces étaient pratiquement semblables avec les mêmes baies vitrées, le même agencement et le même lustre trônant en leur centre. La seule différence, c'était cette bibliothèque qui occupait un mur entier du bureau de Polly.

Il releva soudain un détail bien plus intéressant. Le téléphone de Claire avait été trouvé dans le lustre du salon mitoyen, et ils venaient tout juste de découvrir un système de surveillance dans la chambre de Polly. Existait-il un lien entre ces deux découvertes ?

— Pourriez-vous me dire, reprit l'inspecteur, si vous avez mis votre sœur sur écoute ?

— Pardon ?

— Nous venons tout juste de trouver un système de surveillance dans la chambre de Polly. Est-ce vous qui l'avez installé là ?

Claire parut d'abord surprise. Puis, elle fut choquée.

— Je ne sais absolument pas de quoi vous parlez. Êtes-vous en train de dire que quelqu'un espionnait ma sœur ?

— Et que pouvez-vous me dire des lettres de menace que votre sœur a reçues ?

Claire observa Richard un moment avant de répondre.

— Vous êtes au courant, n'est-ce pas ?

— Pourquoi ne pas raconter ce que vous savez ?

— Eh bien, je ne sais pas quoi dire. Je ne les ai pas vues moi-même, c'est Polly qui m'a raconté que quelqu'un lui adressait des lettres anonymes. Des messages de haine. J'imagine qu'il s'agit d'une de ses relations du monde de la drogue. Je n'ai jamais cherché à en savoir plus. Comme vous pouvez l'imaginer, Polly a fréquenté un paquet de criminels pendant toutes ces années.

Claire manœuvra son fauteuil de sorte à faire pleinement face à Richard. L'inspecteur remarqua que la roue avant gauche resta à nouveau légèrement bloquée avant que Claire ne réussisse à faire bouger le fauteuil.

— Mais vous avez raison de poser la question, car je me suis demandé si ces lettres n'avaient pas été envoyées par la personne qui a emprunté l'escalier de la falaise juste avant Polly. Vous savez, cette personne que j'ai vue descendre les marches dans un imperméable jaune.

— Oui, répondit Richard. Puis-je vous poser une question à ce sujet ? Êtes-vous certaine de ne pas avoir vu de qui il s'agissait ?

— Je suis désolée. Mon attention était rivée sur Polly à ce moment-là. J'ai juste vu un éclair jaune passer au moment où un individu descendait l'escalier de la falaise et que nous arrivions en haut des marches. Ce qui est sûr, c'est qu'il y avait quelqu'un.

Richard posa quelques questions supplémentaires à Claire pour tenter de faire remonter ses souvenirs à la surface, sans succès. Elle ne se rappelait pas avoir vu autre chose que ce qu'elle avait déjà mentionné. Aussi, la remerciant encore une fois pour le temps qu'elle lui avait accordé, il décida de retourner sur la scène du crime dans le but de découvrir par lui-même ce que Claire avait pu voir ou non ce matin-là.

En arrivant au sommet de la falaise, il sortit son mouchoir de sa poche et il profita d'être à l'abri des regards pour l'essorer, laissant des gouttes de sueur brûlante arroser l'herbe. « Quelle chaleur ! » pensa-t-il tout en regardant l'immuable ciel d'azur et la mer tout aussi immuablement bleue. Puis Richard remarqua un petit nuage à l'horizon. Il éprouva alors un furtif élan de solidarité pour cette petite machine à pluie dans le ciel immaculé. Tout comme lui, ce nuage dénotait dans le paysage des Caraïbes.

Ramenant son attention sur le sommet de la falaise, il essaya d'imaginer ce qu'il s'était produit le jour du meurtre. Polly avait amené Claire en haut de l'escarpement – cela ne faisait aucun doute. En revanche, entre le moment où Polly et Claire avaient disparu derrière la bordure de buissons et l'instant où Polly avait été poussée dans le vide, il ne pouvait que se fier à la parole de Claire pour savoir ce qu'il s'était déroulé durant les quelques secondes clés qui avaient précédé le meurtre.

Que s'était-il passé juste avant que Polly ne soit tuée ?

Richard fut interrompu dans sa réflexion par l'apparition de Camille qui contournait le massif d'arbustes et se dirigeait vers lui, son calepin à la main. À mesure qu'elle approchait, il remarqua une fois de plus combien sa peau semblait prendre des reflets de bronze cuivré au soleil. À l'inverse, sa peau à lui, il le savait, ressemblait probablement à un vieux pain de savon que l'on s'attendrait à trouver traînant au fond d'une trousse de toilette : complètement usé, terne et d'un blanc presque incolore. Néanmoins, il se rendit compte qu'avec cette chaleur sa peau ne ressemblait pas tellement à un pain de savon, elle s'apparentait davantage à ce couvercle de pâte qui recouvre les tourtes au bœuf et aux rognons qui, une fois retournées, quoique fumantes, s'avèrent manquer de cuisson. Voilà comment Richard percevait son épiderme.

L'inspecteur sortit de sa rêverie au moment où Camille arrivait devant lui.

— Bien, monsieur, dit-elle. J'ai fait pression sur la compagnie de télécommunication pour obtenir le nom de la personne auquel est enregistrée la carte SIM du système de surveillance, mais on a refusé de me donner l'information sans mandat.

Richard savait combien les sociétés de téléphonie rechignaient à aider la police tant que tous les mandats nécessaires n'étaient pas lancés.

— J'ai insisté, en leur expliquant qu'il s'agissait d'une enquête pour homicide. J'ai ainsi remonté toute la hiérarchie jusqu'à m'entretenir avec le directeur de la société sur l'île. Il a pu trouver les renseignements, et vous ne devinerez jamais à qui l'appareil appartient.

— Pourquoi ? De qui s'agit-il ?

— Juliette Moreau.

— Comment ? s'exclama Richard, désorienté.

— Le système de surveillance est enregistré au nom de Juliette Moreau.

Richard n'en revenait pas.

Pourquoi donc l'employée de maison de Polly avait-elle mis la chambre de sa patronne sur écoute ?

Chapitre 7

Richard et Camille gagnèrent la maison de Juliette et Alain en empruntant l'allée de graviers qui partait du jardin de Polly. Ils aperçurent Alain qui se trouvait dehors devant sa vieille Citroën dont le capot était relevé. Richard constata avec satisfaction que, bien qu'Alain tenait un chiffon graisseux entre ses mains, il portait un pantalon élégant et une chemise blanche propre à manches longues. L'inspecteur avait toujours admiré les hommes capables de mettre les mains dans le cambouis sans se salir.

Quant à Juliette, elle était assise à l'ombre sous l'auvent de leur bungalow, les yeux sur son smartphone, ce qui, au vu du motif de leur visite, était pour le moins ironique, songea Richard.

— Madame Moreau, pourrions-nous vous parler un instant ? demanda l'inspecteur tandis que Camille et lui franchissaient le petit portail qui donnait accès au jardin devant le cottage.

Juliette leva les yeux de son téléphone.

— Bien sûr, dit-elle.

Devant la voiture, Alain essuya ses mains pleines d'huile avec le chiffon et s'approcha.

— Que se passe-t-il ? demanda-t-il.

— Nous souhaiterions simplement poser quelques questions à votre femme.

— Dans ce cas, vous ne verrez pas d'inconvénients à ce que je reste ? dit Alain, tout en posant le chiffon et en attrapant une chaise libre.

Richard et Camille regardèrent Juliette.

— Madame Moreau, cela vous ennuie si nous nous entretenons avec vous en présence de votre mari ? demanda Camille.

Juliette regarda les policiers comme si la question était ridicule.

— Non, bien sûr que non.

— Bien, dit Richard, prenant le contrôle de la conversation. Nous voulions vous demander une nouvelle fois où vous vous trouviez à dix heures le matin du meurtre.

La question surprit Juliette.

— Eh bien, je vous l'ai dit, répondit-elle. J'étais dehors, je m'entraînais pour mon triathlon. J'ai expliqué tout cela à votre collègue.

— Vous voulez dire à l'agent de police Fidel Best ? demanda Richard.

— Exactement. Il a dit qu'il vérifierait.

— Je vois, dit Richard, comme s'il se contentait de suivre un raisonnement fastidieux. Pourriez-vous alors m'expliquer pourquoi vous avez placé un système de surveillance sous le lit de Polly Carter ?

Juliette n'avait pas vu la question venir, et elle la reçut de plein fouet comme une gifle. Pour le plus grand plaisir de Richard, Alain semblait tout aussi désarçonné que sa femme tandis qu'il se tournait vers elle.

— Quoi ? réussit-elle finalement à articuler.

— Nous savons que la carte SIM à l'intérieur du dispositif est associée à votre carte de crédit. Le boîtier de surveillance était attaché sous le lit de Polly. Il ne fait donc aucun doute que vous l'espionniez, la seule question qui demeure est de savoir pourquoi.

— Je ne sais pas de quoi vous parlez, déclara Juliette.

De toute évidence, elle cherchait à gagner du temps.

— Ne nous mentez pas, rétorqua Richard. L'opérateur téléphonique va nous faire parvenir la copie originale du contrat que vous avez souscrit pour cette carte SIM, mais nous savons d'ores et déjà qu'il comporte votre nom, votre adresse et votre signature.

Juliette décrocha son regard des policiers pour se tourner vers son mari, les yeux trahissant son embarras. Toutefois, Richard perçut à un moment qu'elle semblait avoir pris une décision. Il avait souvent pu observer ce genre de résolution auparavant, et Camille l'identifia également. Contre toute volonté, Juliette s'apprêtait à leur dire la vérité.

— Très bien, dit-elle en se redressant sur sa chaise. Puisque vous le demandez, je ne le nie pas. C'est moi qui ai placé ce boîtier à cet endroit.

— Je vois, répondit Richard, essayant de cacher sa surprise face à la détermination de Juliette. Et pourriez-vous nous expliquer pourquoi ?

Les lèvres de Juliette se retroussèrent en un rictus lorsqu'elle répondit.

— Parce que mon mari a eu une liaison avec Polly Carter à Noël l'an dernier et que c'est de cette façon que j'ai réussi à les prendre sur le fait.

Alain blêmit au moment où sa femme prononça ces mots, et Richard put voir la honte lui monter aux joues.

— C'était une femme comme ça, déclara Juliette. Quand elle voulait quelque chose, elle le prenait. Je la détestais.

Richard fut choqué d'entendre le témoin d'une affaire d'homicide admettre sa haine envers la victime, mais il se souvint que Fidel avait décrit Juliette comme une femme froide. En la regardant, il comprit ce qu'il avait voulu dire.

— Et le pire, poursuivit Juliette, c'est que j'ai toujours su qu'elle convoitait mon mari. Une femme sent ce genre de choses. Elle n'avait encore jamais essayé de le prendre dans ses filets auparavant. Elle était trop occupée à faire la fête. À se droguer. Et je pensais que mon mari, en bon chrétien qu'il est, ne se laisserait pas retourner la tête par une telle Jézabel.

Richard vit la pomme d'Adam d'Alain tressaillir tandis qu'il déglutissait, et il se sentit presque désolé pour cet homme. Presque, bien entendu, mais pas tout à fait. Après tout, une infidélité restait une infidélité.

Camille se tourna vers Alain.

— Est-ce vrai ?

Alain acquiesça docilement, honteux.

— Que s'est-il passé ?

— Je vais vous dire ce qu'il s'est passé, intervint Juliette avant même que son mari ne puisse répondre. Cette garce a séduit mon mari à Noël, alors qu'il m'avait répété pendant des années que je n'étais pas une assez bonne catholique !

— Alain ? demanda Camille avec douceur.

Alain regarda Camille comme un petit garçon perdu.

— C'est vrai. J'ai eu une liaison avec Polly à Noël dernier.

Richard observa Alain. Il paraissait tellement guindé dans sa chemise d'un blanc immaculé et dans son pantalon repassé. On l'aurait dit tout droit sorti d'une publicité des années 1950. Ce n'était pas vraiment l'image que l'inspecteur se faisait d'un amant de Polly. Mais tous les goûts étaient dans la nature, se rappela-t-il.

— Et cette liaison, reprit-il, a eu lieu juste avant que Polly ne parte en désintoxication à Los Angeles en janvier ?

— Oui, répondit Alain. Notre... liaison n'a duré que quelques jours, elle a pris fin dès que ma femme m'a mis face à un enregistrement de Polly et moi.

— Il s'agissait d'un enregistrement de vous dans la chambre de Polly ?

Alain acquiesça.

— Bien, puis-je vous poser d'autres questions à ce sujet ? demanda Richard en se tournant vers Juliette. Je veux dire, était-il vraiment nécessaire de placer un système de surveillance dans la chambre de votre patronne ?

Juliette plissa les yeux.

— Vous n'êtes pas marié, n'est-ce pas ?

Richard resserra le nœud de sa cravate avant de répondre.

— Non, en effet.

— Quand vous pensez que votre mari vous trompe...

Juliette ne termina pas sa phrase, mais Richard en saisit le sens. De toute évidence, elle estimait qu'elle avait agi avec modération en plaçant son mari sur écoute, car elle aurait tout aussi bien pu l'écharper sur-le-champ.

— Que s'est-il passé quand votre femme vous a mis face à la vérité ? demanda Camille à Alain.

— J'ai... tout avoué, bien entendu.

— Seulement après que je t'ai fait écouter l'enregistrement ! dit Juliette d'un ton sec.

— Non, c'est faux, objecta Alain, sans pour autant se montrer agressif. J'ai d'abord nié en bloc, puis j'ai reconnu mes torts, et quand j'ai compris ce qui était en jeu – notre mariage, Juliette, notre vie ensemble –, je t'ai tout avoué.

Richard observa le mari et la femme avant de reprendre la parole.

— Je serais curieux de savoir comment fonctionne le système de surveillance.

— C'est très simple, expliqua Juliette, incapable de masquer la pointe de fierté qui transparaissait dans sa voix. Dès que je savais que mon mari se trouvait dans la maison de Polly, il me suffisait d'appeler le dispositif et d'enregistrer ce que j'entendais.

— Disposez-vous encore des enregistrements que vous avez réalisés ?

La question désarçonna Juliette.

— Pardon ? dit-elle.

— Si vous êtes le genre de personne à mettre des chambres sur écoute, je suis sûr que vous êtes également du genre à conserver les pistes audio.

Juliette regarda Richard et sembla évaluer les options qui s'offraient à elle.

— Vous avez raison, finit-elle par dire.

— Pourriez-vous aller me chercher les enregistrements que vous avez ?

Richard posa la question avec autant de détachement que s'il avait demandé à un voisin de lui prêter un peu de sucre.

Juliette n'avait pas vraiment le choix, aussi se leva-t-elle et disparut dans la maison.

Richard remarqua qu'en l'absence de son épouse Alain semblait se renfermer et devenir encore plus introverti.

— Ça va ? lui demanda Camille.

— Ce n'était pas une garce, dit Alain, maintenant que sa femme n'était plus là. Vous savez, Polly. Je veux dire, elle était égoïste, elle pouvait se montrer farouche, mais elle n'aurait pas fait de mal à une mouche. C'était quelqu'un de bien, vous devez me croire.

Richard se souvint comment l'annonce du décès de Polly avait accablé Alain de chagrin. Cela paraissait évident, songea-t-il. Pas plus tard qu'en début d'année, il avait une liaison passionnée avec elle.

— Comment cela a commencé entre Polly et vous ? demanda Camille.

— Je ne sais pas, dit-il. C'était juste après Noël, on aurait dit qu'elle se retrouvait sans défense. Elle m'a raconté qu'elle avait détruit sa relation avec sa sœur et ses deux parents. Son père était mort sans lui avoir accordé son pardon. Il n'y avait aucun moyen que sa sœur lui pardonne à son tour, et quelques mois auparavant, sa mère venait de mourir sans l'avoir absoute. Quand elle m'a raconté tout ça, j'ai vu à quel point elle était dévastée. J'ai eu l'impression de voir un petit oiseau à l'aile cassée. J'étais désolé pour elle.

» J'ai alors essayé de lui parler. Je pense qu'à cette époque j'étais animé par l'esprit de Noël et l'envie de veiller sur mon prochain. Mais je me suis vite rendu compte que… Eh bien, mon intérêt pour elle n'était pas…

Alain peinait à trouver le bon mot.

— Pur, finit-il par concéder. Mais je semblais également ne pas laisser Polly indifférente, ce qui m'a grandement surpris. Et puis, sans que je comprenne trop comment, je me suis soudain retrouvé au lit avec elle. J'ai eu tellement honte après coup d'avoir commis l'adultère, mais le lendemain... je suis retourné chez elle. Cette fois-ci, elle m'attendait. Nous savions tous les deux pourquoi j'étais là. J'ai vécu ces quelques jours comme un rêve, mais c'est le problème quand on rêve. On finit par se réveiller.

Avant qu'Alain ne puisse ajouter quoi que ce soit, Juliette réapparut avec une clé USB qu'elle tendit à Richard.

— Les enregistrements sont stockés là-dessus, dit-elle.

— Merci. Ne vous inquiétez pas, nous vous les rendrons dès que nous en aurons fait une copie.

— C'est inutile, répondit Juliette. Vous aviez raison. J'ai déjà copié les fichiers audio.

— Dites-moi, Juliette, déclara Richard, après que votre mari a mis un terme à cette liaison, est-ce vous qui avez envoyé des lettres de menace à Polly ?

Juliette marqua un bref temps d'arrêt avant d'afficher sa surprise.

— Quelles lettres de menace ?

— Nous avons trouvé des courriers anonymes au fond d'un tiroir fermé à clé dans le bureau de Polly. Des messages qui la menaçaient. En êtes-vous l'expéditeur ?

— Je ne sais pas de quoi vous parlez, répondit Juliette, une pointe de provocation dans la voix. Pourquoi aurais-je menacé Polly Carter ?

— Parce qu'elle entretenait une liaison avec votre mari, répondit Richard.

Juliette renifla.

— Mais comment aurais-je pu la menacer ? C'était une femme célibataire. Et narcissique. Elle m'aurait ri au nez si j'avais essayé de lui dire qu'elle avait mal agi. Pensez-vous que je travaillerais encore ici si j'avais cherché à l'affronter ? Le simple fait que je sois encore là, des mois après, devrait suffire à vous prouver que Polly n'a jamais rien eu à me reprocher. Quant aux reproches que moi j'avais à lui faire, j'ai veillé à n'exprimer mes récriminations qu'auprès de mon mari.

Tout en disant cela, Juliette croisa les bras comme pour signifier qu'elle avait fait le tour de ce qu'elle avait à déclarer sur le sujet. Et, à y réfléchir, Richard ne put s'empêcher de penser qu'elle avait probablement raison.

*

* *

De retour au poste de police, Camille copia les fichiers audio de la clé USB sur son ordinateur. Augmentant le volume au maximum, elle lança la lecture du premier enregistrement. Au départ, il fut difficile de distinguer ce qu'il se passait, car la seule chose qu'ils pouvaient entendre était un chœur de criquets en fond.

— Ce doit être la nuit, dit Richard.

Camille se tourna vers son supérieur, surprise.

— C'est à ce moment-là que les criquets mâles frottent leurs pattes l'une contre l'autre pour attirer leur partenaire.

— Vous avez *vraiment* lu votre livre sur les insectes.

Une fois de plus, Richard se sentit offensé par le ton de Camille. Que lui importait la façon dont il occupait son temps libre ? Et puis, quel était le problème avec l'intérêt qu'il portait à l'entomologie ? C'était un hobby parfaitement acceptable.

Avant que Camille ne puisse ajouter un commentaire sur le sujet, ils entendirent des voix s'élever des haut-parleurs de l'ordinateur. Le son était étouffé, mais on distinguait clairement un homme – qui semblait être Alain – dire : « On ne peut pas faire ça ». Une femme répondait alors : « C'est pour cela que nous *devons* le faire ! »

C'était donc Polly Carter, réalisa Richard. Camille et lui gardèrent le silence pendant qu'ils écoutaient Polly charmer Alain pour qu'il la rejoigne dans son lit – elle l'aguichait, lui disait qu'elle avait envie de lui, qu'elle avait besoin de lui, qu'il était irrésistible. Ensuite, Camille et Richard entendirent Alain prier Polly de remettre son haut. Il était marié, il devait fidélité à sa femme. Polly rit et dit à Alain que Juliette était partie courir pour l'un de ses stupides entraînements, qu'elle ne pensait qu'à ça. Puis, accompagné d'un « Bonté divine, Polly ! », un violent grincement de matelas à ressorts retentit soudain. Richard en déduisit qu'Alain avait fini par céder, et que Polly et lui étaient tombés sur le lit ensemble.

Oui, pensa Richard, tandis que le chant de criquets en fond était finalement couvert par le couinement régulier des ressorts du matelas rebondissant en rythme, il ne faisait aucun doute que Polly et Alain étaient à présent sur le lit.

C'est précisément à ce moment-là qu'il prit conscience qu'il se tenait debout à côté de Camille et qu'ils écoutaient ensemble un enregistrement audio de deux personnes en pleins ébats sexuels.

— Chef ?

Richard fit volte-face et vit Dwayne sur le seuil de la porte. Pire encore, sa mère se tenait à côté de Dwayne.

Personne ne prononça un mot pendant que le bruit cadencé des ressorts emplissait toute la pièce. Puis, après quelques instants où Dwayne et Jennifer restèrent cois, sous le choc, Camille renversa sa tête en arrière et rit à gorge déployée. Richard s'écria alors : « Bon sang, Camille, arrêtez ce vacarme ! », tout en plongeant sur la souris de l'ordinateur et en cliquant frénétiquement sur le fichier audio jusqu'à ce qu'il parvienne à l'arrêter.

— Mais qu'est-ce que vous étiez en train d'écouter ? demanda Jennifer avec stupéfaction.

— Que fais-tu ici ? rétorqua Richard qui, comme à son habitude, tentait de camoufler son embarras par une certaine acrimonie.

— Oh, ne t'inquiète pas, répondit Jennifer. Je voulais juste te dire que j'avais passé un charmant après-midi en compagnie de Dwayne ici présent. Il m'a réservé une excursion nocturne pour aller observer des œufs de tortues en pleine éclosion. Je ne serai pas là pour le dîner ce soir.

Richard regarda sa mère. Puis il regarda le Dwayne rayonnant qui se tenait à côté d'elle.

— Vous... Hum, vous avez passé l'après-midi ensemble ?

— Oui, chef, répondit Dwayne, encore tout sourire. Nous sommes allés au Jardin botanique. Il s'est avéré que votre mère connaît presque tout ce qu'il y a à savoir sur les fleurs.

— Merci, Dwayne, répondit Jennifer. C'est très gentil à vous.

— Et votre travail sur l'enquête ? demanda Richard d'un ton sardonique.

— Ne vous inquiétez pas, répondit Dwayne, toujours aussi radieux. C'est fait.

— Fais comme si je n'étais pas là, dit Jennifer, je vais faire un tour chez Catherine. D'après Dwayne, je n'aurai pas véritablement visité l'île tant que je ne l'aurai pas rencontrée ni goûté un verre de rhum local.

— Tout à fait, Jennifer ! s'exclama joyeusement Dwayne.

Jennifer le remercia encore une fois pour l'agréable après-midi et s'en alla le sourire aux lèvres, ce qui permit enfin à Richard d'interroger son agent sur les éventuels indices qu'il avait découverts le long de l'ancien chemin de contrebandiers. Ce dernier expliqua à son supérieur qu'il n'avait malheureusement pu trouver aucun indice ni aucune piste, mais Richard avait du mal à se concentrer sur ce qu'il lui racontait.

Sa mère avait passé l'après-midi en compagnie de Dwayne et à présent elle allait boire du rhum dans le bar de Catherine ? En dehors du verre de sherry rituel qu'elle prenait le matin de Noël, Richard n'avait pas souvenir d'avoir déjà vu sa mère consommer de l'alcool. Depuis quand buvait-elle des spiritueux purs en plein après-midi ?

Quelque chose clochait chez Jennifer. Mais quoi ?

Dans les jours qui suivirent, Richard en était au même stade avec sa mère qu'avec l'enquête, c'est-à-dire au point mort.

Pour commencer, si Dwayne n'avait trouvé aucun indice sur le vieux sentier de contrebandier, Fidel n'avait pas non plus réussi à prouver de manière concluante que Juliette avait parcouru ses dix kilomètres de jogging le matin du meurtre. Les deux seuls témoins qu'il avait trouvés l'avaient aperçue vers 10 h 30 à Honoré, alors qu'elle attendait qu'Alain la rejoigne. En théorie, il était donc encore possible qu'elle ait tué Polly en haut de la falaise à dix heures avant de se rendre à Honoré où elle avait été vue à 10 h 30.

Fidel avait également essayé de vérifier l'alibi de son mari en s'entretenant avec le prêtre qui avait célébré la messe du dimanche à laquelle Alain prétendait avoir assisté. Le curé, que Fidel connaissait bien, déclara qu'il ne se rappelait pas avoir vu Alain, mais les célébrations du dimanche rassemblaient tellement de monde qu'il y avait de fortes chances qu'il n'ait pas remarqué sa présence. Fidel avait alors entrepris d'interroger d'autres paroissiens qu'il connaissait et qui étaient également présents à ce service, sans succès. Or, comme l'assemblée devait compter plus d'une centaine de personnes et que Fidel n'avait parlé qu'à une demi-douzaine d'entre elles, il n'était pas en mesure de confirmer la présence d'Alain dans l'église. Il devait continuer à poser la question.

Toutefois, le travail rigoureux de Fidel avait permis à Richard d'écrire sur le tableau que Juliette et Alain ne disposaient toujours pas d'alibis irrévocables à l'heure du meurtre.

Quant aux autres suspects, Richard et son équipe n'avaient pas beaucoup plus avancé à leur sujet.

Richard avait contacté le médecin traitant de Claire dans le Lincolnshire qui lui avait confirmé que son accident l'avait mise en incapacité de marcher. Devant l'insistance de Richard, le médecin avait fini par admettre qu'il était envisageable, peut-être, qu'une personne souffrant des mêmes blessures que Claire puisse retrouver un usage limité de ses jambes, mais il précisa que cela restait très peu probable. Par ailleurs, après autant d'années d'inactivité, même si Claire avait pu retrouver une certaine mobilité, elle n'aurait jamais eu la force nécessaire pour marcher de nouveau. Lorsque Richard essaya de suggérer que Claire souffrait peut-être d'un trouble de conversion – comme le croyait Polly, d'après Phil –, le médecin avait franchement ri. Le trouble de conversion était une pathologie peu répandue, avait-il expliqué d'un ton assez condescendant, et il était totalement improbable que Claire en soit atteinte.

De son côté, Dwayne avait appelé l'agence de Sophie à Londres et avait exercé sur son interlocuteur ce qu'il appelait avec insistance son « irrésistible magnétisme », et fort de ce que Sophie leur avait déjà révélé, il avait ainsi pu obtenir le fin mot de l'histoire. Sophie avait bel et bien été renvoyée après avoir été prise en train de voler quatre billets de cinquante dollars chez un client. Néanmoins, c'était la toute première fois que Sophie transgressait le règlement. Tous les patients dont elle s'était occupée au cours des quinze dernières années ne tarissaient pas d'éloges à son sujet. C'était en partie parce que Sophie était autant appréciée que lorsque Claire l'avait réclamée l'agence avait accepté de fermer les yeux et de laisser Sophie signer le contrat.

En somme, le message était clair : Sophie était une bonne infirmière, elle avait commis une terrible erreur de jugement, et ils ne voulaient pas ternir sa réputation.

Quant à Phil Adams, Richard eut la confirmation que, légalement, il était bel et bien le mari de Polly. De surcroît, il avait découvert, après avoir contacté l'avocat de Polly, qu'elle avait rédigé un testament désignant Phil comme héritier de tous ses biens. Richard s'était rendu chez Polly pour annoncer la nouvelle en personne à Phil qui en resta totalement dépité et persista à affirmer que Polly était morte sans le sou.

Jusqu'à présent, il avait été assez difficile de dresser l'état des lieux de la situation pécuniaire de Polly au moment de sa mort, car il s'avérait qu'elle possédait plusieurs comptes en banque et qu'elle avait la fâcheuse habitude de jeter à la poubelle toutes les lettres envoyées par les établissements financiers sans prendre la peine de les ouvrir. Fidel avait épluché autant de comptes qu'il avait pu et avait réclamé auprès des banques de la défunte une copie de ses relevés mensuels, mais les documents n'étaient pas encore arrivés.

Malgré ses tentatives pour rester concentré sur l'affaire, Richard n'arrivait toujours pas à comprendre ce qui ne tournait pas rond chez sa mère. Depuis son premier après-midi passé au bar de Catherine, elle s'était liée d'amitié avec la mère de Camille et était devenue une habituée de la maison. Tandis qu'il rentrait chez lui en voiture le soir, il passait devant la terrasse du bar où sa mère et Catherine étaient installées, conversant autour d'un verre. De quoi parlaient-elles ? Richard n'en savait rien.

Toutefois, à mesure que Jennifer annulait les dîners avec son fils les uns après les autres, Richard en vint à se demander ce qu'il trouvait le plus déroutant : que sa mère soit venue lui rendre visite seule, ou que, maintenant qu'elle était sur l'île, elle ne semblait manifester aucun désir de passer du temps avec lui.

Il avait vaguement conscience qu'il pouvait rapidement dissiper ses doutes en téléphonant à son père pour lui demander ce que sa mère pouvait bien manigancer. Toutefois, il était presque certain qu'il n'avait pas appelé son père depuis le passage à l'an 2000 et il s'aperçut d'ailleurs qu'il s'estimait désormais incapable de s'entretenir au téléphone avec celui-ci. Après tout, qu'auraient-ils pu se raconter ?

Ainsi, plutôt que de chercher à comprendre ce que sa mère tramait sur l'île, Richard se remit au travail, revenant sans cesse aux questions centrales de l'enquête.

Comment le tueur avait-il su qu'il devait être dans l'escalier de la falaise au moment précis où Polly s'apprêtait à descendre ? Par quelle coïncidence avait-elle annoncé son suicide juste avant ? Et – encore plus déconcertant pour Richard – comment l'assassin s'était-il volatilisé juste après ? Était-ce cet « individu à l'imperméable jaune » qu'il devait trouver ? Ou quelqu'un d'autre ? Et puis, qui avait envoyé les lettres de menace à Polly ? Plus il essayait de se concentrer sur les questions essentielles, plus Richard ne pouvait s'empêcher de se demander qui avait dissimulé le téléphone de Claire dans le lustre du salon avant le meurtre. Que faisait-il là ? Après tout, si quelqu'un souhaitait se débarrasser d'un téléphone, pourquoi ne pas l'éteindre et le ranger dans un tiroir ? Ou le jeter à la mer ? Pour quelle raison le cacher dans un lustre ? Il devait y avoir une explication, mais laquelle ?

Cinq jours après l'arrivée de Jennifer, Richard connut une nette progression aussi bien dans l'enquête que dans la compréhension des intentions cachées de sa mère.

Dans la matinée, les rapports des laboratoires en Guadeloupe arrivèrent enfin.

Les seules empreintes que les experts avaient été capables d'identifier sur les lettres anonymes trouvées dans le tiroir fermé à clé appartenaient à Polly. Par ailleurs, ils avaient analysé la feuille de papier A4 sur laquelle les lettres découpées avaient été collées ainsi que la colle qui avait été utilisée, et ils en avaient conclu que dans les deux cas il s'agissait de marques populaires largement répandues bien au-delà des Caraïbes.

La lecture du rapport d'autopsie s'avéra bien plus intéressante. Tout d'abord, le médecin légiste avait analysé le sang et les cheveux de Polly, et il était en mesure d'affirmer qu'elle n'avait pas consommé quelque drogue que ce soit avant sa mort ni au cours des six mois précédents.

Polly avait totalement décroché de l'héroïne avant sa mort, ce que Richard et son équipe trouvaient pour le moins surprenant. Après tout, quelle était la probabilité pour qu'une héroïnomane de longue date se retrouve sevrée de toute drogue juste avant son assassinat ?

Le médecin légiste avait également confirmé que c'était la chute du haut de la falaise qui avait entraîné la mort de Polly en lui brisant le cou, bien que la victime présentât une blessure ante mortem assez importante à la tête. Il y avait des hématomes et une entaille profonde sous les cheveux de Polly, juste derrière son oreille gauche. Par ailleurs, le médecin légiste avait prélevé des échantillons d'une substance mousseuse présente à l'intérieur et autour de la plaie que Polly présentait derrière l'oreille. Ces échantillons correspondaient à la mousse qui recouvrait le bâton trouvé par les policiers sur la scène du crime. Enfin, le légiste avait également pu établir que le sang sur cette branche appartenait à Polly – ce qui n'était guère surprenant.

Ces résultats corroboraient la théorie que Richard avançait depuis le début. Quelqu'un avait attendu l'arrivée de Polly dans l'escalier. Cette personne l'avait ensuite attaquée avec le bâton – en la frappant à la tête et en lui entaillant le bras au cours d'une brève lutte – et puis, une fois que Polly eut basculé dans le vide, l'assassin avait caché le bâton ensanglanté dans les buissons, quelques marches plus bas.

Comment le meurtrier avait-il réussi à disparaître de l'escalier et à s'enfuir à l'abri des regards, sans même laisser d'empreintes sur le sable ? Cela restait un mystère que Richard s'efforçait de percer tandis qu'il récupérait le sandwich de son déjeuner au bar de Catherine.

Toutefois, alors qu'il s'apprêtait à retourner au poste de police, son attention fut détournée par un rire mélodieux en provenance de la terrasse. Il connaissait ce rire.

Pressentant une catastrophe, Richard contourna le comptoir – son sandwich à la banane proprement emballé dans un sachet en papier marron qu'il tenait à la main – et vit sa mère assise à une table qui surplombait la baie. Mais ce qui l'arrêta en plein élan, c'est que Dwayne – de toute évidence en plein récit d'une anecdote – était assis à la même table qu'elle, et qu'il voyait qu'elle essayait de réprimer un rire.

— Oh, Dwayne, arrêtez ! dit Jennifer au moment où Richard approchait.

Dwayne eut la décence de paraître terriblement gêné en voyant son supérieur.

— Hé, chef ! dit-il, je passais par là, et Jennifer m'a fait signe. Elle voulait des conseils sur le bateau à fond de verre. Vous savez, pour savoir si ça vaut le coup.

Richard visualisait parfaitement le bateau en question, pour la simple et bonne raison qu'il avait toujours affirmé qu'un bateau dont la coque était en verre et qui circulait dans des eaux peuplées de requins était précisément le dernier navire sur lequel il embarquerait.

— Dwayne prétend qu'il faut absolument voir ça, dit Jennifer.

— Mais c'est un bateau à fond de verre, objecta Richard.

— Je sais, imagine un peu ! Apparemment, tu peux voir tout un tas de poissons tropicaux et de dauphins au travers.

— Oui, répéta Richard, incapable de comprendre comment sa mère ne saisissait pas qu'il s'agissait précisément là du problème. C'est parce que la coque est en verre. Elle peut se briser à n'importe quel moment.

— Oh, je sais, mais tu veux que je te dise ? On ne vit qu'une fois ! Je vais tenter l'expérience !

Richard dévisagea sa mère comme s'il s'agissait d'une parfaite inconnue.

Comme le silence s'installait, Dwayne se leva de sa chaise.

— Bien, chef, dit-il. Content que vous ayez récupéré votre déjeuner. À plus tard, Jennifer.

Tandis que Dwayne s'éloignait, Jennifer observa la confusion qui s'emparait du regard de son fils.

— Assieds-toi, dit-elle. Je crois que je te dois une explication.

Tenant toujours fermement contre sa poitrine le sachet sulfurisé contenant son sandwich, Richard s'assit, et alors qu'il observait sa mère, il dut reconnaître qu'il l'avait rarement vue aussi détendue. Les quelques jours passés sous le soleil des Caraïbes lui avaient donné un teint éclatant.

— Je suis désolée si tu es choqué par mon comportement, Richard, mais si je suis venue ici...

Jennifer soupira alors tristement, plus pour elle-même que pour son fils.

— Si je suis venue ici, c'est parce que je n'étais pas très heureuse à la maison.

Au moment même où Jennifer prononçait ces mots, Richard eut l'impression que ses oreilles ne percevaient plus rien – comme si une boule de coton l'avait soudain enveloppé. Sa mère *n'était pas* heureuse ?

— Pour tout te dire, c'est à cause de ton père.

Jennifer attrapa une des mains de Richard, encore agrippées à l'emballage de son déjeuner, et la tint entre les siennes.

— Nous savons tous les deux que c'est un homme très difficile à vivre.

Richard avait encore l'impression d'être enrobé dans du coton, il peinait à comprendre ce que lui disait sa mère.

— Pour être honnête, c'est dur de cohabiter avec lui depuis qu'il a pris sa retraite.

Le père de Richard était parti à la retraite trois ans auparavant, et Richard avait toujours supposé que, depuis cette date, ses parents vivaient heureux ensemble. Bien sûr qu'ils étaient heureux. C'étaient son père et sa mère.

— Tu vois, il ne comprend pas qu'après toutes les années qu'il a passées à travailler chaque heure que Dieu fait je me sois construit une vie à moi. Il s'attend à ce que j'abandonne tout pour passer du temps avec lui. Mais quand je me rends disponible, il ne sait pas ce qu'il veut faire. Comme tous les hommes, il ne sait pas s'occuper seul. Par exemple, l'autre jour, il faisait sa toilette à l'étage pendant que je lui préparais à manger et il m'a appelée. Quand je suis montée et que je lui ai demandé ce qui n'allait pas, il m'a dit qu'il s'ennuyait.

» Eh bien, il n'est pas le seul. Moi aussi je m'ennuie et j'en ai assez de ne pas pouvoir être moi-même. Il faut que tu saches quelque chose. Ce n'est pas facile à dire, Richard, mais tu es assez grand. Je lui ai dit que je demandais le divorce, puis j'ai réservé un vol pour venir te voir ici. Je dois admettre que c'est la meilleure chose que j'ai faite depuis des années. J'étais remontée comme un coucou quand je suis arrivée ici. Je pense que je l'ai été toute ma vie. Mais les Caraïbes m'ont détendue. Venir ici est exactement ce dont j'avais besoin.

Jennifer continua à énumérer les vertus de Sainte-Marie, mais Richard avait désormais l'impression d'être complètement étouffé par un morceau de ouate qui l'enserrait de toutes parts, au point qu'il en avait totalement perdu l'audition. Au bout d'un moment, il vit néanmoins que sa mère avait fini de parler et qu'elle attendait à présent qu'il prenne la parole.

Mais que pouvait-il dire ? Certes, la révélation de sa mère l'avait ébranlé, mais s'il se sentait incapable de parler, c'était aussi parce qu'il venait de passer les trente dernières secondes dans son cocon ouaté à réciter en boucle dans sa tête les premiers vers du poème *Si* de Rudyard Kipling. Et c'était seulement maintenant que Richard était vraiment au bord du gouffre qu'il réalisait à quel point Kipling était terriblement mal compris. À ses yeux, « Si tu restes ton maître alors qu'autour de toi / Nul n'est resté le sien[1] » signifiait simplement que « tu » n'avais absolument pas saisi la gravité de la situation.

— Est-ce que tu m'écoutes, au moins ? demanda Jennifer, déstabilisée par le silence de son fils.

— Oui, bien sûr que je t'écoute, c'est juste que...

Jennifer regarda son fils déboussolé.

— C'est difficile à encaisser. Mais Papa et toi avez besoin l'un de l'autre, dit-il.

— Je sais, répondit Jennifer. Si seulement il pouvait changer... Mais le problème, Richard, c'est que les hommes ne changent pas. Regarde-toi. Quand tu es sorti de mon ventre, tu fronçais déjà les sourcils.

— Vraiment ? demanda Richard qui avait toujours totalement ignoré ce détail.

Jennifer regarda son fils et vit un homme en costume qui pressait toujours fermement contre sa poitrine son sandwich avec la main qu'elle ne tenait pas. Il avait toujours été comme ça, songea-t-elle. Inquiet, anxieux et toujours craintif que le ciel lui tombe sur la tête.

Jennifer soupira pour elle-même. Était-elle responsable de ce qu'était devenu l'homme merveilleux, mais compassé qui était assis devant elle ? Après tout, c'était elle qui lui avait obsessionnellement inculqué les vertus jumelles de la minutie et de la précision dès qu'il avait fait ses premiers pas. C'était également elle qui l'avait habitué à porter un uniforme scolaire dès l'âge de quatre ans. Et à présent, il se tenait devant elle, quarante ans plus tard, en quelque sorte toujours vêtu d'un uniforme scolaire.

Néanmoins, le plus grand regret de Jennifer, songea-t-elle, était d'avoir envoyé Richard dans un pensionnat

1. Traduction de Germaine Bernard-Cherchevsky. *(N.d.T.)*

pour garçons de huit à dix-huit ans. Cela n'avait pas été son idée, mais celle du père de Richard, et elle regrettait de ne pas avoir insisté pour garder son fils à la maison ou au moins pour s'assurer que son pensionnat compterait quelques filles. À l'époque, l'éducation mixte était perçue comme une aventure dangereuse. Vous saviez à quoi vous attendre avec un pensionnat traditionnel. Oui, pensa Jennifer, vous saviez à quoi vous attendre lorsque vous laissiez votre fils unique quitter le foyer : vous cousiez des étiquettes à son nom sur l'ours en peluche de votre enfant de huit ans tandis que des larmes roulaient sur vos joues.

— Tu pleures, dit Richard, embarrassé.

Jennifer essuya les larmes de ses yeux.

— Je sais, mon chéri. Je pensais juste au passé.

Richard ne savait pas quoi répondre.

Heureusement pour lui – ou malheureusement, il n'arrivait pas vraiment à en juger – Fidel apparut, une pile de documents dans les mains.

— Monsieur ! Monsieur ! dit-il avec excitation en s'approchant de la table. Oh, Jennifer, vous êtes ravissante !

— Merci, Fidel, répondit-elle, touchée du compliment.

— On a enfin reçu les relevés bancaires de Polly Carter, monsieur. Phil Adams avait raison, elle a dilapidé toute sa fortune. Excusez-moi, ajouta-t-il, mais puis-je mentionner le reste des informations devant votre mère ?

Richard essayait encore de retrouver ses esprits et ne réussit à articuler qu'un grognement étranglé en guise d'approbation.

— D'accord, reprit Fidel en étalant les relevés de compte sur la table. Ce n'est pas juste qu'elle n'avait plus d'argent, c'est plus que ça. Tout d'abord, elle n'a perçu aucun revenu depuis le mois d'août de l'année dernière, ce qui représente plus d'un an sans entrée financière.

Fidel indiqua la colonne CRÉDIT des relevés bancaires, et Richard réussit finalement à se concentrer de nouveau tandis qu'il examinait les petites lignes de chiffres sur les documents.

Fidel avait raison : Polly n'avait perçu aucun revenu au cours de l'année écoulée, et bien qu'au mois de septembre de l'année précédente elle disposât de plus de cent trois mille dollars sur son compte courant, elle était à présent à découvert de plus de douze mille dollars. Richard remarqua également que les frais bancaires de ses trois cartes de crédit s'élevaient à des montants compris entre cinq mille et onze mille dollars. En examinant les relevés dans le détail, il constata même que Polly avait adopté la stratégie consistant à « voler Pierre pour payer Paul » que les personnes pauvres mettaient souvent en pratique pour gérer leurs dettes. Le principe consistait à retirer de l'argent avec une carte de crédit pour n'effectuer qu'un minimum de paiements avec une autre.

Puis Richard releva un détail au moment même où Fidel s'apprêtait à le mentionner.

Trois jours avant sa mort, Polly avait retiré dix mille dollars en liquide de son compte en banque, ce qui expliquait la raison pour laquelle elle se retrouvait à présent avec un tel découvert.

Richard savait bien que personne ne retirait dix mille dollars de son compte en petites coupures à moins de tremper dans une histoire particulièrement louche. Puis, il s'aperçut d'un autre élément bien plus important. Ils avaient fouillé la maison de Polly de fond en comble après sa mort – d'abord en quête d'un imperméable jaune, puis de drogue et d'une serrure que la clé rouillée aurait pu ouvrir –, mais ils n'avaient mis la main sur aucune liasse de billets, encore moins sur dix mille dollars.

— Bien, dit Richard, de nouveau pleinement concentré sur l'enquête. Pourquoi avait-elle besoin de dix mille dollars ? Et où se trouve l'argent ?

— C'est bien là la question, monsieur, répondit Fidel. Sommes-nous certains que c'est elle qui a retiré l'argent ?

— Que voulez-vous dire ? demanda Richard.

— Eh bien, ce n'est pas le seul retrait suspect sur son compte en banque. Voyez-vous, en février dernier – alors que Polly était en cure –, deux autres retraits massifs ont été effectués sur son compte.

Tout en parlant, Fidel feuilleta les relevés pour montrer à Richard celui qui datait du mois de février.

L'inspecteur vit immédiatement à quoi Fidel faisait référence. Polly disposait de près de soixante mille dollars à son nom au début du mois de janvier, mais le mois suivant, deux retraits avaient été opérés. Le premier s'élevait à dix-sept mille dollars et le second à vingt-trois mille dollars. Ces deux retraits avaient été effectués au nom du même bénéficiaire : M. Brandon.

Richard se souvint alors de la mise en garde de Phil Adams. Le réalisateur soupçonnait Max Brandon d'être un escroc et de détourner l'argent de Polly depuis des années. Richard disposait à présent de la preuve que Max avait vidé le compte en banque de Polly en février. Était-ce pour cette raison que l'agent s'était montré si nerveux, rongeant la peau de ses ongles, la première fois que Richard et Camille l'avaient interrogé ? Était-il inquiet que Polly ait découvert ses méfaits ?

Et l'avait-il tuée avant qu'elle ne puisse prévenir la police ?

Chapitre 8

Richard et Camille trouvèrent Max dans le bureau de Polly. Il consultait de vieilles couvertures de magazines où Polly apparaissait plus ou moins dénudée, d'après ce qu'aperçut l'inspecteur.

— Elle était tellement belle, dit Max tandis que Richard attrapait un des magazines et regardait la photo de Polly à la une.

L'inspecteur n'était pas certain de partager cet avis. Il convenait que Polly était éblouissante, mais de là à la trouver belle ? Il se dit que la beauté se lisait davantage sur un visage empli de fraîcheur et d'optimisme que dans les yeux mornes qui le regardaient sur cette photo.

Reposant le magazine, il observa la bibliothèque qui tapissait un des murs de la pièce. Une fois de plus, il ressentit cette impression tenace que quelque chose n'était pas à sa place sur les étagères. Ou peut-être était-ce juste qu'elles étaient recouvertes de poussière ?

— Enfin, bref, en quoi puis-je vous être utile ? demanda Max.

Tournant le regard vers lui, Richard vit un homme qui semblait toujours aussi appréhensif, et les pansements entourant ses deux pouces laissaient suggérer qu'il continuait de lutter contre sa nervosité. L'inspecteur décida de laisser Camille mener l'entretien pendant qu'il entreprenait de faire le tour de la pièce. Qu'est-ce qui n'était pas à sa place entre ces murs ?

— Eh bien, dit Camille, qui avait aperçu du coin de l'œil que Richard restait en retrait de l'interrogatoire, pour commencer, peut-être pourriez-vous nous expliquer pourquoi Polly n'avait touché aucun revenu au cours de l'année écoulée ?

— La raison est très simple, déclara Max. Vous savez qu'elle a fait une overdose l'année dernière ?

— Elle a été hospitalisée en septembre.

— Exactement, et croyez-moi, elle n'était pas en mesure de reprendre le travail à sa sortie. Pour être franc, je pense qu'elle a dû mettre environ un mois avant de retrouver pleinement ses forces et de se remettre en selle, si j'ose dire. C'est une métaphore assez maladroite quand on connaît les raisons de son hospitalisation[1]. Toujours est-il qu'elle a refusé de travailler à sa sortie de l'hôpital. Je l'appelais, et les rares fois où elle daignait me répondre, elle m'affirmait qu'elle était trop fatiguée pour une séance photo. Vers Noël, j'ai sérieusement commencé à me faire du souci pour elle. Elle ne semblait intéressée par aucune des offres de travail que je lui soumettais.

— Vous vous êtes donc fâché contre elle ?

— Non, ce n'est pas mon genre, mais j'ai peut-être souligné son imprudence. Voyez-vous, le monde de la mode est capricieux. C'est en quelque sorte inscrit dans son ADN. Elle devait prendre conscience que plus elle attendait avant de se remettre au travail, plus elle prenait le risque que le milieu détourne son attention vers la nouvelle « étoile montante ».

— Et que vous a-t-elle répondu ?

— C'est ce que je n'ai pas compris. Cela ne semblait pas la déranger le moins du monde. Je l'ai appelée à plusieurs reprises vers Noël, et elle ne cessait de me répéter : « Et meilleurs vœux à toi aussi, Max » chaque fois que j'essayais de lui dire qu'elle devait prendre sa carrière plus au sérieux. Puis, au début du mois de janvier, au moment où je pensais qu'elle se remettrait

1. En anglais, mais aussi en argot français, l'héroïne est souvent appelée « horse » (cheval). *(N.d.T)*

enfin au travail, elle s'est inscrite en désintoxication et a disparu de la circulation pendant trois mois.

Max prenait de plus en plus d'assurance à mesure qu'il avançait dans son récit. En réalité, Camille perçut qu'il commençait presque à y prendre goût.

— Je dois reconnaître, poursuivit-il avec un air de conspirateur, que j'étais en colère contre elle. Elle est ma seule cliente. Ne vous méprenez pas, j'ai gagné beaucoup d'argent grâce à elle au fil des ans, mais elle ne pouvait pas arrêter sa carrière si brutalement. C'était mon avis. Voilà pourquoi à sa sortie de cure en mars j'ai publié un communiqué de presse qui annonçait son retour sur les devants de la scène, convaincu que les offres allaient pleuvoir. Et vous savez quoi ? J'avais vu juste. Or, chaque fois que j'ai essayé de pousser Polly à accepter un contrat, elle a décliné toutes les offres en bloc. Je n'en revenais pas. C'était comme si elle signait son propre arrêt de mort. Une fois encore, excusez cette métaphore maladroite. C'est à cette époque qu'elle a commencé à me dire qu'elle voulait abandonner le mannequinat. Cela n'avait aucun sens, mais c'était son discours. Tout ce qu'elle voulait, c'était se retirer à la campagne et avoir des enfants. Pour tout vous dire, j'ai cru qu'elle était dérangée.

— Écoutez, excusez-moi de vous interrompre, coupa Richard. Est-ce moi ou il y a quelque chose de bizarre dans cette pièce ?

Camille lança un regard de mise en garde à son supérieur.

— Monsieur, vous permettez ?

— Non ? demanda à nouveau Richard, apparemment indifférent au caractère inopportun de son intervention. C'est juste moi, alors. Peu importe, poursuivit-il, se tournant à présent vers Max. Donc si Polly n'avait pas travaillé depuis sa sortie de désintoxication, que faites-vous ici ?

— Je vous demande pardon ? bafouilla Max.

— Si elle ne travaillait pas, pourquoi avait-elle besoin de vous avoir à sa disposition ?

— Justement, elle ne m'a pas invité à venir ici. Je suis venu de ma propre initiative. En fait... c'est ma seule cliente, donc, à vrai dire, je suis venu pour lui dire en face qu'il fallait qu'elle se remette à travailler. Elle se moquait de ce que je lui disais. Elle répétait qu'elle avait fait une croix sur le mannequinat.

— Cela a dû vous contrarier, déclara Camille.

— Oui, mais je suis une personne très persuasive. Je n'abandonne pas. Après tout, tout le monde doit gagner sa vie, non ? Il fallait juste que je me montre tenace. Elle allait finir par se remettre au travail. J'avais vraiment espoir qu'elle remonte sur les podiums quand je voyais combien elle était heureuse avant sa mort.

La curiosité de Richard et Camille fut piquée au vif.

— Vous dites qu'elle était *heureuse* avant sa mort ? s'étonna Richard.

— Oui, répondit Max, déstabilisé par la question.

— Toutes les personnes à qui nous avons parlé ont décrit Polly comme étant irascible et insupportable ces derniers temps.

Max soupira.

— Oui. Elle pouvait toujours se montrer cassante, je ne dis pas le contraire, elle était ce genre de femme. Mais personne ne connaissait Polly mieux que moi, et je peux vous assurer que je ne l'avais jamais vue aussi heureuse qu'avant sa mort.

— Et qu'est-ce qui la rendait si heureuse ?

— Je ne sais pas. Le fait qu'elle ait enfin réussi à tirer un trait sur la drogue n'y était peut-être pas pour rien.

Richard réfléchit à ce que Max venait de dire. Avait-il raison ? C'était possible. L'autopsie n'avait pas révélé la présence de drogue dans l'organisme de Polly, et le test capillaire avait prouvé qu'elle n'avait ingéré aucune substance stupéfiante au cours des six derniers mois. Peut-être était-ce seulement cela ? Après tout, se débarrasser d'une addiction de longue date n'était-il en soi pas suffisant pour se sentir heureux ?

Pourtant, à l'exception de Max, tout le monde affirmait que Polly était aussi irritable que d'habitude au cours des dernières semaines de sa vie, et il ne faisait aucun doute qu'elle s'était disputée avec Claire juste avant de mourir.

À mesure qu'un silence s'installait entre eux, Richard perçut que Max commençait à croire que l'entretien était terminé. L'inspecteur se tourna vers Camille et échangea avec elle un regard éloquent : il voulait qu'elle assène le *coup de grâce*[1].

— Très bien, dit Camille, comme si l'interrogatoire était déjà clos. Une dernière chose. Peut-être pourriez-vous nous expliquer pourquoi vous voliez Polly.

— Pardon ? dit Max.

— Vous ne pouvez pas le nier, répondit Camille sur un ton tout aussi détaché. Voyez-vous, Phil nous a dit que Polly et lui vous soupçonnaient d'avoir volé de l'argent à Polly pendant toutes ces années. Les relevés de compte de votre cliente l'ont confirmé. En février dernier, vous avez reçu quarante mille dollars, en deux paiements distincts, retirés depuis son compte.

— Ce qui est intéressant, poursuivit Richard, prenant le relais de sa partenaire, puisque les agents ne sont supposés toucher une commission que lorsque leur client perçoit un revenu. Je vous remercie donc de nous avoir confirmé que Polly n'avait pas travaillé au cours des six derniers mois. À présent, pouvez-vous nous expliquer pourquoi vous avez touché une telle somme alors qu'elle ne travaillait pas ?

— J'ai... Bon, nous sommes d'accord que j'ai touché cet argent, dit Max pour essayer de garder contenance. C'était un prêt.

— Ah oui ? demanda Richard, incapable de masquer son incrédulité. Quelle aubaine pour vous que Polly ne soit plus là pour vous contredire ! Ou peut-être que

1. En français dans le texte. *(N.d.T.)*

quelqu'un pourrait confirmer que l'argent que vous lui avez pris était un emprunt ?

Max ne répondit pas.

— Bien, reprit Camille. À quoi était destiné ce prêt ?

Max restait toujours muet, et Richard estima que c'était le moment idéal pour tirer sur les manchettes de sa chemise blanche.

— Très bien, déclara-t-il. Voici comment je vois les choses. Soit vous êtes le meurtrier de Polly Carter, soit vous êtes innocent. Cela signifie que si c'est *vous* qui l'avez tuée, vous nous avez menti depuis le début. Voilà pourquoi, si vous souhaitez prouver votre innocence, je vous recommande vivement d'essayer de me convaincre sur-le-champ que vous me racontez la vérité, toute la vérité et rien que la vérité.

Max resta muet quelques secondes supplémentaires. Richard et Camille savaient que ce silence était leur meilleure arme à présent.

Quand il ouvrit enfin la bouche, les mots affluèrent à ses lèvres.

— D'accord, d'accord ! dit-il en bondissant de sa chaise. Je lui ai pris cet argent, mais cela ne fait pas de moi un voleur. Compris ?

— Continuez, dit Richard.

— Je ne plaisantais pas quand je vous disais que Polly était mon unique cliente. Quand elle ne gagnait pas d'argent, je n'en gagnais pas non plus, et l'année dernière, j'ai... Eh bien, j'ai vu mes ressources s'amoindrir. Elles se sont réduites comme peau de chagrin, pour être exact. Non pas que je sois particulièrement dépensier. Pas vraiment. Bien entendu, j'aime voyager en première classe quand je le peux et je ne mange jamais dans des restaurants bon marché, mais c'est la moindre des choses au vu du stress que j'endure par ailleurs. Gérer la carrière de Polly était loin d'être facile, même dans les périodes fastes.

» Seulement voilà, pour être tout à fait honnête... j'ai toujours aimé jouer au casino. En particulier à la roulette. Tant que je gagnais de l'argent – et vous pouvez me croire, j'en ai gagné pas mal –, je m'adonnais pleinement à ma... passion. À vrai dire, j'avais une stratégie.

» Ne vous inquiétez pas, je suis conscient qu'on ne peut pas gagner à tous les coups, surtout à la roulette. Mais je savais gérer mon temps pour savourer les gros gains et m'arrêter quand les pertes devenaient trop importantes. Le seul problème, c'est que cela reste ruineux à la longue. Je le savais. Je devais veiller à avoir suffisamment d'entrées d'argent pour éponger ces pertes.

» Je n'ai commis qu'une seule erreur après l'overdose de Polly, en septembre dernier. J'ai continué à jouer sans rien changer à mes habitudes, car je pensais que je disposerais à nouveau d'un revenu aussitôt que Polly aurait repris du poil de la bête.

Max marqua une pause, comme s'il mesurait l'ampleur de la situation pour la première fois.

— En réalité, à quoi bon se mentir ? Cela n'a été que le début d'une série d'erreurs. Je n'ai pas tardé à être redevable d'environ mille balles autour des tables de jeu londoniennes. Cela ne posait pas véritablement problème, je jouissais d'une bonne ligne de crédit auprès de tout le monde. J'avais toujours remboursé mes dettes jusqu'alors.

» Cependant, au début de l'hiver, j'étais encore persuadé que Polly n'avait pas renoncé définitivement à travailler. Comme je vous le disais, j'attendais le jour où je lui passerais un coup de fil et où elle décrocherait en me demandant de lui programmer une séance photo. J'ai alors pris une décision des plus téméraires, je ne peux que le reconnaître. J'ai pensé que le meilleur moyen d'essuyer temporairement mes dettes était de gagner à la table de jeu. Voilà comment en très peu de temps, ma dette est passée d'environ deux mille dollars à près de quinze mille dollars. Maintenant que Polly était en désintoxication, je savais qu'il n'y avait aucun moyen que je gagne de l'argent pour rembourser mes dettes.

— Vous avez donc utilisé vos codes d'accès aux comptes de Polly pour prendre les sommes dont vous aviez besoin afin d'éponger vos dettes ? demanda Camille.

Max semblait tellement perturbé par la question que Richard et Camille devinèrent sa réponse avant même qu'il ne la donne.

— Oui, finit-il par dire, d'une voix étranglée par la honte. Mais je comptais la rembourser.

— Pourquoi avoir retiré dix-sept mille dollars ? demanda Richard. Puisque votre dette ne s'élevait qu'à quinze mille.

— Parce que, répondit Max, errant à présent dans les profondeurs de ses propres ténèbres, j'étais persuadé qu'une fois que j'aurais remboursé mes dettes je pourrais profiter des deux mille dollars restants pour me refaire à moyen terme. Souvenez-vous, Polly était encore en cure, elle me privait de tout revenu. Il fallait bien que je trouve des ressources pour vivre !

— Mais vous avez encore tout perdu, devina Richard.

— En un week-end de folie. Une sorte de frénésie s'empare de vous quand vous pétez un câble comme moi ce week-end-là. Le dimanche matin, je possédais vingt-sept mille dollars, mais le lendemain j'avais trouvé le moyen de tout perdre et d'être redevable de vingt mille dollars.

— Vous avez contracté une nouvelle dette de jeu ? s'étonna Richard.

— Je sais, répondit Max.

— Vous avez donc volé les vingt-trois mille dollars pour la rembourser.

Cette fois-ci, Max ne chercha pas à nier.

— De quoi vivez-vous depuis ?

— D'expédients. Et de promesses. Ça n'a pas été facile.

— Dites-moi, combien de temps s'est-il écoulé avant que Polly ne découvre que vous l'aviez mise sur la paille ? Nous savons qu'elle n'ouvrait jamais ses relevés de compte et qu'elle ne s'occupait pas de la gestion de ses finances. Elle a dû tarder à s'en apercevoir, non ? Nous avons néanmoins la certitude qu'elle l'a découvert avant sa mort, car Phil nous a rapporté qu'elle s'était confiée à lui. Elle lui a déclaré être fauchée au point de devoir mettre sa maison en vente.

— Je... commença Max avant de s'interrompre. Vous avez raison, quelques semaines avant sa mort, Polly m'a téléphoné. Elle m'a dit qu'elle avait enfin élucidé le mystère de ses problèmes d'argent. Elle avait découvert qu'elle était à sec, car j'avais retiré quarante mille dollars dans son dos depuis février. Dès que j'ai su qu'elle était au courant, j'ai sauté dans un avion. J'avais tellement honte. Je l'ai suppliée, en lui affirmant que je trouverais le moyen de la rembourser.

— Que vous a-t-elle répondu ?

— Justement, je n'ai pas compris sa réaction. Je ne vous ai pas menti quand je vous disais que Polly était en forme avant sa mort. En réalité, quand je lui ai avoué l'avoir volée, elle a éclaté de rire. Plus encore, une fois que je lui ai expliqué que c'était ma dépendance au jeu qui m'avait mené dans ce bourbier, elle m'a dit qu'elle attendrait avec plaisir que je puisse la rembourser.

— C'est vraiment ce qu'elle a dit ?

— Oui.

Richard échangea un regard avec Camille.

— C'est assez difficile à croire, dit-il.

— Vous devez me croire ! Je veux dire, personne n'était aussi surpris que moi quand elle m'a dit qu'elle ne voyait aucun inconvénient à considérer cette dette comme un prêt. C'est pourtant ce qu'elle m'a dit. Ça lui faisait plaisir.

Richard toisa Max.

— Là encore, je me pose la question, a-t-elle rédigé un quelconque document pour formaliser ce prêt ?

— Non, ce n'était pas comme ça qu'elle fonctionnait.

— Ce qui vous arrange, n'est-ce pas ? Car je pense que votre histoire est proche de la réalité, mais qu'elle ne dit pas toute la vérité. Par exemple, je vous crois lorsque vous nous avez dit que vous étiez en colère contre Polly quand elle a cessé de travailler après son hospitalisation l'an dernier. Et je crois que cette colère s'est rapidement transformée en haine, et que c'est pour cela que vous avez envoyé à Polly des lettres de menace anonymes.

Max chancela et secoua la tête en signe de dénégation. Richard décida alors de passer à l'attaque.

— C'était *vous* !

— Non ! répondit Max du tac au tac. Je ne sais pas de quoi vous parlez. Je suis désolé, j'ai les nerfs à vif. Quelles lettres ?

— Polly a reçu des lettres anonymes, expliqua Camille. Lui disant qu'elle méritait de mourir.

— Ce qui, d'après ce que vous venez de nous décrire, correspond assez bien aux sentiments que vous nourrissiez à son égard lorsqu'elle a cessé de travailler, poursuivit Richard. Elle ne faisait que détruire votre carrière, n'est-ce pas ? Et je pense que c'est à ce moment-là que vous avez pensé qu'elle méritait à son tour d'être détruite. D'abord, psychologiquement. C'est pourquoi vous lui avez adressé ces lettres.

— Écoutez, j'ignore de quelles lettres vous parlez.

— Puis, reprit Richard, refusant de se laisser influencer par les dénégations de Max, au moment où Polly est partie en cure, après Noël, vous vous sentiez tellement désespéré que vous avez ressenti le besoin d'aller plus loin que la pression psychologique, n'est-ce pas ? À ce moment, vous estimiez que vous pouviez directement prendre l'argent qu'elle vous devait. Je comprends la logique bancale de ce raisonnement. Après tout, Polly *aurait dû* travailler. Elle *aurait dû* vous rapporter cet argent.

— Non, ce n'est pas ça, balbutia Max. Et j'ignore de quelles lettres anonymes vous parlez. Elle recevait peut-être des courriers haineux, c'est quelque chose qui peut arriver lorsqu'on est aussi célèbre que Polly l'était.

N'importe quel barjot pourrait lui envoyer toute sorte d'immondices.

— Bien essayé, dit Richard. Mais ce que j'aimerais savoir, c'est comment vous lui avez soutiré les dix mille dollars restants ?

— Quoi ?

— Les dix mille dollars qu'elle vous a donnés en liquide trois jours avant sa mort.

— Elle ne m'a pas donné d'argent ! s'exclama Max. Pourquoi m'en aurait-elle donné plus ? Elle avait déjà eu l'indulgence de m'accorder des dettes !

— Alors, comment expliquez-vous que Polly ait retiré dix mille dollars de son compte en banque – en liquide – trois jours avant d'être assassinée ?

Max sortit son mouchoir de sa poche et s'épongea le front.

— Je ne sais pas, dit-il. Je n'ai jamais entendu parler de dix mille dollars en liquide.

— Vous mentez.

— Non ! Je vous dis la vérité !

— Elle a retiré cet argent pour vous, mais pour quelle raison ?

— C'est faux ! cria Max à Richard, et c'était comme s'il tombait soudain le masque.

Il n'avait rien d'un *bon vivant*[1] issu du milieu sophistiqué de la mode, c'était un personnage hargneux, comme Richard et Camille pouvaient à présent le lire dans son regard. Max avait conscience qu'il venait de se révéler sous son vrai jour, mais il ne semblait pas s'en soucier.

— Très bien. Vous affirmez qu'elle m'a remis un paquet de billets avant sa mort ? Prouvez-le. Vous avez fouillé ma chambre ici, et vous n'avez trouvé aucune liasse, n'est-ce pas ? Et n'oubliez pas, je me trouvais à l'intérieur de la maison, sur le palier de l'étage, quand Polly a été tuée ! C'est ce que Sophie a déclaré, vous vous souvenez ? Elle m'a vu à la fenêtre de l'étage au

1. En français dans le texte. *(N.d.T.)*

moment précis où le meurtre avait lieu ! Même si j'admettais avoir souhaité la mort de Polly – et pour tout vous dire, je *pourrais* l'admettre –, que diriez-vous ? Polly a ruiné ma vie quand elle a arrêté de travailler, cette bécasse. Mais le problème que vous rencontrez, c'est que j'ai un témoin qui affirme que je n'étais pas sur les lieux du crime à l'heure de la mort. Alors, qu'est-ce que vous comptez faire ?

Max paraissait hors de lui quand il se tut. Richard s'appuya contre le dossier de sa chaise comme s'il considérait ce que Max venait de dire avec beaucoup d'attention. Bien entendu, c'était le cas. Après tout, Max avait quasiment confessé qu'il souhaitait la mort de Polly. Or, il avait raison au sujet de son alibi, car même si Sophie n'était pas certaine de l'identité de la personne qu'elle avait aperçue à la fenêtre de l'étage à l'heure du meurtre, elle avait de toute façon vu Max monter l'escalier avant de sortir dans le jardin. Comment aurait-il pu passer devant elle et Claire pour atteindre l'escalier de la falaise sans être vu ?

Tandis qu'il regardait nonchalamment le lustre au plafond, Richard comprit enfin ce qui le perturbait dans cette pièce.

Le lustre ne se trouvait pas exactement au centre du bureau, contrairement à celui qui était suspendu dans le salon attenant.

Il fronça les sourcils.

C'était donc ça. Cette pièce avait exactement les mêmes dimensions que le séjour, alors pourquoi le lustre ne se trouvait-il pas également au centre du plafond ?

Ignorant totalement la présence de Max et de Camille, il se leva de sa chaise et tourna lentement sur place. Oui, la pièce était bien identique, à l'exception de la bibliothèque qui s'élevait du sol au plafond le long du mur. Une fois encore, il se rendit compte que son instinct le poussait à observer de nouveau les rayonnages de livres.

— Monsieur ? demanda Camille, perplexe.

— Un instant, dit Richard.

Il s'avança vers la bibliothèque. Il ôta quelques livres des étagères, et Camille s'approcha pour voir ce qu'il faisait.

— Monsieur, siffla-t-elle, que faites-vous ?

— À votre avis, quelle est la profondeur de cette bibliothèque ?

Richard dégagea l'étagère et vit qu'elle faisait une trentaine de centimètres de profondeur.

— Pourriez-vous vous pousser ?

Il pivota sur lui-même pour se retrouver dos à la bibliothèque et commença à placer ses chaussures vernies l'une devant l'autre pour calculer le nombre de pas qu'il pouvait parcourir dans la largeur de la pièce.

— Voyez-vous, dit-il comme si tout cela était parfaitement sensé, je n'arrive pas à me sentir à l'aise dans cette pièce. Je pense que c'est parce qu'elle ne fait pas la même taille que le salon d'à côté.

— Vraiment ? demanda Max, déboussolé par le comportement de Richard.

— Même si tout le reste de la pièce est identique à l'autre. Regardez le lustre au plafond. Il est placé centré dans le sens de la longueur – entre la porte et la baie vitrée –, mais pas dans le sens de la largeur.

Camille et Max virent que ce que Richard expliquait était vrai. Le vieux lustre en cristal tout poussiéreux était plus proche du mur de la bibliothèque que du mur d'en face.

— Retenez bien, trente-huit pas, dit enfin Richard alors qu'il terminait de parcourir la pièce dans sa largeur.

Là-dessus, il quitta la pièce.

Camille et Max lui emboîtèrent le pas pour le voir disparaître dans le salon qui jouxtait le bureau. Lorsqu'ils y pénétrèrent, Richard leva l'index pour intimer le silence et se mit à nouveau à compter ses pas en parcourant la largeur de la pièce.

Pendant qu'il avançait tel un funambule, Camille leva les yeux vers le plafond et constata que Richard avait raison. Le lustre poussiéreux était de toute évidence bien plus centré dans cette pièce que dans la pièce voisine.

— Quarante-trois ! s'écria Richard alors qu'il toucha le mur le plus éloigné. Cette pièce est plus grande de cinq pas !

— Cela n'a rien de surprenant, déclara Max, toujours aussi étonné. Il n'y a pas de bibliothèque contre le mur ici.

— Je sais, mais nous venons de mesurer la bibliothèque, n'est-ce pas ? Elle ne fait qu'une trentaine de centimètres de profondeur. Il manque donc un peu plus d'un mètre de largeur dans cette pièce.

Richard se figea.

Camille se rendit compte qu'il était en train d'avoir l'une de ses « crises de génie ».

— Bon sang ! Vous savez ce que cette maison était autrefois ? dit Richard, avant de sortir à nouveau de la pièce.

Camille se tourna vers Max, un sourire d'excuse sur le visage.

— Je suis désolée. Ça lui arrive souvent.

Une fois encore, Camille et Max sortirent de la pièce ensemble et retournèrent dans le bureau de Polly pour y trouver Richard qui déplaçait sans ménagement les livres de la bibliothèque dans un panache de poussière.

— Monsieur ? l'appela Camille avec le plus de précautions possible.

— Pas maintenant, Camille ! répondit Richard tandis qu'il retirait une nouvelle pile de livres d'un des rayonnages et qu'il la laissait tomber sur un fauteuil juste à côté.

Camille resta perplexe : l'inspecteur ne semblait pas être intéressé par les livres, mais plutôt par les étagères qu'il libérait.

Ce ne fut qu'une fois la troisième pile d'ouvrages retirée qu'il s'arrêta enfin.

— Je te tiens !

— Vous tenez quoi, monsieur ?

— Vous vous souvenez de ce qu'a déclaré Juliette au sujet de la maison ? Et surtout, de ce que je vous ai dit sur l'importance des clés qui étaient enfermées à double tour ?

Tout en parlant, Richard plongea la main dans sa poche et en sortit la vieille clé en fer qu'il avait trouvée dans l'armoire verrouillée de Polly.

— Je dois admettre que je sais désormais ce que cette clé ouvre.

Camille s'approcha de son supérieur. Elle vit alors que sur la partie gauche de l'étagère que Richard pointait du doigt il y avait un petit trou auparavant caché par une rangée de livres.

Toutefois, ce n'était pas n'importe quel petit trou, constata-t-elle.

C'était une serrure.

— Qu'avez-vous trouvé ? demanda Max, partagé entre la curiosité de savoir et la certitude qu'il ferait mieux de garder ses distances.

— La raison pour laquelle cette pièce n'est pas aussi large que celle d'à côté.

Richard introduisit la clé dans la serrure.

Elle s'insérait à la perfection.

L'inspecteur saisit ensuite la clé et la tourna précautionneusement vers la droite. Le mécanisme de verrouillage à l'intérieur de l'étagère cliqueta. Il était de toute évidence bien huilé pour un usage régulier.

— Juliette a dit qu'il s'agissait d'une ancienne maison de contrebandier, dit Camille.

Richard la regarda.

— En effet. On y va ? demanda-t-il.

Ensemble, ils saisirent l'étagère vide et la poussèrent.

La bibliothèque tout entière pivota lentement sur elle-même, tournant telle une porte géante sur ses gonds.

Dans l'espace qui s'ouvrit derrière elle, Richard et Camille virent un vieil escalier de bois s'enfoncer dans une galerie souterraine.

Ils venaient de découvrir un passage secret.

Chapitre 9

— Vous *saviez* à quoi vous attendre ? demanda Max en désignant le passage derrière la bibliothèque.

— J'ai deviné que quelque chose devait se trouver derrière, mais la vraie question est : en connaissiez-vous l'existence ?

Max parut choqué.

— Je ne sais même pas ce que vous avez trouvé.

— C'est une galerie. Un ancien tunnel de contrebandiers qui mène jusqu'à la plage, j'imagine.

— Vraiment ? dit Max. Si c'est un tunnel, c'est la première fois que j'en entends parler.

Tandis que Max continuait de manifester sa surprise, Richard le conduisit hors de la pièce, et Camille retourna jusqu'au 4×4 chercher des lampes torches. Ce n'est que pendant son absence que Richard prit la pleine mesure de ce qu'il allait désormais être obligé de faire, à savoir s'enfoncer dans un passage secret souterrain. Un passage qui, de toute évidence, n'avait pas été déclaré conforme aux normes de sécurité par un quelconque ingénieur du bâtiment, et qui était sans nul doute infesté de serpents venimeux. Et d'araignées mortelles.

Au moment où Camille reparut, Richard avait eu le temps de se laisser submerger par une vague de panique qu'il peinait à dissimuler.

— Ça va, monsieur ? demanda Camille.

— Hum, dit Richard.

— Ne vous inquiétez pas. Je passe devant.

Camille se glissa dans l'espace ouvert derrière la bibliothèque et se retrouva devant une série de marches en bois branlantes qui descendaient presque verticalement.

— Attendez, il doit y avoir de la lumière quelque part, dit-elle, balayant l'obscurité pleine de toiles d'araignée avec sa lampe torche jusqu'à trouver un vieil interrupteur en bakélite contre la bibliothèque. Elle appuya dessus et la lumière inonda l'escalier et le tunnel en contrebas.

— C'est bon, on peut y aller, dit-elle.

Richard s'avança vers sa subordonnée et regarda par-dessus son épaule la dizaine de marches qui menait à la galerie.

Camille s'enfonça dans les profondeurs et Richard prit une large inspiration. Bien. Il fallait y aller maintenant. Il posa le pied sur la première marche, qui émit un grincement de protestation. Il se glaça. Il comprit que si la vieille marche avait grincé comme si elle était sur le point de céder, il était probablement plus sage de ne pas s'attarder dessus, et il descendit rapidement l'escalier, chaque marche émettant un couinement grotesque jusqu'à ce qu'il se retrouve à l'entrée d'un étroit tunnel creusé à même la roche.

Richard put voir que le tunnel suivait une ligne droite légèrement en pente. Des ampoules étaient alignées contre le mur tous les trois ou quatre mètres, mais la pente rendait la visibilité nulle à une quinzaine de mètres devant soi. Richard sentait une odeur flotter dans l'air et il lui fallut quelques minutes pour comprendre qu'il s'agissait de l'odeur de la mer.

Camille se tourna vers son supérieur.

— Devrions-nous voir où cela mène ?

Avant que Richard n'ait eu le temps de répondre, Camille se mit en marche - beaucoup trop rapidement au goût de l'inspecteur. Mais s'il avait peur de la suivre, il craignait encore plus de se retrouver seul derrière, et il la rattrapa donc rapidement.

En hauteur, le tunnel mesurait à peine une trentaine de centimètres de plus que Richard qui luttait pour contenir un sentiment de claustrophobie grandissant tandis qu'il imaginait les tonnes de roches au-dessus de sa tête prêtes à s'effondrer à n'importe quel moment, l'écrasant mortellement. Pour dompter sa peur panique, il compta les ampoules à mesure qu'ils les dépassaient, et il s'aperçut rapidement qu'il avait déjà parcouru quarante-cinq mètres lorsque le tunnel vira à droite. Il entrevit enfin la lumière du jour au bout du tunnel, à une trentaine de mètres.

— Vous pouvez accélérer maintenant, dit-il en essuyant la sueur de son front.

Au bout de cette dernière portion de galerie, Camille et Richard pénétrèrent dans une grotte souterraine baignée de lumière. Le sol, les murs et le plafond étaient tous rugueux – il s'agissait de toute évidence d'une cavité naturelle –, mais c'était un endroit large et spacieux, et bien que des ampoules soient encore alignées le long des murs, des trous avaient été directement percés en haut des parois rocheuses, laissant des rayons de soleil inonder la pièce.

Richard déduisit que si la lumière passait au travers du mur du fond, ils devaient alors certainement se trouver contre la paroi de la falaise. L'odeur encore plus forte d'iode qui régnait dans la grotte semblait le confirmer. Dans un coin, il aperçut de vieilles boîtes, des transats usés et des bouteilles de vins et de bières entassées pêle-mêle. Alors que Camille s'approchait pour les inspecter, Richard releva un autre détail. À l'autre bout de la grotte, à l'opposé de l'ouverture qu'ils venaient d'emprunter, un halo de lumière éclatante entourait l'entrée d'un second tunnel.

Il s'en approcha. Il sentit immédiatement un souffle d'air frais alors qu'il s'engageait dans le passage. En réalité, la brise lui fouettait désormais les cheveux tandis qu'il avançait en suivant un petit tournant. Soudain, il se figea et tendit instinctivement ses deux mains pour s'agripper fermement aux parois de l'étroit tunnel.

L'inspecteur prit plusieurs profondes inspirations pour retrouver son calme, car il venait de découvrir ce qui se trouvait immédiatement derrière le virage serré : le tunnel s'ouvrait au grand air sur un à-pic vertigineux surplombant la mer d'une bonne quinzaine de mètres. Tout ce que Richard pouvait voir à l'horizon était la mer des Caraïbes d'un bleu étincelant et le ciel d'azur. Un pas de plus, et il aurait fait une chute de quinze mètres directement dans la mer.

Il rassembla ses esprits. Ses bras se mirent à trembler sous l'effort qu'il fournissait pour rester accroché en toute sécurité à l'entrée du tunnel. S'il s'agissait d'un passage secret de contrebandiers – ce qu'il soupçonnait fortement –, cela n'avait aucun sens que le tunnel s'ouvre sur le vide en plein milieu de la paroi.

Richard savait qu'il n'avait d'autre choix que de s'avancer tout au bord. À y regarder de plus près, il pouvait maintenant voir que la paroi du tunnel était plus courte à droite – ce qui marquait peut-être le point de départ d'un petit sentier serpentant le long de la roche. Ou peut-être pas. Il ne pourrait en avoir la certitude que s'il faisait un pas supplémentaire vers le bord du tunnel.

Il fit glisser sa main gauche d'une quinzaine de centimètres vers la sortie, puis il déplaça son pied gauche d'autant. Il ramena ensuite sa main droite et son pied droit au même niveau. En fin de compte, il n'avait avancé que de quinze de centimètres et il ne distinguait toujours rien.

Il reprit sa progression à la manière d'un crabe, sur quelques centimètres supplémentaires, avançant vers l'issue du tunnel qu'il considérait de plus en plus comme la promesse d'une chute mortelle : main gauche, pied gauche, main droite, pied droit.

En regardant vers le bas, il déglutit à la vue de la mer qui déferlait contre le bord de la falaise. Il jeta un œil sur sa droite et vit également qu'il ne s'était pas trompé : il y avait bien une large saillie rocheuse à côté de l'entrée. De plus, elle longeait un vaste affleurement de roche occupé par un buisson dégarni qui faisait au moins la taille de Richard.

L'inspecteur sursauta en constatant que derrière les branches de l'arbuste il pouvait apercevoir l'escalier creusé dans la paroi de la falaise.

Ce même escalier d'où Polly avait été poussée à l'heure de sa mort.

En réalité, il savait que, s'il réussissait à outrepasser l'absence de rambarde ou de harnais de sécurité – ce qu'il était assurément incapable de faire –, il pourrait franchir la corniche et atteindre le salut qu'offrait l'arbuste en quelques pas. De là, il était simple de rejoindre l'escalier.

Tout à son excitation, il se traîna tel un crabe jusqu'à la zone relativement sûre qu'offrait le tunnel, la tête tournant à mille à l'heure. Après tout, ils avaient cherché à savoir comment le tueur avait fait pour pousser Polly dans le vide avant de se volatiliser aussitôt de l'escalier : il tenait là une réponse plausible ! Le tueur attendait Polly dans les marches, comme ils l'avaient affirmé depuis le début. Il avait ensuite frappé Polly avec la branche et l'avait mortellement poussée avant de cacher le bâton dans les buissons à l'angle de la volée de marches inférieures. Là encore, c'était ce qu'ils soutenaient depuis le départ. L'assassin avait ensuite poursuivi sa descente dans l'escalier jusqu'au virage de l'arbuste. Il lui avait été alors possible de se frayer un chemin entre les branches et de s'avancer courageusement le long de la corniche avant de disparaître dans le vieux tunnel de contrebandiers qui menait jusque dans la grotte. De là, il était facile d'emprunter le passage secret et de regagner la maison.

— Monsieur ! (Richard entendit Camille l'appeler depuis le fond de la grotte). Vous devriez venir voir ça !

Il retourna à l'intérieur de la grotte. Il fallut quelques instants pour que ses yeux s'habituent à l'obscurité, mais il aperçut Camille penchée au-dessus d'une pile de bibelots à l'autre bout de la caverne.

— Qu'est-ce qu'il y a ? demanda Richard en s'approchant.

— Eh bien, monsieur, je crois que c'est ici que Polly venait prendre sa drogue.

Richard vit qu'à côté de l'un des transats il y avait un coffre crasseux qui avait perdu son couvercle depuis longtemps. À l'intérieur s'entassaient de vieux magazines de mode, des verres portant encore des traces du vin évaporé, une vieille boîte en fer-blanc contenant du papier à cigarette, un vieux sachet plastique rempli de cannabis, ainsi que plusieurs pipes à crack, cuillères et briquets.

— Je vois, dit-il. Mais tout ceci doit remonter à une période révolue, l'autopsie n'a révélé aucune trace de stupéfiants dans son organisme.

— C'est vrai, dit Camille. Mais je parie que vous ne devinerez jamais ce que j'ai trouvé en boule derrière le coffre.

Richard songea à ce qu'il venait de découvrir : il était possible d'accéder directement à la grotte depuis les marches de la falaise.

— Je ne sais pas, mais j'imagine que si vous dites que je ne peux *pas* deviner ce que c'est, alors ce doit être quelque chose d'assez spectaculaire. Et si c'est en boule derrière le coffre, alors j'imagine *également* qu'il s'agit de quelque chose qui peut être compacté dans un petit espace.

— Vous n'avez pas vraiment besoin de deviner, l'interrompit Camille.

— Ce ne serait pas un imperméable jaune, par hasard ?

Camille regarda son supérieur.

— Comment faites-vous ?

— C'est bien cela, n'est-ce pas ? Vous avez vraiment trouvé l'imperméable jaune ?

— Pourquoi vous ne me répondez pas ?

D'un signe de la tête, Camille indiqua l'espace derrière le coffre et, quand Richard y jeta un œil, il le vit aussitôt. Il y avait un objet jaune coincé derrière. Richard sortit des gants en latex neufs de la poche intérieure de sa veste, les enfila et tira le coffre pour l'éloigner du mur de quelques centimètres.

Il attrapa ensuite le morceau de plastique froissé et le déplia.

Il s'agissait d'un ciré d'un jaune éclatant, identique à la description de Claire lorsqu'elle avait déclaré avoir vu quelqu'un en imperméable quelques instants avant la chute mortelle de Polly.

— Cela doit certainement appartenir au tueur, dit Richard.

Qui dans la maison connaissait l'existence de ce passage secret et l'avait utilisé pour y cacher son imperméable jaune ?

Il y avait un moyen simple de le savoir, et quelques heures plus tard, Richard était de retour au poste de police, penché au-dessus du manteau de pluie sur lequel Fidel relevait les empreintes. Une première inspection à l'œil nu n'avait pas permis de découvrir de traces de sang sur le ciré, mais il savait que cela ne signifiait en rien que le tueur n'avait *pas* porté cet imperméable – surtout qu'il avait la certitude que l'assassin avait attaqué Polly avec une longue branche pour maintenir une certaine distance avec la victime pendant le meurtre.

— Je veux juste voir où vous en êtes, dit-il pour la centième fois.

— Ça arrive, monsieur, répondit Fidel pour la cent unième fois.

Jusqu'à présent, Fidel avait été capable de relever sept empreintes exploitables à côté des boutons de l'imperméable et Dwayne essayait de trouver une correspondance avec celles de Sophie, Claire, Max, Phil, Juliette et Alain – ainsi que de Polly, bien entendu.

Or, aucune des sept empreintes n'appartenait à un des invités de Polly. L'assassin était-il donc quelqu'un d'extérieur ? Cela semblait impossible, mais Camille scanna tout de même les empreintes pour les télécharger dans la base de données centrale de la police commune à l'intégralité des Caraïbes. Peut-être qu'il y avait une correspondance dans le fichier ?

Toutefois, à mesure que l'après-midi avançait, Fidel vint à bout des empreintes qu'il pouvait relever sur l'imperméable, Dwayne confirma qu'aucune d'elles n'appartenait à l'un des occupants de la maison, et l'ordinateur principal de la police ne fournit aucun résultat.

Richard était donc particulièrement grincheux lorsqu'un courrier arriva en fin de journée. La nouvelle qu'il apportait n'améliora pas l'humeur de l'inspecteur, car il contenait les lettres anonymes que le laboratoire en Guadeloupe leur retournait après analyse.

N'ayant rien de mieux à faire, Richard étala les six feuilles A4 sur son bureau et s'efforça de nouveau de deviner quel esprit dérangé avait pu les adresser à Polly.

tU VAS Le PAyER
JE SAiS cE QUE TU AS fAIT
JE PEuX TE DÉtRUiRE
TU MÉRiTES De MOURIR
jE TE hAIS
TU DOIS mOURIr

Plus précisément, Richard essaya de deviner lequel des invités de Polly aurait pu les lui envoyer. Il se souvint de l'air surpris de Max quand il l'avait défié au sujet des lettres, mais peut-être était-ce seulement de la surprise en découvrant leur existence.

Richard emballa les lettres dans son attaché-case en cuir marron en décidant qu'il les examinerait à nouveau chez lui ce soir-là. Malgré la réponse négative des laboratoires, il ne comptait pas abandonner si vite cette piste.

— Chef ?

Richard leva les yeux vers Dwayne qui s'était faufilé devant son bureau.

— Oui, Dwayne ?

— Je pourrais vous parler une minute ?

— Bien sûr. Quand vous voudrez.

Dwayne observa son patron un long moment.

— Je voulais dire : maintenant, murmura-t-il.

— Oui, maintenant cela me convient à moi aussi, dit Richard, sans comprendre le moins du monde pourquoi Dwayne se montrait si secret.

Dwayne toussa une fois, espérant que son patron comprenne qu'il voulait une conversation en privé.

En vain.

— Voulez-vous un verre d'eau pour faire passer votre toux ? demanda Richard.

Dwayne regarda son patron, sans voix.

— Voyons, Dwayne, vous venez me voir en demandant à me parler et vous ne décrochez pas un mot, dit Richard, profondément agacé.

Camille se pencha par-dessus son bureau.

— Je crois que Dwayne voudrait vous parler en privé, monsieur, dit-elle.

Richard leva les mains en signe d'exaspération.

— Pourquoi ne l'avez-vous pas dit plus tôt ? dit-il.

Les épaules de Dwayne s'affaissèrent.

— Je vous attends dans les cellules, dit-il à son patron, avant de disparaître derrière le rideau de perle qui délimitait « l'avant » du poste de police de « l'arrière ». Richard hocha la tête en lui emboîtant le pas. Vraiment, il ne comprenait pas toujours son équipe.

L'arrière du poste de police comprenait deux cellules de détention, mais servait également de dépotoir, si bien qu'on y trouvait de vieux télécopieurs, des fichiers, du matériel d'investigation cassé et toutes sortes de pièces de mobilier trop abîmées pour être utilisées.

— Qu'est-ce qu'il y a ? demanda Richard, une fois qu'il eut rejoint Dwayne.

— Vous ne pouvez pas m'en vouloir, je ne pensais pas qu'on en arriverait là.

— Bon sang, mais de quoi parlez-vous ?

— Vous devez me croire, chef. Ce n'est pas ma faute.

Richard n'avait pas de temps à perdre.

— Dites-moi ce que vous avez fait, et nous verrons plus tard qui est le fautif.

— Ce sera plus simple si je vous montre, dit Dwayne tout en attrapant son téléphone portable.

Richard ne comprenait pas à quoi jouait Dwayne lorsque ce dernier mit sous ses yeux un message qu'il venait de recevoir quelques minutes plus tôt : *Connaissez-vous des endroits sympas pour dîner et danser ? Bises, J.*

Il regarda Dwayne.

— Pourquoi me montrez-vous ce message ?

— C'est votre mère.

Richard le fixa, interloqué.

— Pardon ? finit-il par articuler d'une voix aiguë.

— Ce n'est pas moi, vous devez me croire, dit Dwayne. C'est juste que... vous savez que votre mère m'a demandé conseil pour le bateau à fond de verre ? Après ça, elle m'a proposé d'aller boire un café pour savoir ce qu'elle devait voir ensuite. Je l'ai donc rejointe. On a bu un verre, je lui ai dit ce qu'elle devrait visiter et depuis... je crois qu'elle a un faible pour moi.

— Elle a « un faible » pour vous ?

— Hé, vous ne pouvez pas m'en vouloir si une femme me trouve attirant.

— Je ne peux *pas* vous en vouloir ?

— C'est du magnétisme animal. Je suis né comme ça.

— Écoutez, Dwayne, il n'existe qu'un seul magnétisme, celui découvert par un Anglais du nom de William Gilbert au XVIe siècle, et je peux vous assurer qu'il n'a rien à voir avec les animaux.

— Chef, vous bredouillez.

— Évidemment que je bredouille, explosa Richard avant de baisser la voix en un murmure désespéré. Je suis en train d'écouter l'un de mes agents me dire qu'il a séduit ma mère par inadvertance !

— Je n'ai pas fait exprès, dit Dwayne. C'est justement ce que j'essaie de vous expliquer.

Richard se rendit compte que s'il ne mettait pas rapidement un terme à la conversation, il allait sombrer dans la folie. Voilà pourquoi, remerciant Dwayne pour cette information, il quitta le poste de police sans prononcer un mot de plus. Il s'élança sous le soleil de plomb sans cesser de réfléchir jusqu'à arriver au bar de Catherine où il espérait trouver sa mère.

Il balaya du regard les petites tables installées à l'extérieur, mais sa mère n'apparaissait nulle part. Il y avait un couple de touristes assis en terrasse, mais Jennifer ne se trouvait pas parmi eux. Ou plutôt, ce fut la première impression de Richard. En regardant de plus près, il vit un homme d'une cinquantaine d'années – blaser bleu, casquette de marin et chaussures bateau – qui parlait à une femme dans une robe d'un orange vif qui riait aux éclats tout en vidant un shot de rhum.

Cette femme était sa mère.

Il s'approcha de la table à grands pas, mais au dernier moment, il se ravisa et se planta à quelques pas de là.

— Richard ! s'exclama Jennifer lorsqu'elle remarqua enfin la présence de son fils. Viens donc t'asseoir avec nous ! dit-elle en tapotant la chaise à côté d'elle. Voici le commandant Rupert Fitzgerald. Il est en croisière autour du monde et fait actuellement escale à Sainte-Marie en attendant que des réparations soient faites sur son bateau.

— Tiens donc ? dit Richard, les yeux étincelants, tandis qu'il s'asseyait.

— Malheureusement, oui, répondit Rupert d'une voix lente et distinguée.

— Je suppose, dit Richard, qu'il vous manque un peu d'argent pour terminer vos réparations.

Jennifer tourna un regard surpris vers son fils.

— Comment sais-tu cela ?

Richard gardait les yeux rivés sur Rupert.

— Et j'imagine que cette croisière autour du monde représente tellement pour vous, Commandant, n'est-ce pas ? Mais dites-moi, est-ce votre femme qui est morte ou est-ce un parent âgé ?

Richard sortit sa plaque de policier et la posa sur la table.

— Inspecteur Richard Poole de la police de Sainte-Marie. Je pense que vous conviendrez que les réparations sur votre bateau sont terminées et vous quitterez l'île ce soir au coucher du soleil.

Rupert se racla la gorge, ouvrit la bouche comme un poisson hors de l'eau et se tourna vers Jennifer, essayant de se donner une contenance pour camoufler le fait qu'il venait d'être démasqué par le shérif du coin.

— Vous savez quoi ? Je pense que je peux faire réparer mon bateau gratuitement. Je m'arrangerai à ma prochaine escale. Ravi de vous avoir rencontrée, Jennifer.

Tout en disant cela, Rupert se leva de sa chaise et recula de quelques pas avant de se tourner face à Richard.

— Inspecteur.

— Je suis certain que nous ne nous recroiserons pas, répondit Richard.

Avec un faible acquiescement, Rupert tourna les talons et quitta le bar. Jennifer le regarda s'en aller, une lueur perplexe dans le regard.

— Maman ! pesta Richard une fois le champ libre.

— Quoi ? s'offusqua Jennifer.

— C'était un escroc ! Tu *dois* faire attention.

— Il ne t'est pas venu à l'idée que je m'en doutais ? dit Jennifer. Je ne suis pas née de la dernière pluie. Pour ta gouverne, je prenais plaisir à discuter avec lui, à mettre son histoire à l'épreuve pour tester la cohérence de son récit. Non pas que je ne te sois pas reconnaissante d'être intervenu, mais je ne suis plus une enfant. J'aimerais que tu me traites comme une adulte.

— Je ne comprends pas ce que tu es venue faire ici, déclara Richard.

Jennifer regarda son fils.

— Tu sais quoi ? Pour la première fois de ma vie, moi non plus, je ne le sais pas, et c'est libérateur. J'en ai assez de faire ce qu'on me dit, d'être bien élevée, d'être l'épouse et la mère parfaite. C'est tout ce que j'ai toujours été. Depuis que je suis arrivée, je me rends compte que personne ne me connaît ici et que je peux être qui j'ai *envie* d'être.

— Mais tu n'as pas envie d'être ici, ne put s'empêcher de dire Richard. Certes, il y a énormément de monde qui vient passer ses vacances ici – va savoir pourquoi –, mais cet endroit est tout bonnement dangereux ! On ne peut pas se baigner sans être piqué par une anémone de mer, mordu par un poisson-lion ou dévoré tout cru par un requin. Et sur terre, c'est encore plus dangereux. Le sable s'insinue partout, le volcan au milieu de l'île menace d'exploser à tout moment, et si on ne se fait pas attaquer par une créature volante à la piqûre mortelle, il y a toujours les petites bestioles qui rampent et leur morsure meurtrière. Enfin, juste avant ton arrivée, je me suis fait attaquer par un lézard sous ma douche.

— Richard ? tenta Jennifer, étonnée par le ton soudainement passionné de son fils.

— Et ne me parle pas de la météo ! Franchement, peux-tu imaginer vivre dans un endroit où il fait chaud tous les jours de l'année, sauf l'été où il fait encore plus chaud ?

— Ça doit être agréable.

— Non, tu dis ça, Maman, mais réfléchis à ce que cela implique en réalité. Savais-tu qu'il n'y a pas de saisons ici ?

— Que veux-tu dire ?

— Sous les tropiques, il n'y a pas de saisons comme il en existe au Royaume-Uni. Il n'y a pas de jonquilles qui poussent au printemps et qu'on attend avec impatience – pas de pommes de terre nouvelles, pas de fenêtre de quinze jours pour la cueillette des cerises, pas de récolte des champs de blé en septembre et aucune feuille d'automne. Jamais.

Jennifer parut proprement décontenancée par cette nouvelle, et Richard tira profit de son avantage.

— Malgré tout ton enthousiasme pour Sainte-Marie, ne va pas croire un seul instant que c'est mieux que ce que tu laisses derrière toi. Je sais qu'à la maison c'est parfois gris – et pluvieux –, mais l'endroit d'où l'on vient façonne la personne que l'on est, et cette île n'a rien à voir avec toi.

Jennifer regarda son fils, le doute traversant pour la première fois son regard. Avant qu'elle n'ait eu le temps de dire quoi que ce soit, Catherine apparut dans une robe rouge sang, ses cheveux retenus par une écharpe en soie pourpre.

— Que vous a raconté le commandant Rupert ? demanda-t-elle sur un ton conspirateur tandis qu'elle rejoignait mère et fils autour de la table.

— Eh bien, Catherine, répondit Jennifer, il me faisait la liste de ses équipements – comme vous me l'aviez dit – lorsque Richard est arrivé et s'est débarrassé de lui.

Catherine regarda Richard, déçue.

— Oh, Richard.

— Je suis désolé, dit Richard sur la défensive. Je ne m'étais pas rendu compte que vous saviez toutes les deux qu'il s'agissait d'un escroc.

— Oh, très bien, dit Catherine qui changeait déjà de sujet de conversation. Devinez ce que votre mère et moi avons prévu ce soir ? On sort en boîte !

— Vraiment ? demanda Richard, comme si on lui avait enfoncé un poignard dans le cœur.

— Vous imaginez ? dit Catherine, réjouie.

— Non, pas du tout. Je n'y arrive pas.

Avant que quiconque n'ait pu ajouter un mot, Fidel surgit de l'intérieur du bar, un document à la main.

— Monsieur ! Monsieur ! héla-t-il en s'approchant, tout excité.

— Que se passe-t-il, Fidel ?

— On a trouvé une correspondance pour les empreintes sur l'imperméable jaune !

— Sérieusement ?

— Sérieusement !

— De qui s'agit-il ? demanda Richard, arrachant brusquement le papier des mains de Fidel. C'est l'un de nos suspects ?

— C'est le problème, monsieur. C'est quelqu'un d'autre. Les empreintes sur l'imperméable appartiennent à un homme du nom de Luc Pichou.

L'inspecteur releva la tête pour regarder Fidel.

— Mais qui est Luc Pichou ?

Chapitre 10

Derrière le port, il existait un quartier d'Honoré où il n'était pas sage de s'aventurer sans connaître l'un des habitants. L'endroit n'avait pas véritablement de nom, et il était composé d'une quarantaine d'habitations construites en parpaings et en tôle ondulée. Par une journée ensoleillée, n'importe quel touriste ne parcourait pas plus de la moitié de la rue principale avant de se rendre compte, face à l'état de décrépitude générale et aux regards hostiles des riverains, que la zone était loin d'être sûre. La nuit, n'importe quel touriste qui arrivait à mi-chemin de la rue principale ne refaisait pas surface – du moins, certainement pas avec son portefeuille, sa montre et son téléphone.

Dwayne était né dans l'une de ses rues et les familles qui vivaient dans ce quartier le considéraient donc comme « l'un des leurs ». Tant que le reste des forces de l'ordre restait en retrait, elles étaient prêtes à tolérer l'intervention exceptionnelle de Dwayne d'autant qu'il n'était encore jamais intervenu. Ainsi, comme toute communauté fermée, ce bidonville se portait mieux lorsqu'on le laissait gérer seul ses règles, ses rituels obscurs et leur observance, dans l'indifférence du monde extérieur. Un peu comme les hautes classes sociales britanniques, songeait souvent Richard.

— Restez près de moi et tout ira bien, murmura Dwayne à son patron, tandis que Richard, Camille et lui marchaient dans la rue poussiéreuse et que l'inspecteur essayait de chasser toute image de western de son esprit.

— Pourquoi ne pas simplement convoquer M. Pichou au poste pour nous aider dans nos recherches ? demanda Richard.

— Ne vous inquiétez pas, chef. Ce n'est plus très loin.

Tout en parlant, Dwayne tourna derrière les vestiges d'un vieux bâtiment dont les murs étaient envahis par les broussailles. Richard fut soudain frappé par un relent terriblement écœurant d'ordures en décomposition alors qu'il le suivait vers un ensemble de bicoques de plain-pied construit à l'abri d'un escarpement rocheux.

Lorsque Dwayne indiqua enfin la maison où ils se rendaient, Richard constata qu'elle illustrait parfaitement la définition de l'appentis : elle était construite avec ce qui semblait être du bois flotté et de vieilles plaques de tôle ondulée, et toute la structure était penchée, comme si elle avait manqué de s'écrouler et que seule la présence de la paroi rocheuse contre laquelle elle s'appuyait avait permis de la retenir.

Richard peinait à croire que ce cabanon délabré était habité, et il fut doublement surpris de voir quelqu'un à l'intérieur, assis dans un vieux fauteuil devant la télévision.

Il s'agissait de Luc Pichou, réalisa-t-il. C'était un homme d'une trentaine d'années vêtu d'un vieux pantalon de survêtement et d'un débardeur en maille résille rose clair. Il était sec, mais fortement musclé, et d'épaisses dreadlocks emmêlées lui descendaient dans le dos jusqu'à la taille.

Alors que Dwayne, Richard et Camille approchaient, Luc leva un regard méfiant vers eux.

— Pas d'inquiétude, déclara Dwayne en guise de présentation avant de tendre son poing serré à Luc.

Il cogna son poing contre celui de Dwayne à contrecœur.

— Pourquoi t'es venu avec eux ? demanda-t-il en désignant d'un mouvement de tête Richard et Camille.

Dwayne s'assit. Il expliqua qu'ils enquêtaient sur un meurtre et que Luc pouvait peut-être leur apporter son aide. Lorsqu'il eut terminé son exposé, Luc renifla et observa encore Richard et Camille. Il se tourna vers Dwayne.

— Qui le demande ? interrogea-t-il. Eux ? Ou toi ?

— C'est moi.

— Aux conditions habituelles ?

Richard ne comprit pas vraiment à quoi Luc faisait référence, mais lorsque Dwayne commença à s'entretenir à voix basse avec lui, l'inspecteur jeta un œil autour de lui. Il n'arrivait pas à déterminer s'il était horrifié par la maison de Luc ou s'il était secrètement impressionné. La paroi rocheuse contre laquelle la construction s'appuyait avait été peinte en blanc, des câbles électriques et des lampes avaient été directement fixés dans la roche, et au milieu du mobilier dépareillé, il aperçut ce qui semblait être un lave-linge raccordé. Ou bien était-ce une gazinière ? C'était difficile à dire. En tout cas, la pièce arborait une décoration aux couleurs vives grâce à des bouteilles vides d'alcools en tous genres et des tentures tachées de sel étaient clouées à des morceaux de bois çà et là. C'était manifestement un logement fonctionnel. En réalité, Richard se dit que la cabane rudimentaire sur la plage qu'il partageait avec ce lézard dont il n'arrivait pas à se débarrasser avait bien plus en commun avec cette bicoque qu'avec un logement tout confort.

Luc se recula dans son fauteuil et regarda Richard et Camille.

— Très bien, qu'est-ce que vous voulez savoir ?

— C'est assez simple, répondit Richard. Nous voulons simplement savoir pourquoi nous avons retrouvé un imperméable jaune portant vos empreintes dans le tunnel sous la maison de Polly Carter.

Luc ne cilla même pas.

— Ah bon ?

— Oui.

Luc se tourna vers Dwayne.

— J'ai ta parole ?

— Excusez-moi, intervint Richard, mais de quelle « parole » s'agit-il ?

— Luc a accepté de nous aider, répondit Dwayne, à une seule condition, chef. On ne peut pas le poursuivre s'il est impliqué dans une quelconque activité illégale.

— Y compris un homicide ? demanda sarcastiquement Richard.

— Bien sûr que non. Il nous parle en tant qu'indicateur anonyme. C'est le marché. S'il se compromet en répondant à nos questions et que cela n'entre pas dans le champ de notre enquête, on ne doit pas en tenir compte. C'est l'accord que j'ai accepté.

— Ou je ne vous aiderai pas, déclara Luc.

— C'est entendu, intervint Camille rapidement avant que Richard ne puisse protester.

De son côté, Richard était consterné. Comment pouvait-on accepter de fermer les yeux sur un délit, quel qu'il soit ? Ils étaient policiers, après tout.

— Pourquoi ne nous dites-vous pas ce que votre imperméable faisait là ? demanda Camille, pour faire avancer la conversation.

— D'accord, répondit Luc, imperturbable. Mon manteau était là-bas, car je l'y ai laissé la dernière fois que j'y suis allé.

— Vous reconnaissez vous être rendu dans le tunnel sous la maison de Polly Carter ? interrogea Richard.

— Ouais.

— Que faisiez-vous là-bas ?

— Je vendais de la drogue.

Richard et Camille échangèrent un regard perçant.

— Quel genre de drogue ?

— Ce qu'elle me demandait toujours. De l'héroïne.

— Attendez, vous voulez dire que Polly Carter consommait encore de l'héroïne ?

— Bien entendu, sinon elle ne m'en aurait pas commandé.

— Nous disposons pourtant d'un rapport d'autopsie qui affirme qu'il n'y avait aucune trace de drogue dans son organisme au moment de sa mort.

— Alors votre rapport d'autopsie est erroné.

Richard était abasourdi.

— C'était quand ? demanda-t-il.

— Comment ça ?

— Pourriez-vous nous dire exactement quand vous avez vendu l'héroïne à Polly ?

Luc eut du mal à retrouver la date exacte, mais avec l'aide de Dwayne, ils arrivèrent rapidement à la conclusion que ce devait être trois jours avant l'assassinat de Polly.

— Attendez, dit Richard, incapable de saisir ce que Luc leur racontait. Vous dites que vous êtes allé chez Polly trois jours avant qu'elle ne soit tuée ?

— On dirait.

Richard se souvint de la déclaration de Juliette : elle avait vu un homme portant un imperméable jaune au sommet de la falaise quelques jours avant le meurtre de Polly.

— À tout hasard, portiez-vous votre imperméable jaune ?

— Oui, figurez-vous.

— Et comment avez-vous remis la drogue à Polly ?

— Eh bien, répondit Luc, qui affichait toujours le détachement le plus complet, ça fait des années que je me fais un paquet de pognon avec cette femme, mais si vous voulez savoir comment je lui livrais la came, il y a un vieux sentier qui mène jusqu'à sa maison depuis ici. J'y suis donc allé à pied. Comme Polly n'aime pas que les autres soient au courant de ses habitudes, elle me retrouve toujours dans cet ancien passage sous sa maison.

— Et comment accédez-vous à ce passage ?

— C'est facile. Il suffit de descendre l'escalier de la falaise et à mi-chemin, il y a un énorme buisson. En passant au travers, on tombe sur une entrée secrète creusée juste derrière dans la falaise. On peut pénétrer dans le tunnel assez facilement.

— Je vois, répondit Richard dont l'avis divergeait sur la facilité avec laquelle on pouvait emprunter le tunnel. Permettez-moi de vous reposer la question. Vous affirmez vraiment avoir vendu de l'héroïne à Polly Carter trois jours avant sa mort ?

— Ouais. Si vous voulez savoir, c'était de l'héroïne Black-tar. C'est la meilleure pour fumer. C'était comme ça qu'elle la consommait, elle ne se piquait pas. Elle disait qu'elle tenait trop à sa peau.

— Vous la fournissiez souvent en héroïne ?

— Avant, oui. Ça faisait des mois que je ne lui en avais pas apporté.

— Elle était donc clean au cours des derniers mois ?

— J'imagine. À moins qu'elle ne se soit fournie auprès de quelqu'un d'autre.

— Et pour combien lui avez-vous vendu l'héroïne ce jour-là ?

— Dix mille dollars.

— Pardon ?

— Je sais. C'est le meilleur deal que j'ai jamais fait.

Richard se souvint des dix mille dollars que Polly avait retirés de son compte en banque trois jours avant son assassinat. Si Luc racontait la vérité, alors elle n'avait pas retiré l'argent pour le donner à Max – ou à n'importe qui d'autre –, mais seulement pour acheter une grosse quantité d'héroïne. De l'héroïne qui n'avait pas été absorbée par son organisme avant sa mort, pas plus qu'elle n'en avait consommée au cours des six derniers mois, comme le prouvait le test capillaire. À quoi tout cela rimait-il ?

Tandis qu'une partie du cerveau de Richard analysait les conséquences de l'achat d'héroïne effectué par Polly (si tant est qu'il ait eu lieu), une autre partie beaucoup plus méthodique cherchait à tirer un détail au clair.

— Donc, pour résumer, vous dites que vous portiez votre imperméable jaune quand vous lui avez apporté l'héroïne trois jours avant sa mort ?

— C'est bien ce que j'ai dit.

— Et pourquoi exactement portiez-vous votre imperméable ?

Luc regarda Richard comme s'il était idiot.

— Il pleuvait.

— Vraiment ?

— Des torrents. Mais seulement à l'aller. Le temps que j'arrive jusqu'à la falaise, le soleil était de nouveau de sortie. C'est pour ça que j'ai laissé mon ciré dans le tunnel, je ne voulais pas le porter sur le chemin du retour. J'imagine que c'est pour ça que vous l'avez trouvé dans la grotte souterraine. C'est là que je l'ai laissé.

— Êtes-vous retourné chez Polly depuis ?

— Après lui avoir apporté la came ? Absolument pas. C'est la dernière fois que je l'ai vue en vie.

— Vous n'étiez donc pas là-bas le matin de sa mort ?

— Pas du tout. Et je ne portais pas d'imperméable jaune le jour de sa mort. Comment j'aurais fait ? Je ne possède qu'un seul ciré jaune et je l'avais laissé dans le tunnel trois jours plus tôt.

— Voyez-vous un inconvénient à ce que l'on fouille votre maison ? demanda Richard.

Luc plissa les yeux.

— À condition que ce soit Dwayne qui fouille.

Richard hocha la tête à l'attention de Dwayne, et ce dernier se leva pour commencer à fouiller le cabanon.

— Bien, dit Richard. Si vous avez vendu pour dix mille dollars d'héroïne à Polly, pourriez-vous nous montrer l'argent qu'elle vous a remis ?

— Pourquoi ?

— Il doit vous rester un bon paquet de billets.

À cet instant-là, Luc eut la décence de paraître embarrassé pour la première fois.

— C'est le problème. Voyez-vous, l'argent de Polly ne pouvait pas mieux tomber pour moi. J'avais pas mal de dettes sur l'île. Pour diverses raisons. Vous comprenez ? Tout est parti.

— Vous aviez dix mille dollars de dettes sur l'île ? demanda Richard, incrédule.

— Je sais, répondit Luc, conscient que cela semblait improbable. Elles se sont accumulées au fil des ans. Vous savez comment ça marche, vous empruntez de l'argent pour rembourser.

— Vous admettez donc avoir des dettes ? interrogea Richard, redoublant d'attention.

Luc veilla à regarder Richard droit dans les yeux quand il répondit.

— Plus maintenant, dit-il.

Richard soutint son regard. Luc semblait se méfier de la police – comme on pouvait s'y attendre au vu de ses antécédents –, mais sinon il avait l'air en paix avec lui-même. L'inspecteur décida qu'il était temps de le provoquer.

— Laissez-moi alors vous soumettre une théorie alternative à celle que vous venez de nous exposer, dit-il. Je pense que Polly vous a effectivement demandé pour dix mille dollars d'héroïne – comme vous l'avez déclaré –, mais que vous ne lui avez pas apporté la drogue trois jours avant sa mort. Vous la lui avez portée le jour même. Car c'est à ce moment-là que vous l'avez tuée.

Richard vit Luc serrer les mâchoires, mais il poursuivit malgré tout.

— Voilà comment je pense que les événements se sont déroulés. Vous étiez en train de vous diriger vers l'escalier de la falaise avec l'héroïne – comme convenu avec Polly –, lorsque vous avez entendu du remue-ménage au sommet de la falaise. Nous le savons, car nous disposons d'un témoin qui vous a vu sur la scène de crime quelques instants avant la mort de Polly.

— *Quoi ?* s'exclama Luc, baissant brièvement la garde.

— Un témoin a vu quelqu'un vêtu d'un imperméable jaune descendre les marches de la falaise juste avant la mort de Polly.

— Quelqu'un ? dit-il, la colère perçant dans sa voix. Ou moi ? Qui était-ce, monsieur l'agent ?

— Il est vrai que nous ne disposons d'aucune identification formelle vous concernant, mais une personne en imperméable jaune a été vue dans l'escalier juste avant le meurtre. Or, un imperméable jaune a été trouvé sur place et les seules empreintes qui figurent dessus vous appartiennent, donc l'individu en jaune n'était autre que vous.

» Vous étiez donc dans l'escalier de la falaise lorsque Polly s'est disputée avec sa sœur. Peut-être que vous les avez espionnées et que vous avez vu la scène. Peut-être même que vous avez entendu quand Polly a déclaré qu'elle allait mettre fin à ses jours en se jetant dans le vide puis qu'elle a commencé à descendre les marches. Pourquoi a-t-elle menacé de se suicider ? Je l'ignore. Peut-être accepteriez-vous de me le dire ?

Luc ne sourcilla pas.

— Très bien. Il est possible qu'elle se soit simplement donnée en spectacle – après tout, presque toutes les personnes que nous avons rencontrées nous ont déclaré que Polly avait un goût prononcé pour le mélodrame.

» Quoi qu'il en soit, je pense que vous avez vu là une occasion de vous faire de l'argent facile. Vous avez attendu qu'elle tourne à l'angle des marches avec les dix mille dollars. Une fois qu'elle vous les a remis, vous avez attrapé un énorme bâton qui traînait au sol et vous avez frappé Polly à la tête pour qu'elle bascule dans le vide. Vous avez ensuite caché l'arme du crime sous un buisson, dévalé les marches de la falaise jusqu'à atteindre l'entrée du passage secret et vous avez disparu à l'intérieur, sachant pertinemment que vous pourriez attendre là en toute sécurité. Puis, plus tard – une fois la nuit tombée peut-être –, vous avez abandonné votre imperméable jaune trop repérable sur place et vous

vous êtes faufilé dans l'escalier pour rejoindre la sécurité de la ville, ni vu ni connu. Vous aviez encore pour dix mille dollars d'héroïne à vendre et un bonus de dix mille dollars en poche. Pour être franc, certains ont tué pour moins que ça.

Luc regarda Richard pendant un long moment.

— Rien de tout ça n'a eu lieu, finit-il par dire.

Camille intervint alors.

— Le problème, Luc, c'est que nous avons fouillé la maison de Polly de fond en comble et que nous n'avons trouvé l'équivalent de dix mille dollars d'héroïne nulle part.

— Je vous ai tout dit ! s'exclama Luc, laissant enfin sa colère exploser. Je lui ai vendu l'héroïne ! Ce qu'elle en a fait après n'est pas mon problème ! Peut-être qu'elle n'est pas la seule héroïnomane de la maison ? Peut-être qu'elle l'a achetée pour quelqu'un d'autre ? Vous y avez pensé ?

Richard regarda Luc. Il ne voulait pas l'admettre, mais il n'était lui-même pas particulièrement convaincu de « l'argumentation » qu'il venait de développer pour incriminer Luc. Après tout, il aurait fallu une énorme coïncidence pour que Luc entende Polly menacer de se suicider au moment précis où il comptait la tuer. Par ailleurs, dix mille dollars représentaient une grosse quantité de billets et d'après tous les témoignages, Polly ne portait qu'une robe d'été légère le matin de sa mort : elle aurait difficilement pu dissimuler une telle somme sur elle. Et puis, même si Richard pouvait envisager la présence de Luc dans l'escalier au moment précis où il voulait tuer Polly, il ne voyait pas comment le dealeur aurait pu s'emparer du téléphone de Claire et le cacher dans le lustre du salon bien avant. En effet, il persistait à croire qu'en découvrant pourquoi le téléphone de Claire avait été placé dans le lustre il comprendrait pourquoi Polly avait été tuée.

Dwayne réapparut d'un des recoins du cabanon.

— Il n'y a pas d'imperméable ici, chef. Ni jaune ni d'aucune autre couleur.

— C'est parce que je vous ai dit la vérité, déclara Luc. J'ai laissé mon imperméable jaune dans le passage trois jours avant la mort de Polly. Parce que trois jours avant, il pleuvait – et il n'y a pas eu une seule averse le matin de sa mort.

Richard se remémora la matinée au cours de laquelle Polly avait été assassinée et se rendit compte que Luc avait raison. Car lorsqu'il avait levé les yeux vers le ciel pour maudire le dieu qui avait permis aux perroquets de fienter dans une tasse de thé d'en haut, pas un nuage n'encombrait le ciel.

*

* *

De retour au poste de police, Richard était incapable de maîtriser son exaspération. Cela n'avait rien à voir avec le fait qu'il trouvait le récit de Luc parfaitement crédible. Ni avec le fait qu'il ne pouvait s'empêcher de penser à sa mère essayant de vivre une seconde jeunesse sur l'île même où il tentait de résoudre un homicide – bien que cela soit tout de même partiellement lié. En fait, c'était même totalement lié. Néanmoins, il essayait de se concentrer sur Polly qui avait apparemment acheté pour dix mille dollars d'héroïne trois jours avant sa mort – à en croire Luc – malgré l'absence de traces dans son organisme.

En regardant le tableau blanc, Richard s'attarda sur chacun des noms qui y figuraient. Claire, Sophie, Phil, Max, Juliette et Alain. Si Polly n'était pas la seule héroïnomane, alors pour lequel de ses hôtes avait-elle acheté la drogue ?

Il était difficile d'imaginer l'un d'eux prendre de l'héroïne, mais sur cette liste, une personne s'imposait comme le meilleur candidat : Phil Adams. Après tout, il avait déjà admis que lors de la semaine passée à Vegas avec Polly avant leur mariage, ils avaient passé leur temps à se défoncer. Et Richard se souvenait que lors de sa première entrevue avec Claire elle s'était plainte que Phil et Polly avaient passé la plupart des années 1990 à se droguer ensemble. Maintenant qu'il y songeait, il se souvint également du sentiment étrange qu'il avait ressenti lorsque Phil avait expliqué avoir été suivi pour anxiété. Même à Los Angeles, les thérapies concernaient certainement des problèmes plus graves que des crises d'angoisse.

Mais comment faire pour découvrir si oui ou non Phil consommait de l'héroïne ? En se remémorant sa première déclaration, Richard se souvint qu'il avait signé un contrat pour deux films avec un studio hollywoodien, et l'inspecteur pensa que cette société de production pourrait le renseigner.

Quelques coups de téléphone plus tard, il s'entretenait avec la responsable du personnel du studio pour lequel Phil écrivait son script. Au départ, la femme à la voix psalmodique était réticente à lui apporter son aide, mais une fois que Richard eut expliqué qu'il menait une enquête pour crime – et tous deux savaient que lorsqu'il disait « crime », il entendait « homicide » –, elle précisa que le règlement de la société l'autorisait alors à transmettre des informations à la police.

Richard fut stupéfait de constater que les ressources humaines de l'entreprise disposaient d'un règlement applicable aux employés impliqués dans une affaire d'homicide, mais il se garda de manifester son étonnement et obtint rapidement les informations dont il avait besoin.

Pour commencer, la responsable du personnel fut en mesure de lui confirmer que l'entreprise avait été déçue du nombre d'entrées enregistrées pour le dernier film de Phil, mais comme ils avaient signé un contrat de deux longs-métrages, ils essayaient de faire contre mauvaise fortune bon cœur.

— Les chiffres étaient mauvais, dit la femme avec désinvolture. C'était un navet.

— Saviez-vous que Phil s'était inscrit à une thérapie après sa sortie ?

— Si nous étions au courant ? demanda la femme. C'était notre idée qu'il s'y inscrive.

— À cause de ses angoisses ?

— Ses angoisses ?

— Oui, Phil nous a dit qu'il avait suivi une thérapie à cause de ses angoisses.

Il y eut un blanc à l'autre bout du fil.

— Ce n'était pas pour soigner son anxiété, c'est ça ? dit Richard.

— Je ne doute pas qu'il était très anxieux après la sortie du film.

— Mais ce n'est pas pour cela que vous lui avez suggéré de suivre une thérapie, n'est-ce pas ?

— Pas vraiment.

— Pourriez-vous me dire pourquoi ?

La femme à l'autre bout du fil soupira.

— Eh bien, cela n'a jamais été confirmé, mais des rumeurs nous sont parvenues du plateau de tournage prétendant que Phil était en permanence sous l'emprise de la drogue.

— Pendant qu'il tournait le film ?

— Ce sont des ouï-dire.

— Pourrait-il avoir consommé de l'héroïne ?

— Comme je vous le disais, je ne pourrais pas affirmer avec certitude qu'il consommait de la drogue. Autrement, nous l'aurions renvoyé sur-le-champ. Mais après la sortie du film, nous avons demandé au producteur de Phil de lui rappeler qu'il avait signé une clause de bonne conduite dans son contrat et qu'il serait peut-être temps pour lui de suivre une thérapie s'il en avait besoin.

— Il avait signé une clause de bonne conduite ?

— Toutes les personnes qui travaillent pour notre compte en signent une.

— Et pensez-vous qu'il a décroché depuis qu'il est sorti de désintoxication ?

— Eh bien...

La femme marqua une brève pause. Richard devina qu'elle soupesait les possibilités qui s'offraient à elle, et il garda le silence.

— En réalité, il y a trois semaines, nous avons reçu un avertissement anonyme pour nous prévenir qu'il s'était remis à consommer de la drogue.

— Vraiment ?

— Oui. Nous lui ferons donc subir un dépistage de drogue à son retour dans nos studios.

— Et si le résultat est positif ?

— Oh, c'est très simple. Il aura enfreint les termes de son contrat, et nous annulerons notre engagement pour son prochain film.

— Vous n'avez vraiment *aucune* information sur l'identité de la personne qui vous a avertis ?

— Je suis désolée, mais je suis en train de consulter le dossier de M. Adams et je ne dispose que du numéro de téléphone de cette personne.

— Cela pourrait suffire. Pourriez-vous me le donner ?

Richard tomba des nues en écoutant la femme lui dicter le numéro de Polly Carter.

Polly Carter avait essayé de détruire la carrière de Phil Adams juste avant d'être assassinée.

Chapitre 11

Richard téléphona à Phil Adams. Il s'avéra qu'il se trouvait déjà à Honoré ce matin-là, et l'inspecteur lui demanda de passer au poste de police au moment qui l'arrangeait.

Quinze minutes plus tard, Phil pénétrait dans le bureau.

— C'est vétuste, dit-il en jetant des coups d'œil autour de lui.

Richard sourit en son for intérieur tandis qu'il invitait Phil à s'asseoir en face de lui. Comme tout le monde le savait déjà – et Phil était sur le point de le découvrir –, Camille n'appréciait guère qu'on traite avec condescendance tout ce qui concernait son île. Alors que Richard et elle s'installaient de l'autre côté du bureau, l'inspecteur se dit qu'il était inutile de tourner autour du pot. Il alla droit au but.

— Merci d'être venu, dit-il. Nous voulions seulement savoir pourquoi vous avez déclaré avoir suivi une thérapie contre l'anxiété alors qu'il s'agissait d'une cure de désintoxication.

— Qui vous a dit ça ?

— C'est bien vrai, n'est-ce pas ?

Phil parut contrarié.

— Que voulez-vous savoir de plus ?

— Refusez-vous de répondre à notre question ?

— Que voulez-vous savoir de plus ? répéta Phil.

— Très bien. Quel type de drogue avez-vous consommé au cours de votre séjour à Sainte-Marie ?

Phil perdit toute contenance devant les policiers.

— Quel type de... *drogue* ?

Richard se pencha en avant comme s'il était sur le point de dévoiler un secret, ce qui en un sens était le cas.

— C'est Polly qui vous a dénoncé auprès du studio de production à Los Angeles, n'est-ce pas ? Depuis votre arrivée à Sainte-Marie, elle vous a surpris en train de consommer de la drogue.

— Comment le savez-vous ?

— Dites-nous simplement comment Polly a découvert que vous aviez replongé.

Phil s'humecta les lèvres avant de prendre la parole.

— Lorsqu'elle m'a invité à venir ici, j'ai cru que ce serait comme au bon vieux temps. Je travaillerais le jour, et on ferait la fête la nuit. Seulement voilà, quand j'ai proposé à Polly qu'on prenne de la drogue, elle a joué les saintes-nitouches, en affirmant qu'elle n'avait pas fourni tant d'efforts en désintox pour me laisser rechuter dans sa propre maison. J'étais abasourdi. Ce n'était pas la Polly que je connaissais. Mais j'avais besoin d'aide pour mon travail d'écriture – et la prise de drogue me rend plus créatif –, alors j'ai décidé que lorsque je voudrais me shooter, j'irais sous le tunnel sous sa maison.

— Vous en connaissiez l'existence ?

— Évidemment, répondit Phil, c'est là qu'on avait l'habitude de se défoncer autrefois. Mais je pense que Polly avait des soupçons. Quelques jours après mon arrivée, elle m'a surpris en train de sniffer un rail de coke dans la grotte. Elle m'a dit qu'elle avait remarqué l'absence de la clé de la bibliothèque dans son armoire.

— Vous saviez donc comment ouvrir le tiroir verrouillé dans le bureau de Polly ?

— Et alors ? Je connais la combinaison de cette armoire depuis des années. Le code du cadenas est la date de son anniversaire. Elle était autocentrée à ce point.

— Vous reconnaissez avoir pris la clé de la bibliothèque dans le tiroir ?

Phil acquiesça.

— Alors vous avez également dû voir les lettres anonymes qu'elle gardait à l'intérieur ?

— Non. Je vous l'ai déjà dit, je ne sais rien à ce sujet.

— Mais elle les gardait dans le même tiroir que la clé de la bibliothèque.

— Si elles y étaient, je ne les ai pas vues.

— Et vous pensez qu'on va vous croire, n'est-ce pas ?

— À vrai dire, je me fiche pas mal de ce que vous croyez, je vous dis les choses telles qu'elles sont. Telles qu'elles se sont déroulées.

— D'accord. Vous avez donc récupéré la clé sans remarquer la présence des lettres. Vous êtes descendu dans le tunnel, et vous sniffiez de la cocaïne lorsque Polly a noté l'absence de la clé et vous a surpris. C'est bien cela ?

— Oui.

— Et comment a-t-elle réagi lorsqu'elle vous a vu ?

— Elle était en colère. Très en colère, même. Elle m'a dit que je me laissais aller, que je la laissais tomber. Et que si je n'arrêtais pas immédiatement, elle prendrait des mesures drastiques pour m'y contraindre.

— Comme téléphoner anonymement à votre studio de production pour les prévenir que vous étiez retombé dans la drogue.

— C'est vrai. Je ne l'en croyais pas capable, mais elle les a appelés devant moi pour que je la voie faire. Elle disait qu'elle devait les prévenir pour mon bien.

— Ce qui signifie qu'au moment de votre retour aux États-Unis ils procéderont à un dépistage et découvriront que vous avez consommé de la drogue. Comme vous aurez violé votre contrat, ils rompront alors leur engagement concernant la production de votre prochain film.

Phil fronça les sourcils. Contrarié.

— Voilà pourquoi je n'ai pas osé vous révéler la véritable raison de mon hospitalisation lors de notre premier entretien. Si vous commenciez à enquêter sur ma consommation de drogue, je craignais que vous découvriez que c'était Polly qui m'avait dénoncé auprès du studio.

— Car cela signifiait que vous aviez alors un mobile pour la tuer.

Phil ne répondit rien.

— D'accord. Dites-nous comment vous avez réagi lorsqu'elle a téléphoné au studio de cinéma.

— J'étais furieux, je dois le reconnaître. Du moins, au début. Nous devions tous lui accorder notre pardon pour les innombrables transgressions qu'elle avait commises par le passé, et là, elle m'annonçait que cette faiblesse allait me coûter ma carrière !

— Le comble de la honte, dit Richard, se remémorant les origines familiales de Phil où tout le monde était diplomate, banquier ou universitaire. Ne pouvait pas imaginer de famille plus élitiste, et il était certain que tous les proches de Phil auraient été consternés d'apprendre qu'il était toxicomane.

Camille observa Phil avec attention.

— Lorsqu'elle vous a trahi de la sorte, vous vouliez vous venger, non ? Donc vous l'avez tuée.

— Quoi ? Non !

Phil semblait horrifié par cette accusation.

— Au départ, j'étais seulement furieux. Polly avait raison, j'avais besoin d'un bon coup de pied aux fesses pour me sevrer. Elle a prévenu le studio qu'il fallait me tester et c'était exactement ce dont j'avais besoin pour me recentrer. J'ai aussitôt arrêté de me droguer.

— Donc, si nous analysions vos cheveux, les résultats prouveraient que vous n'avez rien consommé ces dernières semaines, demanda Camille.

Phil fronça les sourcils.

— Eh bien, non, dit-il. Je me suis tenu à carreau après qu'elle m'a dénoncé au studio. Depuis sa mort, j'ai fait quelques écarts, mais le marché tient toujours. Je compte me sevrer avant de rentrer aux États-Unis. Dès que je serai clean, je passerai avec succès tous les tests que le studio voudra me faire subir. Comme ça, Polly n'aura pas réussi à faire voler ma carrière en éclats. En réalité, en me forçant à me défaire de mes mauvaises habitudes, je crois qu'elle m'a peut-être sauvé.

— Vous reconnaissez donc que vous vous droguez encore ?

— De temps à autre. C'est difficile.

— À l'héroïne ?

— En aucune façon, répondit Phil dans un mouvement de recul. Je ne vous ai pas menti quand je vous disais que la consommation de drogue de Polly était dure à supporter. La cocaïne, c'est ma limite. J'en ai besoin pour... pour avoir confiance en moi.

Richard observa Phil et ressentit un bref élan de sympathie pour cet homme qui, il s'en apercevait à présent, n'était pas aussi sûr de lui et désinvolte qu'il le prétendait. L'assurance qu'il affichait n'était qu'un vernis.

Il le congédia, lui rappelant qu'ils pourraient retenir des charges contre lui pour détention de drogue à n'importe quel moment. L'inspecteur savait toutefois qu'il allait sérieusement devoir se mettre à réfléchir. Après tout, Phil venait d'affirmer que Polly s'opposait si fermement à sa consommation de drogue au point qu'elle était prête à mettre sa carrière en péril pour l'arrêter. Comment cette description pouvait-elle concorder avec la déclaration de Luc ? Ce dernier soutenait avoir vendu pour dix mille dollars d'héroïne à Polly trois jours avant sa mort – un fait corroboré par le retrait bancaire qu'elle avait effectué.

Il ne semblait guère possible que les histoires de Luc et de Phil soient toutes deux vraies, alors lequel d'entre eux mentait ?

Richard rassembla son équipe autour du tableau.

— Bien, tout le monde, dit-il. Quel crédit pouvons-nous accorder à Phil ?

— Eh bien, monsieur, commença Fidel, on a fouillé sa chambre juste après le meurtre et il n'y avait aucune drogue, que ce soit de la cocaïne ou de l'héroïne.

— Mais on a trouvé des preuves de consommation de cocaïne dans le passage sous la maison, dit Camille. Et Phil vient d'avouer qu'il en avait consommé, avant et après la mort de Polly.

— Mais pourquoi Polly s'opposait-elle tellement à ce que Phil consomme de la drogue alors qu'elle-même avait acheté pour dix mille dollars d'héroïne à Luc trois jours avant sa mort ? À moins que Luc n'ait menti ?

— Je crois qu'il nous dit la vérité, déclara Dwayne. J'ai posé quelques questions en ville, et tout le monde parle encore de l'énorme vente que Luc a conclue il y a quelques semaines. En réalité, il a dû solliciter l'aide de tout son réseau pour rassembler une si grosse quantité de produit. Depuis, il a remboursé toutes ses dettes et dilapidé son cash.

— Il a donc vraiment vendu de l'héroïne à Polly ? demanda Camille.

— On le dirait bien.

— Il y a autre chose, monsieur, reprit Fidel. Je me suis dit que, si Luc était le dealer de Polly, quel intérêt aurait-il eu à la tuer ? Quand bien même cela lui faisait gagner dix mille dollars, elle lui rapportait certainement beaucoup plus vivante que morte.

— Oui, bien vu, approuva Richard. Une fois encore, on se retrouve à la case départ. Polly n'avait pas pris de drogue avant sa mort, pour qui donc avait-elle acheté pour dix mille dollars d'héroïne ?

— Sûrement pour Phil Adams, dit Camille. Il a reconnu avoir consommé de la cocaïne pendant qu'il était ici, ça ne peut être que lui.

— Mais pourquoi Polly achèterait-elle de la drogue à quelqu'un qu'elle a dénoncé auprès de son employeur pour usage de stupéfiants ? Cela n'a aucun sens.

Richard soupira profondément.

— Qu'avons-nous d'autre ? demanda-t-il.

— Eh bien, monsieur, reprit Fidel en attrapant son bloc-notes sur son bureau. J'ai interrogé les paroissiens de mon église et je n'ai toujours pas réussi à trouver quelqu'un se souvenant avoir vu Alain à la messe le dimanche matin où Polly a été tuée.

— C'est vrai ? Combien de personnes avez-vous interrogées ?

— Je n'ai pu parler qu'avec une quinzaine de fidèles pour le moment.

— Et combien de personnes au total ont assisté à la messe, à votre avis ?

— Le service du dimanche matin rassemble plus d'une centaine de personnes.

— Y aurait-il un moyen rapide de communiquer avec autant de monde d'un seul coup ? Je trouve étrange qu'aucune des personnes à qui vous avez parlé jusqu'à présent ne se rappelle avoir vu Alain ce matin-là. Je veux la preuve formelle qu'il était absent.

— Eh bien, monsieur, répondit Fidel, réfléchissant à voix haute. Il y a les vêpres ce soir. Peut-être que le curé acceptera de me laisser prendre la parole à la fin devant l'ensemble des paroissiens ?

— Bonne idée. Je veux vérifier que l'alibi d'Alain est vrai.

*

* *

Ce soir-là, dans sa cabane, Richard essayait de ne pas penser à sa mère ni à ce qu'elle avait bien pu prévoir pour sa « sortie en boîte » avec Catherine. Pour s'occuper l'esprit, il avait étalé les six lettres anonymes sur son bureau. Bien que le labo ait été incapable de relever le moindre indice exploitable, il estimait qu'il restait un test à pratiquer sur ces lettres. Cela consistait à inspecter le papier journal au verso des lettres découpées qui avaient été collées sur les feuilles A4. C'était un travail de longue haleine qui impliquait la possibilité d'endommager définitivement les preuves, mais Richard savait qu'aux grands maux les grands remèdes. L'inspecteur avait donc rassemblé tout ce dont il avait besoin : un bistouri affûté, une bombe de solvant WD-40 et une lampe torche.

Se penchant au-dessus de son bureau, il alluma la lampe de poche à pleine puissance. Il comptait utiliser le bistouri pour soulever le coin de chaque morceau de papier journal collé et pulvériser quelques gouttes de solvant dessous afin de dissoudre la glu qui les maintenait sur la feuille A4. De cette manière, il savait qu'il pourrait soulever chaque petit bout de papier journal et voir ce qui y était imprimé au dos.

Il s'attela à la tâche sur la première lettre, le *t* minuscule du message qui affichait : tU VAS Le PAyER.

C'était un travail fastidieux, mais au bout de quelques minutes, il avait réussi à décoller de la feuille A4 un premier morceau intact, mais totalement trempé. Ensuite, il retourna précautionneusement le petit bout de papier journal pour voir ce qui était inscrit au verso. Malheureusement, le papier était tellement imbibé de solvant qu'il était impossible de déchiffrer quoi que ce soit. Richard le mit donc de côté, sachant qu'il deviendrait lisible une fois que le solvant se serait évaporé et que le papier aurait séché.

Il observa les autres feuilles A4 et compta que quatre-vingt-trois autres lettres découpées dans des journaux avaient été utilisées pour écrire le reste des messages. Il soupira, avec une certaine satisfaction. C'était exactement le genre de travail abrutissant qu'il lui fallait pour chasser de sa tête des images de sa mère en discothèque.

Il était une heure du matin lorsqu'il se leva de son bureau. Bien qu'il n'ait pas réussi à décoller tous les morceaux de papier journal des feuilles A4 – certains s'étaient délités lorsqu'il avait pulvérisé trop de WD-40 dessus –, il avait tout de même pu récupérer quarante-trois bouts de papier. Ils étaient posés sur la table pour sécher.

Richard fit craquer sa nuque et sortit sous son auvent pour regarder la mer houleuse. Il savait qu'il avait besoin de rester occupé s'il ne voulait pas se remettre à penser à sa mère.

Balayant du regard sa cabane branlante, en quête d'activité, il vit son ordinateur et se souvint qu'il n'avait pas encore écouté l'intégralité des enregistrements que Juliette avait effectués des infidélités de son mari avec Polly. Fidel les avait passés en revue, bien entendu, et avait rapporté qu'ils ne comportaient rien de particulier, mais Richard savait qu'il devait les étudier lui-même. Mettant le premier fichier de côté pour l'heure – après tout, il l'avait déjà en partie écouté avec Camille au poste de police –, il décida de commencer par le second enregistrement. Dans son souvenir, les notes de Fidel mentionnaient que la piste durait treize minutes et qu'elle contenait principalement le chant des criquets en fond sonore. Cela semblait suffisant pour le maintenir occupé.

Il lança la lecture de ce second fichier, s'assit dans son fauteuil et laissa la stridulation des criquets emplir la pièce. En réalité, en tendant l'oreille, Richard s'aperçut que les criquets nocturnes dans l'enregistrement chantaient un peu plus vite que ceux qu'il entendait par la fenêtre. Ce synchronisme presque-parfait-mais-pas-totalement lui rappelait comment, lorsqu'il était petit, les essuie-glaces de la voiture de sa mère balayaient le pare-brise à un rythme légèrement différent de la lumière des clignotants sur le tableau de bord. Lorsque les deux étaient enclenchés en même temps, ils semblaient synchrones un instant avant que les voyants lumineux n'accélèrent leur clignotement au point qu'on ne puisse imaginer deux rythmes plus opposés. Puis ils semblaient à nouveau s'accorder jusqu'à retrouver une cadence commune.

Il se souvenait des lundis matin pluvieux où sa mère l'emmenait à l'école, la voiture emplie de buée, les essuie-glaces grinçant contre le pare-brise, ses pieds se réchauffant contre le chauffage tandis que le reste de l'habitacle demeurait glacé.

À cette pensée, les défenses de Richard s'écroulèrent et le désespoir le submergea, car il n'arrivait pas à déterminer ce qu'il ressentait au-delà de cette impression de perte qu'il éprouvait pour... pour quoi, au juste ? Qu'avait-il l'impression de perdre ? Il l'ignorait, mais il était vaguement conscient que cette sensation d'absence concernait peut-être quelque chose qu'il n'avait jamais eu.

Il laissa rapidement son trouble se teinter de colère. Après tout, où voulait en venir sa mère lorsqu'elle déclarait qu'elle quittait son père ? Leurs vœux de mariage ne supposaient-ils pas qu'ils restent ensemble pour le meilleur et pour le pire, et ce jusqu'à ce que la mort les sépare, amen ? C'était la vision que Richard avait du mariage. Un idéal, bien sûr, mais aussi un vœu inaltérable. La vertu de la promesse ne résidait pas tant dans son accomplissement que dans sa formulation.

Dans les haut-parleurs de l'ordinateur, les criquets continuaient à chanter en décalage avec ceux du dehors, si bien que parfois ils semblaient se coordonner, et parfois non.

C'est alors que Richard eut une révélation.

Les criquets de l'enregistrement n'étaient pas en rythme avec ceux qu'il entendait par la fenêtre !

L'inspecteur se précipita vers sa bibliothèque et saisit son livre sur les insectes endémiques des Caraïbes.

Que lui fallait-il d'autre ? Un thermomètre – par chance, il y en avait un cloué à l'extérieur de son habitation qu'il pourrait utiliser – ainsi qu'un tableau recensant les températures moyennes sur l'île. Avant tout, il devait vérifier que ses souvenirs étaient justes. Il feuilleta son livre d'entomologie jusqu'à ce qu'il tombe exactement sur ce qu'il cherchait. Il s'agissait d'une équation intitulée la loi de Dolbear. Richard lut les indications pour s'assurer qu'il avait bien compris.

$$T_f = 50 + \left\{\frac{N_{60} - 40}{4}\right\}$$

Oui, songea-t-il, s'il réussissait à résoudre l'équation, il avait toutes les chances de découvrir l'identité de l'assassin de Polly Carter !

Le lendemain, il arriva au poste de police plein d'énergie, son ordinateur et son livre d'entomologie fermement calés sous le bras. Or, avant même qu'il ne puisse révéler ses découvertes à son équipe, Fidel se tenait déjà aussi raide qu'au garde-à-vous derrière son bureau, son bloc-notes à la main.

— Bonjour, monsieur ! dit Fidel.

— Bonjour, Fidel, comment allez-vous ce matin ?

— J'ai découvert quelque chose.

— Ah oui, vraiment ?

Fidel se tendit instinctivement quand il s'aperçut que Richard arrivait lui aussi avec une découverte capitale.

— Oui, répondit-il sur un ton beaucoup moins assuré.

— Allez-y, on vous écoute, dit Richard, incapable de masquer la pointe d'autosatisfaction qui perçait dans sa voix.

— Eh bien, monsieur… c'est juste que je suis allé aux vêpres à l'église hier soir, comme vous me l'aviez suggéré. À la fin, j'ai pu me lever – avec l'accord du prêtre, bien entendu – pour m'adresser directement à l'assemblée et demander si quelqu'un avait vu Alain à la messe du dimanche le matin où Polly a été tuée. Le résultat, c'est que personne ne se souvient l'avoir vu !

— Bien, bien, bien, dit Richard. Bon travail, Fidel. Cela concorde avec ce que j'ai découvert la nuit dernière.

— Ah oui, monsieur ?

— Affirmatif, répondit Richard.

Il s'approcha du bureau de Dwayne et ouvrit soigneusement son livre sur les insectes dans lequel il avait transporté les lettres en papier journal qu'il avait décollées des feuilles A4. Chacun des morceaux était à présent totalement sec et il était possible de lire ce qui était imprimé au verso. Malgré tout, comme ces fragments ne faisaient pas plus d'un centimètre carré, il y avait très peu de texte à lire au dos de chaque caractère d'alphabet. Richard invita aussitôt Dwayne et Fidel à parcourir ce qui figurait derrière chacune d'entre elles pour voir s'ils pouvaient deviner dans quel journal elles avaient été découpées : était-ce une gazette de Sainte-Marie ? Du Royaume-Uni ? Ou peut-être même des États-Unis, où Polly et Phil avaient passé beaucoup de temps ?

— Quant à ce que j'ai découvert, dit-il en se dirigeant vers son bureau pour allumer son ordinateur, tout s'éclaircira lorsque je vous ferai entendre cet enregistrement que Juliette a effectué de son mari en plein adultère avec Polly.

Camille, Dwayne et Fidel se rassemblèrent autour de l'ordinateur de Richard tandis qu'il lançait la lecture de l'enregistrement des criquets qu'il avait écouté la nuit précédente.

Fidel fut le premier à prendre la parole.

— Mais il n'y a rien à écouter, monsieur.

— Aucun son humain, approuva Richard. Mais qu'entendez-vous en fond ?

— Des criquets qui chantent, dit Dwayne.

— Exactement ! s'écria Richard avec joie. Et maintenant, pourriez-vous me dire ce que vous entendez sur cet enregistrement ?

Tout en posant la question, il sortit son téléphone de sa poche, fouilla dans les fichiers de son application vocale et pressa le bouton « Play ». Tel un magicien terminant son tour de passe-passe, Richard déposa ensuite l'appareil sur le bureau tandis que résonnait l'enregistrement des criquets qu'il avait effectué à sa fenêtre la veille.

Les membres de l'équipe se regardèrent comme si l'inspecteur était devenu fou.

— Ce ne sont que des criquets qui chantent, dit Dwayne.

— Attends ! intervint Camille. Ne dis plus rien, c'est un piège.

Richard se tourna vers Camille et leva un sourcil, chose dont il ne se savait pas capable jusqu'alors.

— Ne voulez-vous pas savoir comment ces deux enregistrements prouvent qu'Alain nous a menti ? demanda Richard.

Il se dirigea alors vers le bureau de Dwayne pour attraper le livre sur les insectes des Caraïbes et le leva en l'air pour le montrer à son équipe.

— Vous plaisantez, dit Camille. Le livre vous a été utile ?

— *Toute* connaissance est utile, Camille, répliqua Richard. Mais si vous tenez à le savoir, oui, ce livre sur les insectes des Caraïbes pourrait bien avoir servi à identifier notre tueur !

— Mais comment, monsieur ? demanda Fidel avant de se tourner avec un air navré vers Camille. Désolé, mais je veux savoir.

— C'est amusant que vous posiez la question, Fidel, dit Richard tout en léchant son index pour feuilleter les pages du vieux volume jusqu'à ce qu'il trouve ce qu'il cherchait. Voyez-vous, je me suis souvenu de ce type du nom d'Amos Dolbear qui, au XIXe siècle, a découvert que la vitesse de stridulation des criquets était directement proportionnelle à la température de l'atmosphère.

— Vous pouvez la refaire ? demanda Dwayne.

— En réalité, poursuivit Richard, pleinement lancé dans son exposé, lorsque Dolbear a établi le rapport entre la fréquence de stridulation du criquet et la température ambiante, il a fait une véritable découverte. La corrélation qui existe entre ces deux facteurs est telle que si vous voulez déterminer la température ambiante – que l'on appellera T_f –, il vous suffit de compter le nombre de stridulations par minute qu'émettent les criquets – disons N_{60} – auquel vous retirez 40 avant de diviser le résultat par 4 et d'y ajouter 50.

Il y eut un long moment de silence au cours duquel toute l'équipe garda les yeux rivés sur lui.

— Je vais lui reposer la question, dit Dwayne à Camille et Fidel avant de se tourner vers Richard. Vous pouvez la refaire ?

— Alain nous a dit que son aventure avec Polly avait démarré quelques jours avant Noël. Très bien. Mais en comptant le nombre de stridulations perceptible en fond sur l'enregistrement que sa femme a effectué de Polly et lui, j'ai pu constater que les criquets émettaient cent quatre-vingt-dix stridulations par minute.

— Attendez, attendez, dit Dwayne, levant les mains pour attirer l'attention générale. Vous avez compté le nombre de stridulations sur l'enregistrement ?

— Absolument. Et en introduisant cette donnée – cent quatre-vingt-dix stridulations par minute – dans l'équation de Dolbear, j'ai pu calculer que la température ambiante au-dehors ce jour-là était de 31 °C.

— Ce qui est plutôt élevé, commenta Camille qui commençait à suivre le raisonnement de Richard.

— Justement ! approuva Richard, bien qu'il aurait aimé contester la remarque de Camille sur le fait que 31 °C était « plutôt » élevé. Et de telles températures ne sont atteintes qu'en plein été, ce qui nous ramène au mois dernier. En réalité, si vous jetez un œil à ces documents, vous comprendrez instantanément.

Il sortit alors des relevés du département de météorologie de Sainte-Marie qu'il avait imprimés et qui recensaient les températures minimales et maximales depuis le début de l'année.

— Alain prétend que les enregistrements datent de la période entre Noël et le mois de janvier. Or, à cette époque, les températures sur l'île n'ont jamais atteint la hauteur vertigineuse de 31 °C. En réalité, les maximales en décembre et janvier se sont élevées à 23 °C.

— Vous voulez donc dire que les enregistrements ne datent pas du début de l'année ! s'exclama Fidel.

— Exactement ! En réalité, si vous analysez ce tableau des températures annuelles, la température n'est jamais grimpée jusqu'à 31 °C sur l'île avant le mois de juillet, c'est-à-dire le mois dernier.

Dwayne se tourna vers son supérieur.

— Vous voulez dire que vous pouvez utiliser la stridulation des criquets pour prouver que l'enregistrement de Polly et Alain ne remonte pas à Noël dernier ! En réalité, il date tout juste d'il y a un mois.

— Vous avez tout compris, répondit Richard.

Chapitre 12

Laissant Fidel et Dwayne au poste pour qu'ils essaient de déchiffrer les morceaux de papier journal qu'il avait préparés la veille, Richard se rendit avec Camille jusque chez Polly afin de s'entretenir avec Alain et Juliette. En chemin, l'inspecteur voulut aborder un sujet délicat avec sa subordonnée.

— Camille ? hasarda-t-il, assis sur le siège passager, les yeux fixés droit devant lui comme s'il n'avait pas parlé.

Derrière le volant, Camille jeta un regard vers son supérieur.

— Oui, monsieur ?

Toujours sans tourner la tête, Richard poursuivit.

— Je crois que j'ai besoin de vos conseils.

Camille s'efforça de masquer son étonnement : cela faisait maintenant deux ans qu'elle connaissait Richard, et jamais il n'avait demandé son avis. Elle savait toutefois que l'inspecteur était comme les iguanes à crêtes qui peuplaient l'île : il valait mieux éviter toute approche frontale.

— Ah ? dit-elle, comme si de rien n'était.

— Ou peut-être pas, dit Richard, perdant aussitôt toute confiance en lui.

Camille attendit. Si elle le laissait faire, Richard s'ouvrirait à elle, supposa-t-elle. Mais l'inspecteur ne décrocha pas un mot tandis qu'elle pilotait la voiture dans les lacets qui menaient à la maison de Polly. Il garda également le silence alors qu'elle s'engageait dans l'allée poussiéreuse de la propriété. Enfin, dans un crissement de pneus sur les graviers, elle se gara devant la maison de Polly et coupa le moteur diesel bruyant.

Le silence entre eux grandit jusqu'à ce que Camille n'en puisse plus.

— Pourquoi avez-vous besoin de mes conseils ? demanda-t-elle, mais avant même qu'elle n'ait fini sa phrase, Richard l'interrompit.

— En réalité, pourrions-nous faire comme si cette conversation n'avait jamais eu lieu ?

— Mais nous n'avons *pas* eu de conversation, monsieur, dit-elle.

— Si. C'est une conversation.

— Non. Pas si vous ne me dites pas ce que vous comptiez me demander, monsieur.

— Et ça, justement, c'est un autre sujet, explosa Richard. Vous ne m'appelez jamais « chef » comme les autres.

Camille regarda son supérieur, ahurie.

— *Quoi* ?

— Les autres m'appellent parfois « chef ». Même le Commandant le fait. Mais vous, jamais. Vous vous contentez de « monsieur ».

Camille ne s'abaissa pas à répondre à cet aveu qui traduisait un besoin névrotique de reconnaissance. Quant à Richard, il se sentait à présent comme un parfait idiot. Il s'apprêtait à ouvrir la portière du côté passager pour sortir lorsque Camille lui saisit le coude droit pour l'arrêter.

— Si vous voulez des conseils, ce n'est pas à moi que vous devriez parler, dit-elle. Je pense que vous devriez aller voir ma mère.

— Vraiment ? dit Richard. Pourquoi ?

— Parce qu'elle m'a dit de vous faire savoir que si vous voulez de l'aide pour recadrer la vôtre, vous devriez en discuter avec elle.

Richard sentit la honte lui monter aux joues.

— Elle pense que ma mère a besoin d'être recadrée ? dit-il.

Camille regarda son supérieur et éprouva un élan de compassion pour cet homme gauche et abattu.

— Votre mère a pris des vacances. Seule. Elle engage la conversation avec des hommes qu'elle rencontre dans des bars. Votre père est à des kilomètres d'ici. Pas la peine d'être détective pour se rendre compte qu'il y a quelque chose qui cloche… monsieur.

Richard scruta sa subordonnée, sans voix. Il finit par détourner le regard et fixa longuement le pare-brise.

Après quelques instants d'introspection, il dit :

— Le pare-brise est sale.

Camille hocha la tête en ouvrant la portière du côté conducteur et sauta hors du 4×4. Richard irait peut-être voir sa mère, ou peut-être pas. Elle avait transmis le message. Elle ne pouvait rien faire de plus.

Ils trouvèrent Alain au bord de la piscine. Il retirait les feuilles qui flottaient à la surface de l'eau avec une longue épuisette.

— Bonjour, dit-il en voyant Richard et Camille approcher.

— Bonjour, répondit Richard, surpris de voir Alain travailler sur la propriété. Je vois que vous continuez à entretenir les lieux de manière impeccable.

— Un photographe va venir plus tard dans la journée pour prendre des clichés. M. Adams a décidé de mettre la maison en vente.

— Phil Adams vend la maison ? demanda Camille.

— Oui. Il m'a expliqué qu'il avait hérité de la propriété de Polly, et il compte la vendre au plus offrant.

Richard et Camille échangèrent un regard surpris. Phil n'avait cessé de répéter qu'il n'était pas intéressé par la fortune de Polly – arguant d'ailleurs qu'elle n'en avait pas –, mais il ne perdait décidément pas de temps pour essayer de récupérer tout l'argent que pouvait peser son patrimoine immobilier. Quoi qu'il en soit, ce n'était pas l'objet de leur visite.

— Pourrions-nous vous parler un instant ?

— Bien sûr, dit Alain.

— Je crois que vous n'avez pas joué franc jeu avec nous. Je me trompe ?

— Pardon ? dit Alain.

— Pour commencer, vous n'étiez pas à l'église le matin où Polly Carter a été tuée, n'est-ce pas ?

— Si.

— Alors comment se fait-il que nous n'ayons pas pu trouver un seul paroissien pour se rappeler vous y avoir vu ?

— Je... je ne sais pas, répondit faiblement Alain.

— Laissons ce détail de côté pour l'instant, car vous avez un bien plus gros problème à régler. Nous savons que votre liaison avec Polly ne s'est pas terminée à Noël. Elle s'est poursuivie après son retour de désintoxication.

Alain était sidéré. Il ne comprenait pas.

— Dites-moi, était-ce votre idée de nous mentir à ce sujet, ou bien était-ce celle de votre femme ?

Les yeux d'Alain allèrent de Richard à Camille, puis de Camille à Richard. Il posa ensuite l'épuisette et se dirigea vers un banc flanqué de deux palmiers. Richard et Camille le suivirent et attendirent qu'il rassemble ses esprits – Richard en profita pour faire un léger pas de côté et se placer dans la mince bande d'ombre que le tronc d'un des deux palmiers projetait au sol.

Enfin, Alain leva les yeux vers les policiers, le regard empli de chagrin.

— J'avais dit à Juliette qu'on ferait mieux de vous dire la vérité, dit-il.

Camille s'approcha et s'assit à côté d'Alain sur le banc. Elle ne dit rien, mais sa présence suffit à lui faire tourner le regard vers elle.

— Vous avez raison, dit-il. Notre liaison n'était pas terminée. Juliette m'avait fait promettre de ne pas vous le dire. Vous savez, ce n'était pas qu'une aventure. J'étais épris de Polly. Vraiment. Et elle de moi. On n'imaginait pas que cela arriverait, mais... Après tout, le cœur a ses raisons que la raison ignore, non ? Juliette n'est pas facile à vivre... Je crois aux vœux que l'on a échangés, mais c'est une femme froide et désagréable. Avec Polly, c'était comme une évidence. Vous comprenez ?

Camille acquiesça. Elle voulait montrer à Alain qu'elle le comprenait parfaitement, et son soutien lui donna le courage de poursuivre.

— Je n'ai pas menti en vous disant que cela n'a duré que quelques jours à Noël. J'ai découvert que Polly continuait à fumer en secret. Elle se cachait dans le tunnel sous la maison. Je sais que vous l'avez compris l'autre jour. Quoi qu'il en soit, elle m'avait dit qu'elle avait laissé tomber la drogue au début de notre liaison. Quand je me suis rendu compte qu'elle m'avait menti, j'ai tout remis en question. Le fait qu'elle m'ait caché la vérité et le sentiment que cela m'a procuré m'ont fait prendre conscience que toute cette histoire était insensée. Je *suis* croyant et pratiquant. Que je sois plus heureux avec une autre personne, que je ne m'entende plus avec ma femme – ou que je ne l'aime plus –, j'ai pris l'engagement devant Dieu de rester avec Juliette pour le meilleur et pour le pire. J'ai donc dit à Polly que c'était fini entre nous.

— Quand le lui avez-vous annoncé ?

— Le 18 janvier.

— Comment Polly l'a-t-elle pris ?

— Elle est restée parfaitement calme. Vous savez, elle a juste pris acte de ma décision. Le lendemain, elle a fait ses valises et elle est partie. Je n'avais aucune idée de la raison de son départ ni de sa destination, mais j'ai pris ça comme un signe de rupture. Je savais ce qu'il me restait à faire.

Alain prit une profonde inspiration avant de poursuivre.

— Je devais le dire à Juliette. Je devais confesser mes péchés.

— Elle ne disposait pas d'enregistrement de Polly et vous à l'époque ?

— Non. Mais lorsque je lui ai révélé notre liaison, je lui ai également précisé que tout était fini entre Polly et moi. Terminé.

— Comment Juliette a-t-elle accueilli la nouvelle ?

— C'était une vraie furie, elle a cassé de la vaisselle et m'a jeté des horreurs à la figure. Je n'avais pas pris la mesure de ce que j'avais déclenché. Mais c'était elle qui était trompée, je devais encaisser. Et ce qu'elle vous a dit lors de notre première entrevue était vrai. Une fois que Polly a quitté l'île pour sa cure, on s'est retrouvés tous les deux seuls ici, et il a fallu qu'on reprenne notre vie. Au bout d'une semaine environ, la situation s'était légèrement améliorée, on semblait avoir trouvé un compromis. On partageait la même maison. On restait courtois l'un envers l'autre. Dans une certaine mesure. Alors peut-être que nous pouvions sauver notre relation avant qu'il ne soit trop tard.

— Et vous avez réussi ?

— Pas vraiment, mais on est restés civilisés. La seule différence, c'est que Juliette a cessé de m'accompagner à l'église. À la place, elle a commencé à s'entraîner pour le triathlon de l'île à la fin de l'année.

— Et comment vous sentiez-vous en l'absence de Polly ?

— J'étais au fond du trou. Plus j'essayais de me convaincre que cette liaison était une erreur, plus je pensais à Polly. Aux sentiments qu'elle m'inspirait. À cette impression que rien ne pouvait m'arrêter tant que j'étais auprès d'elle. J'étais totalement perdu. Les semaines se sont transformées en mois, et je me suis rendu compte que j'étais toujours dans le péché, que ma vie avec Juliette était la punition que Dieu m'infligeait pour avoir mal agi.

— Et puis, un jour, Polly a fait son retour.

— Oui. Elle a fini par revenir.

— Quand est-elle rentrée exactement ? demanda Richard.

— La dernière semaine de mars. Elle m'a déclaré que j'avais su trouver les mots dont elle avait besoin pour l'aider à remettre de l'ordre dans sa vie. Elle ne voulait pas me perdre. Elle venait de passer deux mois en désintoxication et elle était à présent complètement sevrée. J'aimerais vous dire que je lui ai résisté, mais c'est faux. Notre liaison a repris dès le premier jour de son retour.

» Le plus incroyable, c'est que Polly était véritablement clean. Je vous assure. J'y ai vu une vraie leçon d'humilité. Après une vie entière de dépendance, elle avait tiré un trait sur son addiction pour me reconquérir.

— Mais Juliette a eu des soupçons, n'est-ce pas ? dit Richard.

— Dès l'instant où Polly a refait surface, confirma Alain. Mais je lui ai menti. Je lui ai soutenu qu'il ne se passait rien. À mon tour, j'étais devenu comme dépendant, à la seule différence que c'était Polly, ma drogue. Je n'aurais reculé devant aucun mensonge ni aucune supercherie pour pouvoir passer du temps avec elle.

— Comme les rendez-vous en cachette dans le passage secret de contrebandiers ?

Alain regarda Richard avec honte.

— Au début, oui, confessa-t-il. On ne pouvait pas faire autrement, il *fallait* que l'on se voie. On se rejoignait donc dans le tunnel, mais comme Juliette s'entraînait énormément, on a vite convenu que l'on pouvait se retrouver dans la chambre de Polly.

— Et c'est comme ça que Juliette a finalement réussi à vous piéger tous les deux.

Alain acquiesça.

— C'était le mois dernier.

Il hocha de nouveau la tête.

— Oui. Les enregistrements datent d'il y a trois semaines. Quand Juliette m'a forcé à les écouter, cela a vite dégénéré. Elle m'a dit qu'elle m'avait laissé une seconde chance là où n'importe quelle autre femme m'aurait jeté dehors. Malgré ça, je couchais à nouveau avec cette garce. C'est le mot qu'elle employait pour parler de Polly. Elle disait que c'était une garce. Face à sa colère et à son ton vindicatif, je me suis dit qu'en dépit de ce que j'avais fait il fallait que je quitte Juliette. C'est donc ce que je lui ai dit. C'était fini entre nous, j'allais la quitter. À ce moment-là, elle est devenue enragée. Elle s'en est prise à moi en me criant que je ne pouvais pas l'abandonner. À vrai dire, plus elle hurlait, plus cela me confortait dans le fait que je *devais* la quitter.

— Avez-vous dit à Polly que vous comptiez quitter votre femme ? demanda Camille.

Alain approuva d'un signe de tête.

— Et qu'a-t-elle répondu ?

— Elle m'a dit qu'elle voulait partir avec moi.

— Vraiment ?

— Elle m'a dit qu'elle n'avait pas travaillé depuis près d'un an et que sa désintoxication lui avait coûté une fortune. Elle pensait qu'il ne lui restait plus un centime, mais même ruinée, elle voulait être avec moi.

Alain prit une profonde inspiration pour terminer son récit.

— On a donc élaboré un plan. Polly voulait se réconcilier avec sa sœur – c'est ce qu'elle m'a dit. Elle voulait qu'on emménage dans la ferme familiale au Royaume-Uni. Elle ne pouvait pas me promettre une vie glamour, mais il y aurait sûrement du travail pour nous deux. Au moins, on serait ensemble.

— Claire est-elle au courant de tout ceci ?

— Pas à ma connaissance. Mais c'est la raison pour laquelle Polly l'a invitée ici. Elle voulait faire amende honorable auprès de sa sœur et lui demander si on pouvait venir vivre avec elle.

Alain regarda Richard avec un air tellement peiné que l'inspecteur dut se rappeler que, même s'il était émotionnellement éprouvé, cet homme restait un suspect.

— Vous savez ce que je vois ? dit Richard à Alain. Je vois un croyant, cela ne fait aucun doute. Un pratiquant de longue date, c'est indéniable. Mais je vois également un homme rongé par la culpabilité, déchiré par le fait d'avoir trahi sa femme. Trahi ses engagements. Trahi Dieu.

Alain baissa les yeux, incapable de contredire Richard.

— Je vois également un homme qui nous a menti et qui a menti à sa femme. Admettons que votre liaison avec Polly ait commencé à Noël et qu'elle soit partie en cure peu de temps après. Votre relation a repris dès son retour sur l'île. Nous savons que tout cela est vrai. Si vous vous sentiez fautif dès le début de cette aventure, je pense que lorsque votre liaison a redémarré, vous étiez alors dévoré par la culpabilité. Je crois que vous étiez tellement écrasé par le malaise et la honte que vous inspiraient vos sentiments pour Polly que la seule échappatoire à vos yeux, c'était d'éliminer la source de la tentation.

Aviez-vous réellement l'intention de la tuer ce matin-là ? Peut-être pas. Mais vous étiez certainement préparé à l'attendre en cachette et à l'attaquer - elle, l'objet de votre amour et de votre haine. Maintenant qu'elle est morte, vous êtes finalement capable de redevenir l'homme que vous auriez toujours dû être. Un bon chrétien. Un mari dévoué.

Alain se leva du banc et regarda Richard droit dans les yeux.

— Vous ne comprenez donc pas ? J'*aimais* Polly.

— Alors où étiez-vous le matin de sa mort ? demanda Richard, heureux de combattre le feu par le feu. Car vous n'étiez pas à l'église, n'est-ce pas ?

Richard reconnut les signes d'une rage contenue dans l'attitude d'Alain. C'était la colère de quelqu'un qui se sentait désespérément trompé par la vie.

— Très bien, dit Alain. J'étais à l'aéroport.

Richard ne savait pas quoi dire - il ne s'était absolument pas attendu à ce qu'Alain leur dévoile soudainement un nouvel alibi.

— Pardon ?

— Vous avez raison. Je n'étais pas à l'église. J'étais à l'aéroport de Sainte-Marie.

— Et que faisiez-vous à l'aéroport ?

— J'achetais deux allers simples pour Londres. Pour Polly et moi. Je ne vous mentais pas quand je vous disais que c'était sérieux entre nous. On comptait s'enfuir au Royaume-Uni dès qu'elle aurait tout arrangé avec sa sœur. Pour démarrer une nouvelle vie.

— Donc, si l'on contacte l'aéroport de Sainte-Marie, reprit Richard, les employés seront en mesure de confirmer votre histoire ?

— Absolument.

— Je ne comprends pas. Si vous aviez un alibi à l'heure du meurtre, pourquoi ne pas nous l'avoir dit ?

Alain détourna finalement les yeux de Richard pour regarder son bungalow.

— J'aurais dû, mais la première fois que vous m'avez demandé où j'étais, j'ignorais que Polly était morte. Je vous ai donc donné une fausse excuse, car Juliette n'était pas au courant. Elle ne savait pas que j'étais parti acheter deux billets d'avion ce matin-là. Et pendant ce temps, Polly se faisait tuer. C'est comme si Dieu ne voulait pas que je sois heureux, pas vrai ?

Richard perçut l'amertume d'Alain. S'il se trouvait ailleurs à l'heure du meurtre, peu importaient ses états d'âme, ce n'était pas lui le tueur. Restait à savoir si son nouvel alibi tenait la route.

Laissant Alain au bord de la piscine, Richard et Camille regagnèrent leur 4 × 4. Camille appela les guichets de l'aéroport. Pendant qu'elle était au téléphone, Richard vit Juliette s'avancer vers le cottage dans sa vieille Citroën. Il s'approcha pour lui parler.

— Qu'est-ce que vous voulez ? demanda-t-elle avec mauvaise humeur tandis qu'elle déchargeait des sacs de courses de sa voiture.

Richard remarqua que Juliette portait à nouveau sa tenue de jogging ajustée en Lycra et des chaussures de course salies par la poussière rouge des routes alentour.

— Nous savons que votre mari fréquentait toujours Polly au moment de sa mort.

Juliette resta digne et se contenta de marquer une brève pause dans le déchargement de ses courses.

— Avant que vous ne posiez la question, sachez que nous sommes au courant car nous avons découvert que les enregistrements que vous nous avez fournis datent du mois dernier, n'est-ce pas ? Cela signifie que vous nous avez menti quand vous avez affirmé que leur liaison était terminée. Pourquoi ?

Juliette posa délicatement ses achats sur le sol pour pouvoir convenablement répondre à Richard.

— Je ne voulais pas laver mon linge sale en public.

— Je n'adhère pas, répondit Richard. Vous exposiez déjà votre linge sale en reconnaissant la liaison de votre mari avec Polly à Noël. Pourquoi ne vouliez-vous pas que l'on sache qu'elle continuait ?

— C'est si difficile à comprendre ? dit-elle.

— Excusez-moi, mais je crois en effet que vous allez devoir me donner une explication.

— Je voulais que *personne* ne soit au courant que cela continuait.

— Pourquoi donc ?

— Vous ne comprenez pas ? J'aime mon mari.

— Même s'il ne vous aime pas.

— Comment osez-vous dire une chose pareille ! lança Juliette à Richard. Il m'aime, il a juste besoin de se défaire de l'emprise de cette sorcière.

— Vous voulez dire de Polly ?

— Bien sûr ! Il s'est comporté comme un imbécile, mais ce n'était pas sa faute, pas tel que je vois les choses. Quand elle est morte, j'ai fait promettre à Alain de ne pas vous révéler que sa liaison avec elle continuait. Je ne voulais pas que vous veniez mettre votre nez dans nos affaires. Je voulais juste récupérer mon mari pour moi toute seule.

— Je vois, répondit Richard.

Il savait que Juliette était une femme dure, mais il n'avait jusqu'alors pas imaginé à quel point elle était au bord du gouffre.

— Vous pensez donc qu'Alain et vous allez rester ensemble ?

— Oui, répondit catégoriquement Juliette avec l'énergie du désespoir. J'ai déjà été mariée avant. Deux fois. Cette fois-ci, ça va marcher. Nous sommes mari et femme. Pour toujours.

Richard comptait demander à Juliette si elle savait que son mari avait l'intention de quitter le pays avec Polly, mais il fut coupé dans son élan par l'arrivée de Camille qui tenait son calepin à la main.

— Monsieur, dit Camille, Alain nous a dit la vérité. Il était à l'aéroport de Sainte-Marie à dix heures.

Camille cita alors le nom d'une compagnie aérienne locale et expliqua qu'elle s'était entretenue avec un guichetier qui se souvenait qu'Alain avait payé deux billets pour le Royaume-Uni en liquide. Le système informatique confirmait d'ailleurs que l'achat avait eu lieu à 10 h 06.

Alain avait désormais un alibi pour l'heure du meurtre. Il ne faisait plus partie des suspects.

— Que dites-vous ? demanda Juliette, interdite. Alain était à la messe ce matin-là.

— Je suis désolée, dit Camille avec le plus de tact possible. Peut-être devriez-vous lui demander vous-même où il se trouvait.

— Qu'entendez-vous par là ? Où était-il ?

Richard se rendit compte qu'il ne partageait pas le moins du monde les scrupules de sa coéquipière, et il décida de répondre franchement.

— À l'heure où Polly a été tuée, votre mari achetait deux allers simples pour le Royaume-Uni dans l'intention de s'enfuir avec elle.

Juliette eut un mouvement de recul.

— Non ! C'est impossible.

— Il était sur le point de vous quitter, et je pense que vous le saviez.

— Non. C'est faux ! Il ne m'aurait jamais quittée.

— Comme vous nous l'avez dit, vous l'aimez, en effet - d'une manière malsaine, possessive et castratrice, si vous voulez mon avis. N'oubliez pas que nous avons trouvé le système de surveillance que vous aviez placé pour piéger votre mari. Je sais à quel point vous pouvez vous montrer calculatrice quand vous le voulez. Seulement voilà, Juliette, votre mari a un alibi irréfutable, mais je constate que vous n'en avez toujours pas.

— Je vous l'ai déjà dit. J'étais partie courir ce matin-là.

— Mais nous n'avons pas pu trouver une seule personne vous ayant vue faire votre footing.

— C'était dimanche matin, il n'y avait pas tant de monde que ça dehors.

— Et si vous n'étiez pas véritablement partie courir ce matin-là, mais que vous attendiez Polly dans l'escalier de la falaise ?

— Non ! Comment aurais-je pu savoir que Polly descendrait les marches à ce moment-là ?

— Je ne sais pas. Pourquoi ne nous le dites-vous pas ? Y a-t-il un autre système de surveillance dont nous ne connaissons pas l'existence ?

— Bien sûr que non !

— Regardons tout cela de plus près, vous voulez bien ? dit Richard. Car je vous imagine parfaitement attendre dans l'escalier pour intercepter Polly. Peut-être l'avez-vous piégée en lui faisant croire qu'Alain l'attendait dans le passage souterrain ? Après tout, ce ne serait que justice immanente qu'elle trouve la mort en pensant le rejoindre, non ? Mais que vous ayez ou non élaboré d'autres plans pour l'affronter, lorsque vous avez entendu Polly annoncer qu'elle allait se suicider et descendre les marches, je pense que la tentation a été trop grande. Vous avez ramassé la branche que vous avez trouvée par terre et vous l'avez frappée pour la faire tomber de la falaise.

Juliette regardait Richard comme s'il était devenu fou.

— Et si j'étais en bas des marches, comment aurais-je pu quitter la plage ?

— Vous avez descendu les marches et vous vous êtes cachée dans le tunnel, n'est-ce pas ? Après tout, c'est vous qui nous avez appris que cette demeure était une ancienne maison de contrebandiers.

— Quel tunnel ? demanda Juliette, les yeux grands ouverts.

— Voyons, dit Richard, vous entretenez cette maison depuis des années. Vous travailliez déjà pour les précédents propriétaires avant que Polly ne rachète cette villa. Vous connaissez l'existence du tunnel derrière la bibliothèque.

Dans un instant d'hésitation, Juliette cligna des yeux et Richard sut qu'il l'avait coincée. Elle connaissait en effet l'existence du passage secret.

— Bien, dit-il, voilà un autre mensonge de votre part.

— Je ne me suis pas cachée dans le tunnel. Ce matin-là, je suis partie courir dix kilomètres avant de rejoindre Alain pour boire un café chez Catherine vers 10 h 30, dit-elle.

— Je ne peux m'empêcher de trouver que c'était assez malin de votre part : vous vous êtes assurée d'être vue dans le seul bar de l'île qui est tenu par la mère d'un officier de police.

Avant que Juliette ne puisse répondre, tous virent Alain se diriger vers eux d'un pas de vaincu en provenance de la piscine.

— Dis-leur, toi ! cria Juliette à son mari tandis qu'il approchait. Tu ne comptais pas me quitter, n'est-ce pas ? Tu ne le ferais pas ! Dis-leur !

Alain regarda sa femme avec une franche expression de mépris.

— Pourquoi tu continues à mentir ? lui dit-il.

— Quoi ? dit-elle, horrifiée.

Alain se tourna vers les policiers.

— J'ai annoncé à Juliette que je la quittais la veille de la mort de Polly.

— C'est faux ! Il vous ment ! se défendit Juliette.

— Ça suffit ! aboya Alain, prenant enfin le dessus sur sa femme.

Très calmement, il se tourna de nouveau vers les policiers.

— J'ai dit à ma femme que je la quittais la veille de mon passage à l'aéroport. Le samedi. C'est la vérité.

Juliette ne répondit rien et lança un regard désespéré à son mari. Alain se tourna vers elle.

— Je rentre. Je te conseille de faire pareil.

Alain laissa sa femme plantée au milieu des sacs de courses. Richard se dit alors qu'il avait rarement vu quelqu'un de plus abandonné que Juliette à ce moment précis.

Si elle était au courant que son mari la quittait pour démarrer une nouvelle vie avec Polly, il n'avait plus de doute, elle pouvait être leur assassin.

Mais comment le prouver ?

Chapitre 13

De retour au poste de police, Richard apprit que Fidel et Dwayne n'avaient rien pu tirer des morceaux de papier journal qu'il leur avait laissés pour analyse.

— Il y a des tonnes de texte au verso de ces petits bouts de papier, monsieur, dit Fidel. Mais ça n'a pas de sens, il y a un demi-mot par-ci, un demi-mot par-là.

— Je vois, dit Richard, déçu que cette pièce à conviction n'ait toujours pas révélé de piste.

Il s'approcha du bureau de Dwayne où les morceaux de papier journal étaient étalés et commença à les inspecter lui-même. Fidel avait raison. Au dos de chaque lettre découpée, il y avait parfois des fragments de texte, parfois un espace blanc, ou encore de l'encre qui avait dû couler d'une photo ou d'une publicité, mais en dehors du fait qu'il s'agissait d'un journal anglophone, il était difficile de récupérer un quelconque indice.

Tandis qu'il examinait les petites coupures de journaux, Dwayne lui tendit une bouteille d'eau fraîche tout juste sortie de réfrigérateur.

— Merci, Dwayne, dit Richard en saisissant la bouteille.

Alors qu'il dévissait le bouchon et prenait une grande rasade d'eau, Dwayne se pencha vers lui pour lui glisser un mot dans le creux de l'oreille.

— Votre mère n'arrête pas de m'écrire, chef.

Richard se figea – à mi-gorgée –, puis se tourna vers Dwayne qui avait la décence de paraître lui-même très embarrassé.

— En réalité, elle ne cesse de me répéter qu'on devrait aller prendre un verre.

Avalant de travers, Richard toussa, secoué par un hoquet soudain, et de l'eau coula le long de son menton sur sa chemise et sa cravate.

— Attendez, attendez, dit-il, se précipitant vers le petit coin cuisine aménagé dans un angle du bureau principal pour y attraper une serviette en papier et éponger ses vêtements.

Lorsqu'il eut retrouvé une apparence vestimentaire convenable, il balaya le bureau du regard. Camille et Fidel travaillaient tous les deux à leur poste, feignant de ne pas avoir remarqué son échange avec Dwayne, lequel se tenait toujours debout à côté de son bureau. Il fixait Richard avec une lueur désespérée dans les yeux qui évoqua à l'inspecteur un lapin face à un canon de fusil.

Richard plia la serviette en papier, la posa à côté de l'évier, et se souvint que Camille lui avait dit que Catherine pouvait l'aider. Il souffla, mais ce n'était pas un soupir de défaite. C'était le soupir d'un homme qui savait qu'il allait devoir revêtir ses gants de boxe pour monter sur le ring.

— Très bien, tout le monde, dit-il. Dwayne, aidez-moi à mettre ces coupures de journaux dans une enveloppe. Je vais les examiner chez Catherine.

Camille détourna les yeux de l'écran de son ordinateur. Elle se doutait de la raison pour laquelle Richard se rendait dans le café de sa mère, mais ce dernier évita son regard et aida Dwayne à glisser les morceaux de papier dans une enveloppe.

Quelques minutes plus tard, Richard était assis à la terrasse du bar de Catherine, les petits bouts de journal étalés sur la table devant lui. C'était l'une de ces journées étouffantes de chaleur où pas la moindre brise ne soufflait sur l'île, et il se sentait rôtir dans son costume noir.

— Voilà pour vous, dit Catherine, une tasse en porcelaine pleine de thé à la main.

— Merci, dit Richard.

— Merci à vous, répondit Catherine d'une voix chantante avant de contourner la table de Richard.

L'inspecteur se rendit compte qu'il ne savait pas comment aborder le sujet qui l'avait poussé à venir jusqu'ici, aussi se contenta-t-il de répondre ce que tout gentleman anglais aurait répondu pour se dérober.

— Non, merci à vous, répéta-t-il, avant de prendre une gorgée de thé. Très jolie tasse, soit dit en passant.

— Camille vient de m'appeler, dit Catherine. Elle m'a dit que vous n'arriveriez pas à m'expliquer la raison de votre venue, mais que vous vouliez me parler de votre mère.

— Oh. Ah. Elle a vraiment dit ça ?

— Oui.

— Hum. Oh.

Richard but une autre petite gorgée de thé.

— Cette tasse est vraiment *ravissante*.

Catherine attrapa une chaise pour s'asseoir.

— Très bien. Alors c'est moi qui vais parler et vous n'aurez qu'à écouter. Votre mère est une femme formidable. Un petit peu trop à fleur de peau, peut-être, mais elle sait aussi se montrer drôle, gentille, et elle vous aime énormément. En revanche, si elle voit que vous êtes heureux, elle, elle ne l'est pas.

Richard fronça les sourcils.

— Je sais, dit Catherine, qui ne saisit pas le véritable sens de ce froncement de sourcils. Elle n'est pas heureuse du tout.

— Non, excusez-moi de vous interrompre, mais elle pense vraiment que je suis *heureux* ici ?

— Bien sûr. Vous l'êtes.

— Non, c'est faux.

— Ce n'est pas vous le sujet de cette conversation.

— C'est vous qui avez commencé.

— Non.

— Vous avez dit que j'étais heureux.

— Mais vous l'êtes, n'est-ce pas ?

— Regardez-moi, Catherine. Vous trouvez que j'ai l'air heureux ?

— Nous parlons de votre mère, là, vous pourriez arrêter d'être aussi... égoïstement masculin !

Richard se redressa aussitôt sur sa chaise. Les constats empiriques qu'il avait pu dresser au fil des ans lui avaient appris que lorsqu'une femme lui reprochait de se montrer trop égoïstement masculin, sa seule échappatoire consistait à réagir systématiquement de la même façon, en penchant légèrement sa tête sur le côté en signe d'attention et en gardant le silence jusqu'à ce que son interlocutrice ait terminé de lui exposer toutes les raisons pour lesquelles il avait tort.

— Merci, dit Catherine, persuadée qu'elle avait enfin réussi à se faire entendre par Richard. La nuit dernière, votre mère et moi avons longuement discuté. Je pense qu'elle est prête à rentrer chez elle. Oh, elle continue de dire combien elle aime le coin, combien elle a l'impression de vivre enfin, mais je tiens ce bar et je sais reconnaître les signes. C'est un amour de vacances qu'elle vit. Un amour de vacances avec l'île. Je ne crois pas qu'elle veuille quitter votre père. Je peux vous l'assurer. C'est juste qu'il ne lui manifeste aucune reconnaissance. Elle est invisible à ses yeux. Et cela tue une femme de se sentir invisible.

» Pire encore, votre père pense que le travail de votre mère se résume à faire les courses, la cuisine et le ménage pour lui. À lui préparer ses repas. À laver son linge. Elle m'a dit que, depuis qu'il a pris sa retraite, votre père passe ses journées assis dans son fauteuil à attendre que votre mère l'emmène partout où elle va. Ce n'est pas comme ça qu'on maintient une relation en vie.

» Voilà ce que vous devez faire. Vous devez pousser votre père à changer. À raviver la flamme de leur relation et à reconquérir votre mère.

Richard essaya d'imaginer son père faire preuve de romantisme, en vain. Ce dernier était aussi romantique qu'un monolithe.

— Qu'en pensez-vous ? demanda Catherine.

— Vous dites que vous pensez que mon père devrait reconquérir ma mère ?

— Il doit bien receler un peu de romantisme au fond de lui.

— Franchement, vous ne connaissez pas mon père. Non, dit Richard.

— Oh, si, dit Catherine se penchant en avant, les yeux étincelants. *Tout le monde* cache une part de romantisme dans son cœur. Même vous, Richard Poole.

— Et comment exactement puis-je encourager mon père à reconquérir ma mère alors qu'il se trouve à des milliers de kilomètres d'ici ?

— Vous n'avez qu'à le faire venir ici.

— Ha ! s'exclama Richard. Mon père ne se déplace jamais à l'étranger. Il dit toujours que le monde n'a rien de mieux à lui offrir que ce qu'il peut trouver au Royaume-Uni.

— Vraiment ?

— Oui.

— Et c'est l'homme que votre mère a épousé ?

— Eh bien, à sa décharge, c'est *vrai*.

— Alors je vous plains ! Et je plains votre mère !

Catherine s'apprêtait à se lever lorsqu'une pensée lui traversa l'esprit.

— En revanche, dit-elle sur un ton conspirateur, si vous ne pouvez pas influencer le comportement de votre père, pourquoi ne pas le traiter comme le suspect de l'une de vos enquêtes et utiliser un subterfuge pour l'inciter à s'ouvrir un peu ?

Richard était intrigué.

— Que voulez-vous dire ?

— Vous pourriez lui tendre un piège. Comme lorsque vous portez un micro invisible pour coincer un criminel en le poussant aux aveux. Je sais que dans la police, vous pouvez vous montrer sournois quand vous le voulez.

Richard s'arrêta un instant. Existait-il vraiment une ruse pour inciter son père à se lancer dans une démonstration de romantisme ? Cela semblait impossible, et pourtant, Catherine avait présenté le problème sous un angle qui lui parlait. Et s'il considérait la situation de sa mère comme un casse-tête à résoudre ? Car s'il avait une certitude, c'est qu'il était *très* doué pour résoudre les casse-tête.

À cette pensée, il baissa les yeux vers la table où reposaient les lettres découpées dans le papier journal. Sans prendre la mesure de son impolitesse, il dit :

— Merci, Catherine. C'est très utile. Je vais y réfléchir.

De son côté, Catherine supposa qu'elle n'avait plus rien à espérer de la part de Richard, et elle s'était certainement préparée à obtenir bien moins. Au moins, il l'avait écoutée.

Quant à Richard, il se remit à manipuler les morceaux de papier journal pour les examiner sous toutes les coutures avec le sentiment d'avoir un nouvel objectif. Alors qu'il les levait et qu'il les reposait encore une fois, il remarqua que les lettres de deux fragments semblaient avoir la même police de caractères rouge et la même taille. Ces deux lettres avaient-elles été découpées dans le même titre de tabloïd ?

L'un des morceaux portait la lettre *T*, et l'autre, la lettre *H*. Richard retourna le *T* en premier et vit qu'une liste absurde, écrite en tout petits caractères, figurait au verso :

castle
beach
ham

Richard était interloqué. Quel pouvait être le sujet de l'article de journal pour qu'il dresse une telle liste de mots ?

L'inspecteur retourna la lettre *H* et lut une liste aussi insensée de mots minuscule inscrite au dos.

Horn
Hol
Grant

Fidèle à sa méticulosité légendaire, il retourna encore une fois les morceaux de papier journal pour regarder les lettres *T* et *H* écrites sur l'endroit. Il savait que la combinaison de lettres la plus fréquente de la langue anglaise était *TH*. Il plaça les deux fragments de papier l'un à côté de l'autre en conséquence, tels qu'ils avaient dû figurer dans le titre original. Puis il remit les morceaux sur l'envers en veillant à conserver la paire que formaient désormais les lettres.

Maintenant que les deux bouts de papier journal étaient proprement alignés, les listes de mots insensées au verso prenaient pleinement sens. Richard put lire :

Horncastle
Holbeach
Grantham

L'inspecteur savait qu'il s'agissait de communes situées dans le Lincolnshire. Cela signifiait que le journal qui avait été utilisé pour préparer les courriers de menace était édité dans ce comté du Royaume-Uni.

Seule la sœur de Polly vivait là-bas. En fin de compte, était-ce Claire qui se cachait derrière l'envoi des lettres anonymes ?

*
* *

Une fois que Richard eut expliqué à une Camille déconcertée les conclusions que l'analyse des lettres découpées dans le journal lui avait permis de tirer, ils se rendirent tous deux chez Polly et se retrouvèrent rapidement à attendre Claire dans le bureau. Richard avait décidé de patienter dans cette pièce, car il était encore fasciné par la bibliothèque qui s'ouvrait sur le passage secret de contrebandiers.

— C'est amusant, dit-il. Quand on est au courant, cela paraît évident que cette portion de la bibliothèque pivote. Il y a même des charnières sur le côté droit.

— Alors, que vous a dit ma mère ?

— Pardon ?

— Quand vous êtes allé lui parler.

Richard se retourna pour regarder Camille et épousseta une peluche imaginaire sur le revers de sa veste de costume.

— Cela ne concerne pas l'enquête, et je doute que ce soit l'endroit adapté pour avoir ce genre de discussion.

— Certes, monsieur. En temps normal, je serais d'accord, mais nous sommes en réalité en train d'attendre l'arrivée d'un témoin, il n'y a pas de mal à en parler.

— Mais nous n'attendons pas, dit Richard. Claire arrive.

— Non, rétorqua Camille.

— Vous vous trompez, Camille, elle arrive.

Richard posa son index sur ses lèvres pour inviter sa subordonnée au silence. Il pouvait entendre le grincement d'une roue récalcitrante approcher, et quelques secondes plus tard, la porte s'ouvrit sur Sophie qui poussa Claire dans la pièce – la roulette avant gauche du fauteuil de Claire continuant d'émettre un grincement contestataire.

— Vous vouliez me voir ? demanda Claire.

— Oui, répondit Richard.

— Dans ce cas, si vous n'avez plus besoin de moi, je vais vous laisser, déclara Sophie.

— Oui, merci, dit Claire à Sophie avec un certain dédain.

Une fois Sophie partie, Claire croisa les mains sur ses cuisses comme si elle leur accordait une faveur en les gratifiant de sa présence.

— Merci d'avoir accepté de nous voir, dit Richard, car nous voulions vous laisser une chance de nous dire la vérité.

— Je ne comprends pas. Je vous ai dit la vérité.

— Toute la vérité ?

— Bien sûr.

— Y compris que vous êtes à l'origine des courriers de menace adressés à votre sœur ?

— Ce n'est pas moi.

— Nous avons pu établir que les caractères formant les messages ont été découpés dans un journal du Lincolnshire. Comme vous êtes la seule personne ici qui vient de là-bas, cela signifie que vous êtes l'expéditrice de ces courriers. Vous n'auriez pas dû utiliser un journal local.

Le choc de la nouvelle laissa Claire bouche bée.

Lançant un regard d'avertissement à son supérieur pour qu'il reste en arrière, Camille poussa une petite chaise en bois pour s'asseoir en face de Claire.

— Ces dix dernières années ont dû être terriblement difficiles pour vous. Le décès de votre père est survenu tellement vite après votre accident. Et nous savons tous qui en est responsable, n'est-ce pas ? C'est votre sœur. C'est à cause d'elle que, depuis, pas un jour ne passe sans que vous souffriez. Je pourrais comprendre que vous ayez envie de la punir. Que vous ayez envie de la voir souffrir.

Claire acquiesça d'un mouvement de tête presque imperceptible.

— C'est parfaitement normal, dit simplement Camille.

Une fois encore, Claire eut un léger hochement de tête. Quand elle prit la parole, sa voix portait le poids de la culpabilité.

— J'ai vraiment essayé, dit-elle. De passer à autre chose. De pardonner. Mais c'est comme si j'étais deux personnes à la fois à présent. Ce que je vous ai dit est vrai. Je me suis retrouvée à la tête d'une exploitation agricole, et j'aime ça. Cela me rapporte même de l'argent. Cette partie de moi s'estime heureuse presque chaque jour. Après tout, je sais au plus profond de moi que Polly n'est à l'origine que d'un stupide accident. Elle n'aurait jamais souhaité mon handicap. Voilà la personne que je suis la plupart du temps.

» Mais il y a une autre personne en moi. Celle qui rêve encore de pouvoir marcher, courir et monter à cheval, et qui est submergée par la douleur. Celle qui a honte de devoir être assistée pour entrer et sortir de sa baignoire. Celle qui n'arrive pas à rencontrer un homme dont le regard ne bute pas sur le cadre métallique de ce fauteuil roulant.

— Et c'est cette personne qui a envoyé les lettres ? demanda Camille.

— En partie, mais pas seulement. J'ai préparé les lettres à un moment où j'étais en paix avec moi-même. Cela m'a pris un week-end entier. Il fallait trouver de vieux exemplaires de journaux. Réfléchir aux messages que je pourrais écrire. Puis couper les lettres et les coller.

— Je ne comprends pas, intervint Richard. Vous dites que vous avez préparé les lettres à un moment où vous vous sentiez... heureuse ?

— Heureuse est un bien grand mot, mais j'allais bien, dit Claire. Voyez-vous, je savais pertinemment qu'un jour viendrait – peut-être pas ce mois-là, ni le suivant – où je me réveillerais à quatre heures du matin complètement anéantie. Sans espoir. Emplie de douleur. Et cette version de moi voudrait obtenir justice et punir Polly. Punir la personne qui m'avait volé ma vie. Alors, peu importe mon état lorsque le désespoir me gagnerait, je n'aurais qu'à trouver refuge dans mon bureau pour sortir l'une de ces lettres et la glisser dans une enveloppe à l'adresse dactylographiée pour l'envoyer à Polly dans les Caraïbes. Je sais que cela paraît fou, mais je pensais que si j'entreprenais quelque chose, si j'avais l'impression d'obtenir une *revanche*, cela m'aiderait à calmer la douleur.

Richard releva que Claire avait insisté sur le mot « revanche ». Blesser Polly semblait revêtir une importance particulière pour elle – ce qui n'était peut-être pas si surprenant, Richard en convenait malgré lui.

— Vous lui avez donc envoyé ces messages à six reprises ? demanda Camille.

— J'ai effectué dix envois, avoua Claire, confuse. Je pense que Polly a jeté les premiers courriers.

— Elle devait savoir que vous en étiez l'expéditrice, dit Richard.

Claire regarda l'inspecteur et sourit tristement.

— Ce n'est pas sûr. Vous savez, il y avait énormément de monde à la propriété et dans le village qui détestait Polly pour ce qu'elle m'avait fait. En réalité, presque toutes les personnes qui étaient présentes pour la chasse à courre ce jour-là la haïssaient, entre autres.

— Elle avait tout de même dû deviner que vous vous cachiez derrière ces envois, répéta Richard.

— Je sais, admit Claire comme si cette pensée la réjouissait. Voilà pourquoi les lettres étaient un exutoire idéal pour moi. Polly saurait à 99 % que j'étais à l'origine de ces lettres, mais elle ne pourrait pas le prouver. Voyez-vous, j'ai veillé à porter des gants dès que je touchais les feuilles ou les enveloppes et à toujours utiliser des timbres autocollants. Comme cela, je pouvais lui envoyer les courriers que je voulais lui adresser quand j'étais au plus bas sans trahir mon identité.

» Polly m'a dit qu'elle savait que c'était moi qui lui avais envoyé ces lettres dès l'instant où j'ai mis un pied dans cette maison. Bien entendu, j'ai démenti.

En racontant cela, Claire laissa échapper un petit rire dans une tentative totalement déplacée de faire de l'humour.

— Le plus étrange, c'est que lorsque je lui ai soutenu que je n'avais *pas* envoyé ces lettres, en lui expliquant que quelqu'un d'autre dans la propriété ou le village avait dû les expédier, elle s'est mise à pleurer. J'étais en état de choc. Je ne l'avais jamais vue exprimer autre chose que du mépris. Même aux obsèques de notre mère l'an dernier, elle semblait indifférente. Et là, elle pleurait et me disait qu'elle était désolée d'avoir ruiné ma vie. Elle reconnaissait qu'elle avait ruiné la sienne aussi. Cela faisait longtemps qu'elle était malheureuse, mais elle impulsait un changement. C'est ce qu'elle m'a dit quand je suis arrivée au début de mon séjour.

— De quel changement parlait-elle ? interrogea Camille.

— Je ne sais pas. Mais avant sa mort, elle m'a annoncé qu'elle avait un cadeau pour moi.

— Un cadeau pour vous ?

— Oui. C'était le soir qui a précédé son décès. Elle m'a dit qu'elle avait un cadeau à m'offrir.

— Vous a-t-elle dit de quoi il s'agissait ?

— J'ignore ce que c'était. Elle est morte avant de me le remettre.

Richard essaya d'imaginer la nature de ce cadeau. Cela ne pouvait tout de même pas être de l'héroïne. Cela n'avait aucun sens.

— Le lendemain matin, reprit Claire, tout était comme à l'accoutumée. Polly était aussi arrogante et agressive que d'habitude. Elle était assise dans la cuisine, elle se montrait désagréable et elle fumait, alors qu'elle savait que cela m'exaspérait. Lorsqu'elle m'a proposé de sortir prendre l'air avec elle dans le jardin, j'ai accepté, car je pensais qu'elle m'expliquerait pourquoi la gentillesse dont elle avait fait preuve la veille s'était volatilisée pour laisser place à une telle agressivité. Quand on s'est retrouvées en tête à tête, elle s'est énervée contre moi. Je ne savais pas quoi penser, elle déversait toute sa haine sur moi. Elle me tenait responsable de sa dépendance à la drogue et de son malheur. Je ne comprenais pas ce que j'avais fait de mal. Lorsque nous sommes arrivées au sommet de la falaise, elle a crié qu'elle allait se tuer. C'est à ce moment-là qu'elle a dévalé l'escalier.

Richard remarqua qu'à cet instant du récit les joues de Claire s'empourprèrent légèrement. Gênée, elle détourna le regard.

— Mais encore ? dit Richard, attrapant une chaise pour s'asseoir face à Claire, à côté de Camille.

Après un instant, Claire posa de nouveau les yeux sur lui.

— Comment ça, mais encore ? dit-elle.

— Qu'est-ce que vous nous cachez ?

— Je vous ai tout dit, répondit Claire, mais Richard voyait qu'elle était troublée.

— Non, c'est faux. Vous aviez l'air coupable quand vous avez dit que votre sœur avait dévalé l'escalier.

— Vraiment ?

— Pourquoi ?

— Vous vous trompez.

— Non.

Richard observa Claire et remarqua quelque chose.

— Je ne peux m'empêcher de constater qu'en nous décrivant de nouveau les moments qui ont précédé la mort de votre sœur vous n'avez pas mentionné l'individu à l'imperméable jaune.

Une lueur de culpabilité traversa à nouveau le regard de Claire, et Richard sauta sur l'occasion.

— Nous avez-vous menti à ce sujet ? demanda-t-il d'une voix rude.

Claire le regarda, et l'inspecteur perçut son désespoir.

— Qui était la personne que vous avez vue dans les marches avant la mort de votre sœur ?

— Qui était-ce ?

— Oui, qui était-ce ?

Après un instant, Claire répondit d'une voix faible.

— Personne.

Le silence emplit la pièce, seulement troublé par le tic-tac régulier de la pendule au-dessus de la cheminée.

— Vous n'avez vu… personne ?

— Je suis désolée, dit Claire.

— Vous n'avez vu *personne* ? répéta Richard abasourdi.

— Je suis certaine que vous pouvez nous donner une explication, dit Camille avec douceur.

— Eh bien… voyez-vous, j'étais tellement préoccupée après la mort de Polly. Après tout, je suis la dernière personne à l'avoir vue en vie, non ? Je me suis rapidement rendu compte que j'étais la seule à avoir vu exactement ce qu'il s'était passé au sommet de la falaise. Pour tout vous dire, je savais que vous apprendriez rapidement que Polly était à l'origine de mon handicap il y a des années. Je craignais aussi que vous découvriez que j'étais l'expéditrice de lettres. Quand vous avez commencé à poser toutes ces questions sur l'endroit où je me trouvais au moment de la mort de Polly, je savais qu'il me fallait par tous les moyens détourner votre attention de moi…

— Vous avez donc inventé la présence d'un individu vêtu d'un imperméable jaune dans l'escalier pour nous envoyer sur une fausse piste, résuma Camille.

— J'avais vu un homme en jaune dans l'escalier, mais pas ce matin-là.

— Attendez, dit Richard. Avez-vous vu *quelqu'un* dans les marches juste après l'assassinat de votre sœur ?

Claire regarda Richard et hocha la tête en signe de dénégation.

— Non, dit-elle. Comme je le disais, je l'ai bien vu mais quelques jours *avant*. Vous savez, l'homme en jaune. En fait, j'étais dans le jardin lorsque j'ai vu cet inconnu se diriger vers le sommet de la falaise.

— Il pleuvait à ce moment-là ? demanda Richard.

Claire prit le temps de réfléchir avant de répondre.

— Il avait plu. C'est pour cette raison que j'étais sortie dans le jardin. Cela sent toujours bon après la pluie. Je pense que c'est pour ça que j'ai remarqué sa présence. Je trouvais bizarre qu'il porte encore son imperméable.

— À tout hasard, cela s'est-il produit trois jours avant la mort de votre sœur ? demanda Richard.

— Oui, dit Claire. C'est possible. Je l'ai vu se diriger vers l'escalier de la falaise dans son ciré jaune. Si c'était un homme, bien entendu. Je ne saurais toujours pas déterminer si c'était un homme ou une femme. Quoi qu'il en soit, lorsque j'ai vu Polly plus tard ce matin-là, j'ai mentionné la présence de cette personne en ciré près des marches de la falaise. Elle avait l'air vraiment paniquée et m'a dit que c'était quelqu'un de dangereux, qu'il ne fallait pas que je m'en approche.

— Ah oui ? demanda Richard, sceptique.

— Je ne plaisante pas en disant que Polly avait l'air apeurée. Elle avait ce regard qui laissait entendre que la présence de cette personne ne laissait véritablement rien augurer de bon. J'en ai déduit que cela devait être quelqu'un de son réseau de drogue. Voilà pourquoi je vous en ai parlé après la mort de Polly. Vu comme ma sœur semblait effrayée par cette personne qui rôdait par ici quelques jours avant, je voulais que vous soyez au courant.

— Vous nous avez avertis d'une façon qui nous a fait perdre beaucoup de temps, dit Richard qui avait du mal à contenir sa colère.

— Je sais. J'en suis désolée. J'aurais dû vous dire la vérité dès le départ.

Richard commença à déambuler dans la pièce. Il était furieux que Claire leur ait menti, mais il essaya de mettre ses sentiments de côté pour se concentrer sur le problème principal. Pourquoi Claire avait-elle revu son témoignage en inventant la présence de quelqu'un dans l'escalier ? Leur disait-elle la vérité à présent ? Et si l'individu à l'imperméable jaune attendait véritablement dans les marches avant le meurtre, mais qu'il avait par la suite intimidé Claire pour qu'elle modifie sa déclaration ?

Cela dit, Richard devait l'admettre, peu importait que Claire soit revenue sur sa déclaration ou qu'elle semble désormais terriblement coupable, elle était la seule personne de la maison qui à ce jour *ne pouvait pas* avoir tué Polly. Pas lorsque l'on savait comment Polly avait été frappée et poussée dans le vide au milieu d'un escalier que Claire n'aurait jamais pu descendre.

Toutefois, même si Claire ne pouvait pas être l'assassin, Richard avait la certitude que *quelqu'un* avait tué Polly Carter. Mais qui était-ce donc ?

Chapitre 14

Cela faisait un quart d'heure que Richard se tenait immobile devant le tableau blanc, et Fidel en était arrivé à la conclusion que son patron s'était peut-être endormi debout comme les vaches. Quant à Camille et Dwayne, ils échangeaient des regards soucieux.

Camille se leva de sa chaise et rejoignit son supérieur devant le tableau.

— Monsieur, tout va bien ? demanda-t-elle.

Richard ne bougea pas et ne parut même pas remarquer sa présence. Il fixait les mots tracés à l'encre effaçable sur le tableau branlant.

— Monsieur ?

Richard se tourna vers Camille comme s'il venait de réaliser à l'instant qu'il était dans un poste de police.

— Qui a tué Polly Carter, Camille ?

— Ce n'est pas compliqué, déclara Dwayne s'avançant. C'est forcément l'une des personnes mentionnées sur le tableau.

— Vous croyez ? dit Richard sur un ton sarcastique.

Dwayne parut offensé. Après tout, il essayait simplement d'apporter son aide.

— En revanche, dit Camille, réfléchissant à voix haute, le front plissé, il y a trop de noms sur cette liste, non ?

Richard se tourna vers elle.

— Que voulez-vous dire ?

— Eh bien, par exemple, peu importe qu'Alain ait eu une liaison avec Polly ou qu'il nous ait menti sur l'endroit où il se trouvait à l'heure du meurtre. Nous savons désormais qu'il était à l'aéroport en train d'acheter des billets d'avion au moment où Polly a été tuée. Il ne peut pas être notre assassin.

Camille saisit alors le chiffon du tableau et effaça les informations qu'ils avaient recueillies sur Alain Moreau.

Sous le choc, Richard resta bouche bée. Que venait-elle de faire ?

— C'est pareil pour Claire et Sophie, reprit Camille. Sophie se trouvait dans le jardin au moment où Polly a été poussée du haut de la falaise. Nous savons qu'elle n'est pas non plus l'assassin.

— Certes, s'empressa de répondre Richard, mais cela ne signifie pas que son nom doit être retiré du tableau.

Camille ignora la remarque de son supérieur et effaça le nom de Sophie avant de placer le chiffon au-dessus du nom de Claire.

— Idem pour Claire. Comment aurait-elle pu descendre les marches pour commettre le meurtre ?

La main de Richard se referma sur le poignet de Camille pour l'empêcher de faire à nouveau disparaître un élément du tableau.

— C'est la sœur de la victime, on ne peut pas la retirer de la liste.

— Si, on peut.

— Non, on ne peut pas, Camille.

— Moi, je peux, dit Dwayne en attrapant le chiffon des mains de Camille avant d'effacer le nom de Claire.

Richard se tourna vers lui, lui arracha le chiffon des mains et retourna à son bureau pour jeter l'objet du délit dans le premier tiroir qu'il ferma d'un coup sec. Puis il sortit avec soin un trousseau de clés de sa poche, choisit une petite clé sur l'anneau et verrouilla le tiroir. Il lança alors un regard éloquent à son équipe : le chapitre était clos, cet accès de démence était terminé.

Dwayne lécha la paume de sa main et effaça toutes les informations relatives à Luc Pichou sur le tableau.

— Je ne vois pas non plus comment Luc pourrait être le tueur, chef. Je le connais depuis toujours, et il n'est rien d'autre qu'un petit trafiquant.

— Dwayne à raison, monsieur, dit Fidel depuis son bureau, se levant à moitié de sa chaise.

Richard se tourna lentement vers lui, le regard noir.

— Vous vous y mettez aussi, Fidel ?

Fidel se laissa retomber dans son siège, durement remis en place.

— Continue, Fidel, dit Camille.

Visiblement en proie à un dilemme, les yeux de Fidel passaient de Richard à Camille, puis de Camille à Richard.

— Bon, très bien, dit Richard avec exaspération. Qu'alliez-vous dire ?

— Eh bien, c'est juste que si Luc *était* le tueur, je ne pense pas qu'il aurait laissé un imperméable portant ses empreintes dans le tunnel de contrebandiers.

— Très juste, dit Camille en se tournant vers son supérieur. Vous n'êtes pas d'accord, monsieur ?

— Oui. D'accord. Je peux le concevoir, répondit Richard sur un ton qui laissait penser qu'il n'y avait aucun terrain d'entente entre Fidel et lui.

— Il ne reste donc que trois personnes qui auraient pu se trouver dans l'escalier pour tuer Polly, dit Camille en pointant du doigt les trois noms qui étaient encore affichés sur le tableau blanc. L'agent de Polly, Max Brandon. Le réalisateur, Phil Adams. Et Juliette Moreau, l'épouse de l'amant de Polly. C'est une de ces trois personnes qui a assassiné Polly Carter.

Malgré l'impudence de son équipe devant le tableau blanc, Richard devait admettre qu'il comprenait la logique que suivait Camille. Ils n'avaient pas trouvé un seul témoin ayant croisé Juliette pendant son jogging, si bien que cette dernière ne disposait toujours pas d'alibi solide. Quant à Phil et Max, il était impossible que tous deux aient été aperçus à une fenêtre de l'étage, car Sophie soutenait n'avoir entrevu qu'une seule personne. En réalité, Richard songea que s'ils arrivaient à déterminer l'identité exacte de la personne que Sophie avait vue, peut-être que leur liste de suspects pourrait se réduire pour ne comporter plus que deux noms. Mais comment y parvenir ? Peut-être fallait-il demander aux témoins de procéder à une reconstitution des faits ?

À cette pensée, il eut soudain une idée sur la façon dont il pourrait pousser ses parents à se remettre ensemble. Catherine avait raison. Il devait essayer de les piéger. Mais comment s'y prendre ?

Il s'installa à son bureau, et pendant les deux heures qui suivirent, il resta assis à résoudre son problème. Les membres de son équipe ne le dérangèrent pas, supposant qu'il s'échinait à élucider l'affaire Polly Carter.

Ils se trompaient.

Plus tard, lorsqu'il annonça qu'il se rendait à l'Hôtel du gouvernement pour voir le commandant de police, ses collègues continuèrent de supposer qu'il travaillait sur l'affaire Polly Carter.

Mais ils se trompaient encore.

*

* *

Le lendemain, Richard convoqua ses agents chez Polly pour organiser une reconstitution des événements ayant immédiatement précédé le meurtre. Pour une fois, il fut satisfait de constater qu'un soleil de plomb et un ciel d'azur étaient au rendez-vous de cette journée. L'intensité de la lumière et sa réverbération sur la façade de la maison seraient les mêmes qu'à l'heure du meurtre.

Richard avait envoyé Camille au sommet de la falaise avec Claire, à l'endroit précis où cette dernière avait déclaré être restée au moment où Polly avait été tuée. Quant à Max, il était à l'intérieur de la maison, devant la baie vitrée du palier de l'étage, là où il prétendait s'être trouvé – Fidel se tenait juste derrière lui, un talkie-walkie à la main pour que Richard puisse communiquer avec lui en temps voulu. Phil, lui, était à la fenêtre de sa chambre, dans la pièce d'à côté – là aussi, conformément à sa déclaration –, et Dwayne se tenait également en retrait derrière lui pour intervenir si besoin.

Quant à Richard, il se trouvait dehors, au milieu de la pelouse, en compagnie de Sophie.

— C'est ici que vous étiez ? demanda-t-il.

— Je pense, oui, répondit Sophie. C'était par là.

— C'est très important, Sophie. En fonction de la perspective et de la réverbération de la lumière sur les fenêtres, il est essentiel que vous vous teniez aussi près que possible de l'endroit où vous étiez lorsque vous avez entendu Polly crier.

— Je suis désolée, dit-elle. Je me trouvais quelque part par-là, mais je ne saurais vous dire si c'était plutôt un mètre à gauche ou trois mètres à droite. C'était forcément par ici, car lorsque j'ai entendu Polly crier, je ne pouvais pas voir Claire de l'autre côté des arbustes.

Sophie désigna alors l'amas de buissons et d'arbustes qui séparait le jardin du sommet de la falaise.

— J'imagine donc que je me tenais là, ou dans cette zone. Je pense.

— D'accord, dit Richard. Merci d'avoir essayé.

Il attrapa le talkie-walkie fixé à la ceinture de son pantalon, et comme chaque fois qu'il utilisait ce type d'appareil, il eut l'impression de redevenir un petit garçon de dix ans – âge auquel il avait reçu son tout premier pour jouer. Cette année-là, cela avait été son plus beau cadeau de Noël : deux talkies-walkies en plastique vert kaki incongrûment dotés de boutons orange pour taper des messages en morse et reliés l'un à l'autre par cinq mètres de câble électrique blanc torsadé. Richard avait passé les vacances de Noël dans un état de béatitude. Il avait installé un des appareils dans sa chambre, laissant le câble pendre par la fenêtre jusqu'à celle de l'étage inférieur pour le brancher au second qu'il avait placé derrière le canapé du salon.

En tant que fils unique, Richard n'avait bien entendu personne avec qui communiquer par l'intermédiaire de ses talkies-walkies, si bien qu'il passait la moitié de son temps assis dans sa chambre, l'appareil pressé contre sa bouche, à transmettre des informations cruciales sur les criminels, espions et autres assassins qui manigançaient dans le cul-de-sac où vivaient ses parents. L'autre moitié du temps, il se cachait derrière le canapé au rez-de-chaussée, l'appareil collé contre son oreille, à prendre des notes sur les malversations et dépravations qu'il se souvenait avoir décrites à l'autre bout de la ligne.

En pressant le bouton pour parler dans l'émetteur radio de la police, il fut parcouru d'un frisson d'excitation : non seulement, il allait utiliser un talkie-walkie qui n'était pas relié à un câble électrique, mais en plus, un véritable être humain se tenait prêt à lui répondre sur la même fréquence.

— Roméo Papa pour Foxtrot Bravo, dit-il. M. Brandon est-il en position ?

Après quelques instants, la voix de Fidel grésilla dans le haut-parleur.

— Pardon, monsieur ?

Richard ne s'était pas attendu à ce que les membres de son équipe adoptent l'alphabet phonétique approuvé par l'Organisation du traité de l'Atlantique Nord, mais il n'allait tout de même pas revoir ses exigences à la baisse sous prétexte que ses agents n'en avaient aucune.

— Foxtrot Bravo, M. Brandon est-il en position ?

— Oh, c'est à moi que vous parlez, dit Fidel. Oui. Il dit qu'il est prêt, monsieur.

— Bien. Delta Mike, M. Adams est-il en position ?

— Affirmatif, chef, répondit Dwayne Myers dans l'appareil, incapable de cacher le sourire qui perçait dans sa voix.

— Parfait. Je vais donc demander au témoin de se retourner et de regarder la maison à présent. Terminé.

D'un geste sûr, Richard raccrocha le talkie-walkie à sa ceinture.

— Bien, Sophie. Nous allons nous tourner vers la maison et essayer d'identifier qui nous distinguerons.

Debout côte à côte, Richard et Sophie pivotèrent vers la maison. La raison pour laquelle Sophie n'était pas certaine de ce qu'elle avait vu ce matin-là paraissait évidente. L'éclat du soleil sur les vitres du premier étage était aveuglant, en particulier sur la baie vitrée derrière laquelle Richard imaginait Max. En parcourant le premier étage du regard, Richard s'arrêta avec étonnement sur la dernière fenêtre.

Il n'y avait aucun reflet sur cette vitre.

En réalité, en y prêtant attention, Richard était presque certain de discerner vaguement la silhouette de Phil derrière la vitre.

Il saisit son talkie-walkie.

— Delta Mike, ici Roméo Papa. Pourriez-vous demander à Phil Adams d'agiter les bras ?

— Oui, chef.

Un instant plus tard, Richard et Sophie virent la silhouette sombre à la fenêtre lever les bras en l'air en les balançant.

— Oui, dit Sophie, c'est sûrement à cette fenêtre que j'ai aperçu quelqu'un. Toutes les autres sont éblouissantes.

Richard avait déjà tiré la même conclusion. Il avança de quelques pas vers la maison, mais le reflet restait identique. Il se déplaça légèrement à gauche, à droite, dans un sens et dans l'autre, mais l'éclat du soleil était toujours le même sur toutes les vitres de la façade, à l'exception de celle de Phil.

Il parla à nouveau dans son talkie-walkie.

— Foxtrot Bravo, ici Roméo Papa. Pourriez-vous demander à M. Brandon de s'approcher plus près de la vitre et d'agiter les bras lui aussi ?

— Oui, monsieur, répondit Fidel.

Richard et Sophie ne percevaient toujours aucun mouvement derrière la fenêtre où se trouvait Max. Gagné par une excitation grandissante, Richard se rendit compte que ce n'était pas Max Brandon que Sophie avait aperçu ce matin-là. Ce ne pouvait être que Phil Adams.

De retour au poste de police, Camille effaça le nom de Phil Adams du tableau.

— Monsieur, puisque c'est forcément Phil Adams que Sophie a vu à la fenêtre, nous savons qu'il n'est pas le meurtrier.

Camille se retourna pour voir ce que son supérieur pensait de cette déduction éliminatoire, mais elle constata qu'il s'était directement assis à son bureau et pianotait sur son ordinateur.

— Je suis d'accord, renchérit Fidel. Cela signifie qu'il ne reste que Max Brandon ou Juliette Moreau comme tueur potentiel.

— Et tous deux ont de bonnes raisons de vouloir la mort de Polly, ajouta Camille, surprise que son patron n'ait pas encore essayé d'arrêter leurs spéculations.

— Je parie que c'est Juliette, dit Dwayne. Elle nous ment depuis le début. En plus, elle place des systèmes de surveillance, et plus louche encore, si vous voulez mon opinion, elle s'entraîne pour le triathlon. Franchement, vous ne pouvez pas atteindre un tel niveau d'exercice physique sans avoir de graves problèmes psychologiques.

Dwayne nota à son tour que Richard n'écoutait pas leur conversation.

— Je ne suis pas sûr d'être d'accord, dit Fidel. On ne tue pas la personne avec laquelle son conjoint a une liaison, si ? On tue plutôt son conjoint. J'entends par là que c'est Alain qui a trompé Juliette. Pas Polly. Après tout, Polly était une femme célibataire, elle avait le droit de coucher avec qui elle voulait, non ? À mon avis, conclut-il, se rendant alors compte qu'il n'avait jamais disposé d'un tel de temps de parole pour exposer sa propre théorie auparavant, je peux imaginer Juliette tuant Alain, mais je ne vois pas pourquoi elle aurait tué Polly Carter.

À présent, tous se rendaient compte que Richard semblait ne pas leur prêter attention. Camille leva l'index pour indiquer à Fidel et Dwayne de rester silencieux.

— Vous savez ce qui me tracasse ? Je me demande ce que faisait le téléphone de Claire dans le lustre. Ça me rend folle.

Richard ne réagit toujours pas.

— Pour tout te dire, intervint Dwayne, ce que je n'arrive pas à comprendre, c'est que Polly a retiré dix mille dollars pour acheter de l'héroïne avant sa mort, mais qu'on n'a pas encore réussi à mettre la main dessus.

— Bon, très bien, tout le monde, dit soudain Richard en se levant de son bureau. Vous savez, je ne suis pas invisible.

— On vérifiait juste que vous étiez bien avec nous, dit Camille, un sourire faussement compréhensif sur les lèvres.

— Oh ! Ne vous inquiétez pas, on ne se débarrasse pas de moi si facilement. Si vous voulez tout savoir, je viens juste de recevoir un message m'indiquant que je vais avoir besoin d'aide.

Les membres de l'équipe de Richard échangèrent des regards surpris. Leur supérieur demandait de l'aide ?

— Plus particulièrement, je pense que je vais avoir besoin de vous, Dwayne.

Tous se tournèrent lentement vers Dwayne.

— Vraiment ? demanda Dwayne, mal à l'aise.

— Voyez-vous, dit-il avant de perdre patience, je crois savoir que vous fréquentez un certain nombre de petites amies en même temps.

— *Quoi* ?

— Je disais, je crois savoir que vous sortez avec plusieurs personnes en même temps.

Dwayne se sentit offensé et remonta son pantalon en répondant :

— Cela fait des années que j'ai des rendez-vous galants, Chef, et personne n'a jamais pu prouver que je fréquentais plus d'une femme à la fois.

— Nous savons tous que vous fréquentez toujours plus d'une femme à la fois.

— Ah oui, peut-être que *vous*, vous le savez, chef. En revanche, aucune de ces femmes n'est au courant.

— Dites-moi, actuellement, vous sortez avec une fille ? Aucune ? Ou peut-être plusieurs à la fois ?

Dwayne plissa les yeux.

— Tout dépend de qui pose la question.

— Car si vous fréquentez plus d'une femme à la fois, j'aurais un service à vous demander.

— Comment ça ? Vous voulez... Quoi ? Un double rancard ?

— Bonté divine, non ! s'écria Richard, horrifié. Mais j'aimerais que vous jouiez les infiltrés pour l'équipe. Ou plutôt, pour moi.

— Comment pourrais-je servir de couverture à l'équipe ? Je ne comprends pas où vous voulez en venir, chef.

— Très bien, alors tout d'abord, j'aimerais que vous écriviez à ma mère pour lui proposer d'aller prendre un verre avec elle ce soir.

— Oh, oh, oh, dit Dwayne, levant les mains pour interrompre Richard. Vous voulez que je prenne un verre avec votre mère ce soir ?

— Pas seulement un verre, je voudrais que vous sous-entendiez que vous lui proposez un rancard.

— Vous voulez que je *sorte* avec votre mère ?

— En fait, je voudrais que vous lui donniez rendez-vous au bar de Catherine ce soir à dix-neuf heures précises, dit Richard.

— Chef, je ne comprends pas un mot de ce que vous racontez.

— Je ne vois pas ce qu'il y a de si difficile à comprendre, Dwayne. Je veux que vous organisiez un rendez-vous avec ma mère à dix-neuf heures ce soir chez Catherine. Ne vous inquiétez pas, vous n'aurez pas besoin d'aller plus loin.

Dwayne était dérouté.

— Alors, pourquoi dois-je lui fixer ce rendez-vous ?

Soudain, Richard réalisa qu'il avait communiqué bien plus d'informations qu'il ne le souhaitait à son équipe, et il commença donc à empiler tous les dossiers de l'enquête et à les glisser dans son attaché-case en cuir.

— Allons, chef, que se passe-t-il ?

— Vous savez quoi, Dwayne ? Je vous appelle plus tard pour confirmer le plan final, dit Richard tandis qu'il fermait son cartable dans un cliquetis sonore. Pour le reste, je crois que vous avez raison. Notre assassin est soit Juliette Moreau, soit Max Brandon. Je vais travailler sur l'affaire chez moi.

S'assurant de ne croiser le regard d'aucun des membres de son équipe, Richard quitta le poste de police à la hâte, laissant ses trois subordonnés derrière lui, complètement déroutés. Mais que diable leur chef était-il en train de tramer ?

*

* *

Ce soir-là, Richard pénétra dans le bar de Catherine juste avant dix-neuf heures sans se rendre compte qu'il avait commis une erreur dans les préparatifs de son plan : il avait donné à Dwayne ses instructions en présence de Camille et Fidel. Il s'aperçut de cette erreur lorsqu'en balayant la salle du regard en quête d'un coin au calme il les repéra qui l'attendaient. Camille lui adressa un signe de la main. Richard s'approcha d'eux et siffla entre ses dents :

— Que faites-vous ici ?

— On voulait être aux premières loges pour voir ce que vous mijotez avec Dwayne.

— Je ne mijote rien avec Dwayne, mentit Richard.

— Mais, monsieur, dit Fidel, Dwayne nous a dit qu'il avait passé l'après-midi avec vous au téléphone et que si on voulait voir le spectacle, on devait être ici à dix-neuf heures.

Les épaules de Richard s'affaissèrent. Que Dwayne trahisse sa confiance n'aurait pas dû le surprendre. Après tout, c'était de Dwayne qu'il était question.

— Ne vous inquiétez pas, monsieur, reprit Fidel, on vous a commandé une bière.

Il indiqua une bouteille de bière fraîche sur la table. Richard posa son attaché-case au sol et se glissa sur le siège vide que Camille et Fidel lui avaient réservé entre eux deux. Il prit une longue rasade de bière, mais avant d'avoir pu avaler cette première gorgée, Catherine s'approcha pour se joindre à eux, le regard réjoui.

— Ne me dites pas que vous aussi ? dit Richard, avant même que Catherine n'ouvre la bouche.

— J'étais impatiente de voir ce que vous avez préparé avec Dwayne, répondit-elle tout excitée.

Richard savait qu'il devait couper court à toute cette effervescence. Il ouvrit donc son attaché-case et sortit la pile de dossiers concernant le meurtre de Polly Carter.

— En réalité, je suis ici pour travailler sur l'enquête.

— Oh, dit Catherine, déçue. Dans ce cas, je ferais mieux de retourner au bar. Je regarderai ce qu'il se passe depuis le comptoir.

— Bonne idée, Catherine.

Tandis qu'elle regagnait le bar, Richard attrapa le procès-verbal de la première déposition.

— Bien, Camille, j'ai passé l'après-midi à me concentrer sur les deux suspects restants. Juliette Moreau et Max Brandon.

Pendant qu'il parlait, Richard aperçut du mouvement à l'entrée du bar. Il s'arrêta aussitôt tandis que Fidel, Camille, Catherine et lui regardaient Dwayne arriver, accompagné d'une jeune femme à son bras. Dwayne portait une chemise hawaïenne criarde, un vieux short et une paire de nu-pieds tellement usés qu'il aurait tout aussi bien pu marcher pieds nus. Quant à la jeune femme qui l'accompagnait pour la soirée, elle avait des cheveux blonds et brillants relevés en queue de cheval et portait un haut blanc à bretelles qui faisait ressortir son teint hâlé ainsi qu'un short en jean qui dévoilait ses jambes. Elle ne portait pas de chaussures et arborait un bracelet en argent à la cheville.

Dwayne n'accorda pas un regard à Camille, Richard et Fidel tandis qu'il menait sa compagne au comptoir et qu'il commandait des boissons à Catherine.

À l'autre bout du bar, Camille s'apprêtait à demander à Richard ce qu'il se passait lorsqu'elle s'aperçut que quelqu'un d'autre était entré et se tenait à côté de leur table.

C'était la mère de Richard.

— Bonsoir, Jennifer, dit Camille, surprise.

Tandis que Jennifer tirait une chaise vers elle pour s'asseoir à la table de son fils et de ses amis, Richard nota que sa mère avait revêtu une large jupe verte, des chaussures plates, un cardigan crème, et que ses cheveux étaient tirés en un petit chignon derrière sa tête. Elle ressemblait à une institutrice.

— Oh, bonsoir, Maman, dit Richard en indiquant le dossier sur la table. On travaillait sur l'enquête. Qu'est-ce que tu fais là ?

— J'essaie de ne pas commettre une terrible erreur, je crois.

— Oh ? dit Richard, véritablement surpris.

— J'ai repensé à ce que tu m'as dit l'autre jour. Tu te souviens, tu as dit que même si c'était « gris » et « pluvieux » chez soi, c'est l'endroit d'où l'on vient qui façonne la personne que l'on est ?

— Oui, répondit Richard.

— Eh bien, je me suis rendu compte à quel point ta métaphore était pertinente quand tu parlais de grisaille et de pluie pour évoquer la vie à la maison.

Richard ne savait pas quoi répondre. Après tout, il n'avait jamais cherché à employer de métaphore, il s'était contenté de décrire la météo britannique en la qualifiant à juste titre de « grise » et « pluvieuse ». Par chance pour lui, sa mère ne sembla toutefois pas remarquer son froncement de sourcils et poursuivit.

— Même si tout est lumineux et ensoleillé ici, les Caraïbes ne correspondent pas à la personne que je suis. Le soir même, je me suis rendu compte que je n'avais absolument pas envie d'aller danser dans une boîte de nuit moite. Je ne sais pas d'où m'est venue cette idée. Je n'ai jamais aimé ça, en plus. Toute cette bière qui colle au sol. La musique tellement forte qu'on ne s'entend pas parler. Et la luminosité est tellement faible qu'on ne sait même pas si le verre dans lequel on boit est propre. Sans parler de la salubrité des toilettes !

» À la place, je suis restée ici avec votre mère, Camille. Vous avez de la chance de l'avoir. Elle est incroyablement positive, n'est-ce pas ? En discutant avec Catherine, j'ai pris conscience du ridicule de mon comportement depuis que je suis arrivée ici. Je ne cherche pas à m'en excuser. Catherine me l'a bien fait comprendre : je ne devrais jamais m'en excuser, et elle a raison. Je n'ai *aucun* regret. Je suis tombée sous le charme de l'île avec enthousiasme, un point c'est tout. Depuis que j'ai atterri, je vis comme dans un merveilleux enchantement, mais ce n'est pas la réalité. Ou plutôt, c'est votre réalité, Camille, dit Jennifer d'une voix pleine de gentillesse. Mais ce n'est pas pour moi. Honnêtement, il fait *très* chaud. Et cela fait deux jours que je ne peux pas accéder à ma salle de bains, car je pense qu'il y a un lézard à l'intérieur.

— Tiens donc, dit Richard, mais Jennifer n'avait pas terminé.

— En plus, j'ai demandé à l'hôtel, et tu avais raison, Richard. On ne peut pas vraiment parler de saisons sur l'île. Il fait chaud en hiver, et seulement encore plus chaud en été. Et je n'arrive pas à imaginer à quoi ressemble la vie sans attendre avec impatience la prochaine saison des semis.

Tandis que Jennifer parlait, une seconde femme blonde vêtue d'une robe rouge et de talons hauts noirs entra dans le bar. En voyant Dwayne en charmante compagnie au comptoir, elle posa les mains sur ses hanches.

— Dwayne Myers ! hurla-t-elle avec un accent australien.

Alors que Dwayne et sa compagne se tournaient vers la porte, la nouvelle venue s'avança vers Dwayne à grands pas et le gifla avec force. Elle adressa ensuite quelques propos brefs et cinglants à la femme qui l'accompagnait, si bien que cette dernière se tourna vers lui et le gifla avec encore plus de force sur l'autre joue. Après quoi, sans ajouter un mot de plus, les deux femmes tournèrent les talons et quittèrent le bar en empruntant chacune une sortie différente.

Richard consulta sa montre. Il était 19 h 05. Dwayne avait géré le timing avec une précision de maître. Il resta planté là, devant le comptoir. Puis il secoua légèrement la tête, attrapa un glaçon dans son verre de rhum et l'appliqua sur sa lèvre fendue.

Face à cette scène, Jennifer soupira.

— Évidemment, dit Jennifer, qui semblait enfin comprendre que Dwayne n'était peut-être pas la personne la plus vertueuse de l'île avec laquelle nouer une idylle de vacances.

Il n'y avait pas grand-chose à ajouter à son commentaire.

Dwayne finit par remarquer la présence de ses amis dans un coin de la salle et vint les rejoindre.

— Bonsoir, Jennifer. Ravi que vous ayez pu venir, dit-il aussi intelligiblement que possible tandis qu'il tenait toujours le glaçon contre sa lèvre.

— Ravie de vous voir également, Dwayne, répondit Jennifer. Dites-moi, qui étaient ces deux femmes ?

— Des femmes ? dit Dwayne, les yeux grands ouverts dans une expression feinte d'innocence. Quelles femmes ?

Jennifer sourit avec lassitude. Si Dwayne voulait faire comme s'il ne venait pas d'être pris en flagrant délit de tromperie alors qu'il était censé la rejoindre pour boire un verre, elle n'allait pas insister.

Durant le bref silence qui s'ensuivit, un homme d'une soixantaine d'années entra dans le bar, vêtu d'une veste de soirée, de chaussures noires vernies, d'une chemise d'un blanc immaculé et d'une cravate en soie noire. Cet homme n'était pas particulièrement beau, mais il était grand, large d'épaules et semblait avoir la robustesse d'un chêne.

Jennifer le reconnut et se leva lentement de sa chaise comme si elle assistait à une apparition.

— Graham ?

L'homme à la cravate noire était Graham Poole. Il balaya la salle du regard et vit sa femme qui se tenait près d'une table dans une jolie tenue d'été, la mine rayonnante après les quelques jours qu'elle venait de passer sous les tropiques.

— Bonsoir, Jennifer, dit-il.

Quant à Richard, il toussota, attrapa son mouchoir, s'épongea le front et essuya la moiteur de ses mains avant de ranger le bout de tissu dans sa poche.

— Bonsoir, Papa, dit-il en tendant la main vers Graham.

Celui-ci s'approcha et serra fermement la main de son fils.

— Bonsoir, fiston, dit-il. Ta cravate est lâche.

— Oh. Désolé. Bien entendu, dit-il en resserrant le nœud de sa cravate autour de son cou.

— C'est votre *père* ? intervint Camille.

Avant que Richard n'ait le temps de répondre, la silhouette corpulente du Commandant de police Selwyn Patterson – dont la cravate également noire semblait un peu plus défraîchie – pénétra lentement à l'intérieur et se dirigea vers lui.

— Ah, bonsoir, tout le monde, dit le Commandant. Graham et moi étions en route pour aller dîner chez l'ambassadeur lorsque nous avons décidé de faire un crochet par ici pour prendre un petit remontant. Quelle chance de tomber sur vous tous !

Réussissant à garder son sang-froid, Richard présenta son père à son équipe. Selwyn fut particulièrement enchanté de rencontrer Jennifer, qu'il gratifia d'un élégant baisemain. Cependant, tout le monde remarqua qu'elle semblait n'avoir d'yeux que pour son mari, et réciproquement.

— Dis-moi, que viens-tu faire à Sainte-Marie ? demanda Richard à son père comme s'il ne connaissait pas déjà la réponse.

— Eh bien, répondit Graham, le Commandant ici présent m'a contacté hier pour me dire que l'intervenant principal du congrès que l'ambassadeur britannique organise sur l'île au sujet de la criminalité dans la région des Caraïbes s'était décommandé.

— Ah bon ? dit Camille, qui se doutait bien qu'aucun congrès sur la criminalité aux Caraïbes n'avait lieu sur l'île.

— Un événement qui s'est organisé à la dernière minute, expliqua le Commandant en adressant un sourire à Camille. Quand nous nous sommes retrouvés sans intervenant, j'ai tout de suite su sur qui nous pouvions compter pour sauver cette journée. Le père de notre inspecteur-chef en personne, Graham Poole, ancien directeur des forces de police du comté du Leicestershire.

— Quand j'ai reçu l'appel du Commandant, dit Graham, j'ai accepté de sauter dans le premier vol pour l'île. C'est toujours gratifiant de pouvoir transmettre son expertise aux jeunes générations.

— Y avait-il une autre raison pour laquelle tu voulais venir ici ? demanda Jennifer, sa voix étranglée par l'émotion.

Graham regarda sa femme. Ses sourcils se levèrent.

— Oui, bien sûr.

Graham n'était pas la personne la plus expansive qui soit, et il lança un bref regard à son fils en quête de soutien moral. Or, comme Richard était encore moins expansif que son père, il baissa les yeux pour éviter tout contact visuel. Graham se tourna donc à nouveau vers sa femme, et après une longue pause, il soupira.

— Je voulais te voir.

À cet instant, un message muet sembla circuler entre les deux époux, un message indéchiffrable aux yeux de tous ceux qui assistaient à la scène, à l'exception peut-être de Selwyn qui avait assez de bouteille pour reconnaître une réconciliation quand il en voyait une.

— Voyez-vous, c'est une chance qu'on soit tombés sur vous. Je sais qu'il y a une place libre au dîner de bienvenue à l'ambassade où nous nous rendons ce soir. Je me disais, Jennifer, que vous accepteriez peut-être de nous y accompagner, votre mari et moi ?

La question de Selwyn sembla soulever un vague de panique chez Jennifer.

— Mais je n'ai rien à me mettre, dit-elle.

— Ta tenue est parfaite, répondit Graham.

— Mais ce n'est pas assez chic pour un dîner officiel, objecta Jennifer, gagnée par la fébrilité.

— Peut-être pas, dit Graham, mais c'est ce que tu portes, et de toute façon, ce n'est pas grave, si ? Car aucune femme à ce dîner ne sera aussi belle que toi.

Jennifer regarda son mari, ses yeux trahissant sa surprise. Venait-il de lui adresser un compliment ? Un compliment romantique, qui plus est ? Elle réfléchit quelques instants supplémentaires, puis elle releva imperceptiblement le menton en se tournant vers Selwyn.

— Merci pour votre proposition. Je serai ravie de vous accompagner à ce dîner.

C'est alors qu'un événement extraordinaire se produisit.

Graham sourit.

Il leva ensuite son bras droit en direction de sa femme. Le sourire aux lèvres, Jennifer s'en saisit et sans échanger un mot, Graham se dirigea vaillamment vers la sortie, Jennifer marchant d'un pas aérien à ses côtés.

Richard se rendit compte qu'il retenait son souffle depuis plusieurs minutes, et il expira dans un soupir de soulagement.

— Merci pour tout, monsieur, dit-il à Selwyn.

Ce dernier lui adressa un signe de tête.

— Ravi de vous avoir aidé, dit-il de toute évidence réjoui par la tournure que prenaient les événements de la soirée.

Puis Selwyn rejoint Jennifer et Graham à l'extérieur du bar.

Fidel, Camille et Dwayne regardaient Richard avec émerveillement, mais ce fut Catherine qui, se frayant un chemin depuis l'autre bout du bar, prit la parole en premier.

— Oh, bravo, Richard ! Bravo !

— Que s'est-il passé ? demanda Fidel.

— Oui, monsieur. C'est vous qui avez fait ça ? renchérit Camille.

— Moi ? Vous m'avez vu, Camille. Je n'ai rien fait. Mais je crois que j'ai envie de payer ma tournée générale, et en l'honneur de notre illustre hôtesse, je pense que nous devrions boire l'une de vos bouteilles abordables de champagne français, Catherine.

— Bien sûr !

— Et auriez-vous par hasard l'un de ces grands sachets de chips locales préparées avec cinq pour cent de pommes de terre et quatre-vingt-quinze pour cent d'huile ? Je pense qu'il va nous en falloir quelques-uns.

Le visage rayonnant, Catherine s'avança vers Richard et déposa un baiser sur chacune de ses joues.

— Vous l'avez fait ! Je savais que vous y arriveriez, petit futé ! dit-elle.

— Tu étais au courant ? demanda Camille à sa mère, mais Catherine ne voulait pas voler la vedette à Richard.

Elle se contenta donc de sourire énigmatiquement avant de retourner derrière le bar chercher de quoi boire.

— Vous avez orchestré toute cette rencontre, pas vrai ? dit Camille, avant de porter son regard sur Dwayne. Allez, Dwayne, avoue ! L'inspecteur t'a fait venir ici au bras d'une de tes conquêtes pour que tu te fasses surprendre par une autre petite amie. Comme ça, en arrivant, Jennifer a pu te voir en flagrant délit d'infidélité.

— Hé ! s'exclama Dwayne, faussement offensé. Ces deux filles ne sont pas mes petites amies, ce sont deux Australiennes que j'ai rencontrées sur la plage il y a une demi-heure !

Ce fut au tour de Richard de paraître surpris.

— Attendez ! Vous voulez dire que vous n'aviez jamais rencontré ces deux femmes auparavant ?

Le sourire de Dwayne s'élargit, et il leva la main en l'air. Sur sa paume, on pouvait lire un numéro de téléphone écrit au stylo à bille.

— Je ne les avais jamais rencontrées avant, mais je les retrouverai plus tard dans la soirée. On a un double rancard.

— Avec qui ?

— Eh bien, elles et moi. C'est ça, un double rancard : quand deux femmes acceptent de sortir avec moi.

— Attendez une minute, dit Camille à son supérieur avant que Dwayne ne fasse dévier la conversation. Si vous avez réussi à faire venir Dwayne ici pour qu'il soit surpris en train de tromper une femme, comment avez-vous fait pour que le Commandant entre dans le bar avec votre père quelques minutes plus tard ?

— Oh, vous savez, Camille, dit Richard, j'imagine difficilement le Commandant accepter de se compromettre dans une entreprise qui le ferait abuser sournoisement de sa position officielle sur l'île.

— C'est pourtant ce que le Commandant fait *en permanence*, dit Dwayne.

— C'est vous qui le dites, Dwayne. Pour ma part, je ne me permettrai pas de commentaire à ce sujet.

— Vous voulez dire que nous devrions croire à une simple coïncidence ? déclara Camille aussi étonnée qu'amusée. Votre mère surprend Dwayne en train de tromper une femme quelques secondes avant que votre père n'entre comme par magie dans le bar en tenue de soirée, plein d'élégance et de romantisme ?

Richard estima que c'était sûrement le moment approprié pour vérifier qu'il était encore capable de lever un sourcil indépendamment de l'autre – et à sa grande surprise, il constata qu'il le pouvait.

— Je pense que vous en conviendrez, Camille. C'était un heureux hasard.

— Mais vous ne croyez pas au hasard !

— Eh bien, j'ai dû me tromper cette fois-ci, répondit Richard.

— Allons, monsieur, dit Fidel. Vous avez tiré les ficelles, c'est impossible autrement.

Richard regarda Fidel. Ce dernier venait de faire naître une pensée dans son esprit au sujet du meurtre de Polly Carter. Son équipe avait raison, ce n'était pas une coïncidence si Selwyn était entré dans le bar en compagnie de Graham à cet instant précis. Il avait tout organisé à l'avance lors d'un rendez-vous pour le moins étrange autour d'une tasse de thé dans le bureau du Commandant. Ce que le Commandant avait demandé à Richard en retour de l'aide qu'il lui apporterait était insignifiant aux yeux de l'inspecteur.

Il lui avait fallu déployer de larges efforts pour donner l'impression que la rencontre entre son père et sa mère était fortuite, et Richard se demanda si l'arrivée de Polly dans l'escalier de la falaise au moment précis où le tueur voulait l'y trouver n'avait pas été mise en scène de la même manière. Cela semblait impossible, et pourtant, s'il avait réussi à faire venir son père dans un bar à l'autre bout de la planète à un horaire précis, alors pourquoi l'assassin n'aurait-il pas manipulé Polly Carter de la même manière ?

Avec une pointe d'excitation, il sentit le besoin soudain de passer en revue tous les éléments de l'enquête sans tarder. Sans un mot, il saisit la pile de dossiers posée sur la table et la fourra dans son attaché-case en cuir.

— Monsieur ? demanda Camille.

— Je crois que je tiens quelque chose, Camille.

— Quoi ?

— Je vous le ferai savoir une fois que je le saurai moi-même.

— Vous nous ferez savoir quoi quand vous saurez quoi ? demanda Dwayne.

Sans rien ajouter, Richard quitta le bar à grands pas, laissant derrière lui ses compagnons abasourdis et furieux. Peu importe, il savait que la priorité était ailleurs. Tandis qu'il marchait sous le ciel étoilé le long de la route qui menait jusqu'à sa cabane sur la plage, il se sentit envahi par un élan d'optimisme inhabituel. Comme si, maintenant qu'il avait donné à ses parents une chance de se remettre ensemble, son esprit était enfin libre pour réfléchir à l'enquête avec discernement. De retour dans sa cabane, il étala les premières déclarations des suspects sur son lit et regarda tous les noms.

Claire Carter, Sophie Wessel, Phil Adams, Max Brandon, Juliette Moreau, Alain Moreau et Luc Pichou. L'une de ses sept personnes était l'assassin de Polly Carter, et Richard décida qu'il ne se coucherait pas tant qu'il n'aurait pas démasqué le coupable.

Après avoir passé un bref coup d'aspirateur pour retirer le plus gros du sable sur son plancher, il enfila son pyjama et ses chaussons Marks & Spencer et s'assit dans son vieux fauteuil élimé pour relire l'ensemble du dossier du début jusqu'à la fin.

Mais cette fois-ci, il savait que Claire leur avait menti depuis le début. Et que la liaison d'Alain n'était pas terminée au moment du décès de Polly. Et que Polly avait acheté pour dix mille dollars d'héroïne trois jours avant sa mort, même si elle n'en avait pas consommé elle-même. Et qu'il n'y avait jamais eu d'individu en imperméable jaune dans l'escalier de la falaise juste avant le meurtre, mais que cet inconnu avait été vu trois jours avant. Et, surtout, Richard connaissait désormais l'existence du passage secret sous la maison qui menait à la falaise.

Juste avant l'aube, le mystère s'éclaircit.

Richard se trouvait sous son auvent et regardait le ciel s'éclairer à mesure que le jour chassait la nuit. Il était censé prendre une pause de cinq minutes, mais à la place, il réfléchissait à la façon dont le tueur s'y était pris pour cacher le téléphone de Claire dans le lustre et pour rejoindre l'escalier de la falaise avant le meurtre, ainsi qu'à la corrélation qui pouvait exister entre ces deux faits. Et c'est en songeant de nouveau au téléphone et au lustre qu'il eut une illumination, car il n'y avait qu'une seule raison évidente pour laquelle le smartphone de Claire pouvait être directement relié à la présence de Polly dans l'escalier.

En réalité, à mesure que Richard suivait la logique de son raisonnement, un sentiment d'excitation jaillit en lui, à la manière d'un bouchon de champagne prêt à sauter. Le téléphone était en réalité la clé pour résoudre toute cette affaire !

Et tandis qu'il regardait le ciel sans nuages des Caraïbes avec la certitude qu'une nouvelle journée étouffante de chaleur s'annonçait sur l'île, il comprit enfin.

Il savait qui avait tué Polly Carter.

Chapitre 15

Plus tard ce matin-là, Richard rassembla Claire, Sophie, Juliette, Alain, Max, Phil et Luc dans le salon de Polly. Luc n'avait pas particulièrement apprécié d'être réveillé de si bonne heure pour être conduit ici, et il était assis dans un angle, visiblement à cran. Quant à Camille, Fidel et Dwayne, ils se tenaient contre les murs de la pièce, prêts à intervenir si le meurtrier tentait de s'échapper.

— Merci de vous être joints à nous, dit Richard.

— Mais que nous voulez-vous ? demanda Alain, inquiet.

— Pas grand-chose en ce qui concerne six d'entre vous. Quant à la septième personne, je compte l'arrêter pour le meurtre de Polly Carter !

Les témoins échangèrent des regards surpris.

— Avant de vous révéler l'identité du meurtrier, j'aimerais que nous discutions de la victime, car depuis le début, il s'est avéré presque impossible de cerner la personnalité de Polly Carter. C'était un top-modèle connu dans le monde entier qui avait apparemment décidé d'abandonner le mannequinat international. N'est-ce pas ? C'était une fêtarde invétérée qui, d'après Alain, souhaitait retourner au Royaume-Uni pour vivre dans une ferme. Mais pouvons-nous le croire ? C'était aussi une toxicomane de longue date qui s'était enfin débarrassée de son addiction – pourtant, à en croire Luc, elle venait d'acheter pour dix mille dollars d'héroïne. Sous réserve, bien entendu, qu'il nous ait dit la vérité. Mais si Max a déclaré qu'il n'avait jamais vu Polly aussi heureuse qu'au cours de semaines ayant précédé sa mort, comment expliquer qu'elle se soit emportée contre Claire le matin de son assassinat ? Vous voyez, il n'est pas facile de connaître réellement quelqu'un quand les seuls éléments dont on dispose sont les rumeurs rapportées par ceux qui lui ont survécu. Et c'est encore plus difficile lorsque l'une de ces personnes est coupable et qu'elle vous manipule depuis le début.

» Polly était-elle égoïste ou généreuse ? Indulgente ou cynique ? Et, plus simplement, menait-elle une vie heureuse comme nous l'ont déclaré Max et Alain, ou était-elle malheureuse au point de vouloir se suicider, comme Claire le répète avec insistance ? Car c'est bien ce que Claire nous a raconté sur le déroulement des événements ce matin-là, non ? D'après elle, Polly a annoncé vouloir mettre fin à ses jours juste avant de s'engouffrer dans l'escalier de la falaise et d'être brutalement assassinée. Ce qui, en matière de coïncidence, est assez énorme, vous ne trouvez pas ? Analysons un peu la situation, vous voulez bien ? Voyez-vous, ce qui est curieux, c'est que nous n'avons retrouvé aucune lettre d'adieu dans la maison. Tout comme il est curieux que Polly n'ait fait part d'aucune pensée suicidaire à qui que ce soit avant ce matin-là. Et il est également surprenant que, malgré sa présence dans le jardin à ce moment-là, Sophie n'ait pas entendu ce que Polly vous disait, Claire. Il n'existe aucun témoin extérieur pour confirmer que Polly vous a annoncé qu'elle comptait mettre fin à ses jours.

— Je n'y peux rien si Sophie était trop loin pour entendre, dit Claire.

— C'est vrai, dit Richard. Mais elle n'était pas seulement trop loin pour entendre ce qu'il se passait, n'est-ce pas ? Elle était également trop loin pour voir la scène, à cause du grand parterre d'arbustes qui la séparait de vous à ce moment-là. En réalité, quand on y songe, vous êtes le seul témoin, Claire, à avoir manifestement assisté à la prétendue tentative de suicide de Polly. Est-ce une coïncidence ? Je ne pense pas. Car lorsqu'il s'agit de meurtre, je ne crois pas aux coïncidences.

Richard s'adressa directement à Claire qui blêmit.

— Surtout lorsqu'on se penche sur les relations que vous entreteniez avec votre sœur. Cette femme qui, il y a dix ans, au lendemain de Noël, vous a joué un mauvais tour qui s'est soldé par un drame, vous condamnant à passer le restant de vos jours dans un fauteuil roulant. Vous avez fini par l'admettre devant nous, vous n'avez jamais réussi à lui pardonner, pas vrai ? Et la série de lettres anonymes que vous lui avez adressées ne fait que prouver, à mes yeux, à quel point votre relation avec votre sœur s'était irrémédiablement détériorée.

» Maintenant, venons-en à votre mensonge sur la présence d'un individu en imperméable jaune dans l'escalier juste avant le meurtre de votre sœur. À bien y réfléchir, je ne crois pas que quiconque ait déployé plus d'efforts que vous pour brouiller les pistes dans cette affaire.

— Je croyais que vous me soupçonneriez de l'avoir tuée !

— Je n'en doute pas. Vos craintes ont certainement dû s'accentuer quand nous avons découvert que Polly pensait que vous souffriez d'un « trouble de conversion », une pathologie qui touche des individus capables de marcher, mais qui, pour une raison psychologique quelconque, font un blocage. Vous seriez-vous alors levée de votre fauteuil roulant pour pousser mortellement votre sœur ce matin-là ? Seulement voilà, même si vous aviez de bonnes raisons de vouloir sa mort, nous avons contacté votre médecin traitant au Royaume-Uni.

À cet instant, Richard leva le regard vers les autres suspects rassemblés dans la pièce.

— Il nous a formellement déclaré que Claire ne souffrait d'aucun trouble de conversion. En réalité, il a affirmé que ses lésions sont réelles – elle ne peut pas marcher –, et puisque Polly a été poussée dans le vide depuis une volée de marches que Claire n'aurait jamais pu descendre, nous pouvons en conclure que Claire Carter n'a pas tué sa sœur.

Richard laissa sa phrase en suspens quelques instants avant de se tourner vers Sophie.

— Ce qui m'amène à vous, Sophie. Vous êtes la deuxième personne à être arrivée sur les lieux du crime. Claire étant désormais hors de cause, je devais me demander si vous pouviez être notre assassin. Or, comme tout le monde affirmait vous avoir vue sur la pelouse au moment du meurtre, il était difficilement concevable de vous imaginer dans l'escalier au même instant. Votre présence devant la maison nous a par ailleurs permis de recueillir un autre élément important : Max et Phil prétendaient tous deux se trouver à une fenêtre de l'étage, mais vous n'aviez distingué qu'une seule personne en train d'observer le jardin.

» La reconstitution nous a permis de déterminer que vous aviez certainement aperçu Phil Adams, debout devant la fenêtre de sa chambre, ce qui est intéressant, car il ne fait aucun doute que Phil aurait eu un mobile pour tuer Polly : le jour où elle l'a dénoncé auprès du studio de cinéma, elle a effectivement mis fin à sa carrière.

» Pourtant, je ne peux m'empêcher de penser que tout n'était pas encore perdu pour Phil. Après tout, je l'ai cru lorsqu'il m'a dit qu'il allait essayer de se sevrer avant de rentrer aux États-Unis. En fait, j'ai compris que Phil aurait pu vouloir la mort de Polly s'il avait *déjà* été confondu par un test antidrogue. Or, il n'a pas encore subi de dépistage. Par ailleurs, Polly lui a dit ce qu'elle avait fait, et il dispose donc de tout le temps nécessaire pour suivre une désintoxication avant de rentrer aux États-Unis.

— Je vous l'ai dit, insista Phil, je vais me sevrer !

— Oui, dit Richard. Puisque vous saviez avoir une chance de vous soigner, et qu'un témoin vous a vu à la fenêtre de votre chambre au moment du meurtre, je ne vois pas non plus comment vous pourriez être l'assassin.

— Merci ! dit Phil avant de se passer nerveusement la main dans les cheveux.

— Ce qui m'amène au passage secret qui relie la maison de Polly aux marches de la falaise. Même si Claire nous a menti en mentionnant la présence d'un « individu à l'imperméable jaune », il y avait bien *quelqu'un* qui a attaqué Polly dans l'escalier. Pourtant, avant que l'on ne découvre l'existence du tunnel, il était difficile de déterminer comment cette personne aurait pu se rendre sur les lieux du crime et s'en échapper sans être vue.

» Dans ce cas, qui a emprunté cette galerie souterraine pour tuer Polly ? Cela ne pouvait pas être Claire ou Sophie. Elles se trouvaient toutes deux à l'extérieur à ce moment-là. Et si Phil se tenait à la fenêtre de l'étage, cela ne pouvait pas non plus être lui. Ce qui ne laisse que quatre personnes susceptibles d'avoir emprunté le tunnel pour se rendre à la falaise et commettre le meurtre. Max, Juliette, Alain et Luc.

En prononçant leurs noms, Richard regarda chacun des suspects à tour de rôle.

— Pourtant, même cette liste est trop longue, n'est-ce pas ? Car Alain ne peut être le tueur. Il est vrai qu'il nous a menti en affirmant que sa liaison avec Polly était terminée alors qu'il n'en était rien. Il nous a également caché l'endroit où il se trouvait à l'heure du meurtre, mais peu importe. Ce qui compte, c'est justement qu'il se trouvait *ailleurs* à ce moment-là. Il achetait des billets d'avion. Il n'a pas tué Polly Carter.

Alain regarda Richard comme s'il ne comprenait pas qu'il venait d'être dédouané dans une affaire d'homicide.

— Il ne reste donc que trois suspects, dit Richard avec trois doigts levés. Luc Pichou, Max Brandon et Juliette Moreau. La mort de Polly pouvait indéniablement profiter à chacun d'entre vous et pas un seul de vous trois ne dispose d'un alibi solide pour l'heure du meurtre. Enfin, examinons les choses d'un peu plus près.

— Il vaudrait mieux, oui ! s'écria Max. Car je vous le dis, je ne l'ai pas tuée !

— Et je veux bien vous croire. Polly avait découvert que vous l'aviez volée, mais curieusement, elle n'avait pas averti la police. Pourtant, nous savons qu'elle avait découvert votre vol il y a quelque temps déjà. Par ailleurs, cela fait de nombreuses semaines que vous êtes installé chez elle, Max. Si votre vol avait été problématique pour Polly, je pense qu'elle vous aurait déjà jeté dehors, ou qu'elle serait allée voir la police. En vérité, elle n'a fait ni l'un ni l'autre. Ce qui laisse penser que vous aviez raison. Polly vous *avait* pardonné ce geste. Ou du moins, elle avait accepté que vous lui remboursiez l'argent dès que vous seriez en mesure de le faire.

— Enfin ! dit Max. Mais vous oubliez que je me trouvais sur le palier à l'étage en train de regarder Sophie dans le jardin au moment où Polly a été tuée.

— Y étiez-vous vraiment ?

— Écoutez, je me fiche de ce que vous pensez, je vous dis que c'est là que je me trouvais au moment où Polly a été tuée, peu importe que Sophie ou quiconque d'autre m'ait vu ou non !

— C'est là tout le nœud du problème, n'est-ce pas ? approuva Richard. Car même s'il était impossible de vous voir à la fenêtre à ce moment-là, cela ne signifie pas que vous n'y étiez pas. Mais nous y reviendrons dans un instant, si vous le voulez bien. Car j'aimerais maintenant parler de vous, Luc.

Richard se tourna pour faire face au jeune homme.

— Pour être franc, cela n'a jamais eu beaucoup de sens de vous soupçonner. Après tout, comme me l'a fait remarquer l'un de mes agents, si c'était vous qui aviez tué Polly, vous n'auriez pas laissé un imperméable comportant vos empreintes dans une cachette juste à côté de la scène de crime.

Au moment où Richard évoquait ce point, un sourire débordant de fierté se dessina sur le visage de Fidel.

— Et tant que vous pensiez que Polly continuerait à vous acheter de l'héroïne, elle vous rapportait bien plus vivante que morte. Ce qui signifie, par déduction, qu'il ne restait qu'une seule personne pouvant être notre assassin.

Richard se tourna alors vers Juliette, un sourire froid sur le visage.

— Juliette Moreau.

Juliette, quant à elle, gardait délibérément les yeux rivés sur ses pieds et refusait de croiser le regard de Richard.

— Il ne fait aucun doute que le meurtre de Polly depuis le haut de cette falaise revêt depuis le début des airs de *crime passionnel*[1]. Et, parmi tous ceux qui sont rassemblés ici, je n'imagine personne ayant autant haï Polly que vous. Après tout, elle avait séduit votre mari à Noël dernier. Puis, à son retour de Los Angeles après sa cure, elle l'a charmé une deuxième fois – du moins, c'est ainsi que vous l'avez interprété. Pour être franc, placer un système de surveillance sous le lit de son employeur n'a rien d'un comportement rationnel. J'imagine aisément que, pour vous, le meurtre de Polly Carter aurait été en toute logique l'étape suivante, une fois que vous auriez détenu la preuve que l'adultère de votre mari perdurait.

» Mais je n'ai cessé de me heurter à une objection. Même si vous vouliez tuer Polly – et je parie que vous avez dû souhaiter sa mort plus d'une fois ces derniers temps –, comment auriez-vous pu savoir qu'elle serait dans l'escalier de la falaise *à cet instant précis* ? Je ne voyais pas non plus comment vous auriez pu vous débarrasser du téléphone de Claire juste avant en le cachant dans le lustre.

Richard montra alors du doigt le luminaire poussiéreux suspendu au-dessus de leurs têtes.

1. En français dans le textes. *(N.d.T.)*

— Car le fait que le téléphone de Claire se soit retrouvé caché dans cette pièce ce matin-là m'a toujours fait penser, d'une certaine façon, que ce meurtre était prémédité. Pourtant, j'avais beau chercher, je ne comprenais pas comment vous, Juliette, auriez pu être au courant que Polly se rendrait en haut de la falaise ce matin-là, et encore moins pourquoi il vous aurait fallu cacher le téléphone de Claire dans cette pièce avant.

— Attendez, dit Phil, êtes-vous en train de dire que Juliette n'a pas tué Polly non plus ?

— Oui, répondit Richard, d'un air parfaitement satisfait. C'est exactement ce que je dis.

— Vraiment ? demanda Juliette, osant enfin lever les yeux vers Richard.

— Oui, répéta Richard. Vous n'avez pas tué Polly Carter.

— Dans ce cas, qui l'a assassinée ? demanda Phil.

— Que voulez-vous dire ?

— Eh bien, reprit Phil qui ne savait pas s'il allait se ridiculiser ou non, vous venez de nous innocenter les uns après les autres, alors qui a tué Polly ?

Richard leva l'index pour attirer l'attention de Phil.

— Oh, ne vous inquiétez pas, dit-il. L'assassin se trouve dans cette pièce, vous avez ma parole. Je voulais simplement vous exposer la logique que j'ai suivie pour élucider ce meurtre. Voyez-vous, je ne comprenais pas comment l'un d'entre vous aurait pu se trouver dans l'escalier de la falaise avant le meurtre, jusqu'à ce que j'identifie l'élément clé dans la résolution de cette affaire. Lorsque nous avons retiré le téléphone de Claire du lustre, il présentait deux types d'empreintes : celle de Claire, bien entendu, puisque c'était son téléphone. Et celles d'une autre personne, Polly.

» J'ai tout d'abord négligé ce détail. Après tout, il n'était pas si surprenant d'apprendre que le téléphone avait été manipulé par la sœur jumelle de sa propriétaire. À la place, j'ai continué de penser que ce smartphone avait été caché par le *vrai* tueur, qui avait eu le bon sens de porter des gants pour ne pas laisser d'empreintes sur l'appareil. Mais c'était oublier le rasoir d'Ockham.

— De quoi parlez-vous ? demanda Alain.

— Guillaume d'Ockham était un moine franciscain du XIIIe siècle à qui l'on doit la théorie suivante : lorsque l'on dispose d'un ensemble d'hypothèses contradictoire et que l'on veut découvrir laquelle est la bonne - par exemple, pour deviner qui a placé un téléphone dans un lustre –, si aucune hypothèse ne l'emporte sur les autres, il faut toujours privilégier la plus simple.

» Lorsque j'ai appliqué le principe du rasoir d'Ockham à mon problème de téléphone, j'en suis arrivé à la conclusion qu'il ne pouvait s'agir que de Claire ou de Polly, puisque seules leurs empreintes figuraient sur l'appareil. Ensuite, avec la même logique, j'en ai conclu qu'il aurait été impossible pour Claire de le cacher dans le lustre puisqu'elle est en fauteuil roulant. Cela devait donc être Polly qui l'avait mis là. Après cette déduction, j'ai décidé d'appliquer le principe du rasoir d'Ockham à toute l'affaire, et tout s'est éclairé.

» Après tout, qui pouvait savoir ce matin-là que Polly proposerait à Claire une balade dans le jardin ? Eh bien, en toute logique, la seule personne qui pouvait être au courant n'est autre que Polly elle-même. Et la seule personne de la maison qui pouvait savoir que Polly s'apprêtait à se suicider après avoir dévalé l'escalier de la falaise, c'est également Polly.

— Alors, *c'était* un suicide ? dit Alain, déboussolé.

— Oh non, c'était un meurtre, affirma Richard, de plus en plus gagné par l'excitation. J'attire simplement votre attention sur le fait que c'est Polly qui a emmené Claire dans le jardin. Et c'est Polly qui a lancé la dispute lorsqu'elles étaient dehors. Tout comme c'est Polly qui a annoncé soudainement qu'elle allait mettre fin à ses jours. Enfin, c'est également Polly qui a placé le téléphone de Claire dans le lustre.

— Écoutez, dit Max. Vous ne pouvez pas tout simplement nous dire qui l'a tuée ?

— Vous voulez des réponses ? demanda Richard. Très bien. Dans ce cas, Claire, puis-je vous poser une question ?

Claire regarda Richard avec circonspection, comme si elle cherchait à cacher quelque chose.

— Comme nous le savons tous, vous avez perdu l'usage de vos jambes dans un accident à cheval il y a dix ans, n'est-ce pas ?

— Oui, répondit Claire, inquiète.

— Et votre médecin nous a assuré que vous ne souffrez pas d'un trouble de conversion.

— Comme vous l'avez déjà dit, répondit Claire d'un ton acerbe.

— Dans ce cas, excusez-moi pour le caractère déplacé de ma question, mais pourriez-vous libérer votre fauteuil et vous installer sur le canapé ?

En posant la question, Richard pointa du doigt un vieux canapé élimé situé juste à côté de Claire. Cette dernière parut offensée.

— Je vous demande pardon ?

— Je me demande si vous pourriez laisser votre fauteuil et vous asseoir sur ce canapé.

— Pour quoi faire ?

— Si vous pouviez faire ce que je vous demande, tout deviendra limpide.

Claire parut encore plus insultée, et Sophie se leva à moitié de sa chaise.

— Je peux l'aider, proposa-t-elle.

— Inutile, Sophie, répondit Richard. Je suis sûr que Claire peut s'en sortir seule.

Les yeux de Claire passèrent de Sophie à Richard. Elle manœuvra ensuite son fauteuil pour le placer perpendiculairement à l'un des accoudoirs du canapé et en bloqua les freins. Puis, d'un geste expert qui ne passa pas inaperçu aux yeux de Richard, elle posa ses deux mains à l'un des angles du canapé pour prendre appui et faire pivoter son corps rapidement, atterrissant sur les coussins râpés.

Une fois assise, elle défia Richard du regard.

— C'est bon ?

L'inspecteur ne parut absolument pas perturbé tandis qu'il s'approchait pour examiner le fauteuil roulant.

— Voyez-vous, dit-il, il y a une incohérence que je n'arrive pas à expliquer. Pourquoi Polly, qui ne présentait aucune trace de drogue dans son organisme, a-t-elle acheté pour dix mille dollars d'héroïne trois jours avant d'être tuée ? Franchement, cela semble insensé, n'est-ce pas ? Tout comme il semble invraisemblable qu'une héroïnomane réussisse à se débarrasser de son addiction seulement quelques mois avant d'être assassinée. Vous imaginez la malchance ? Le bon sens voudrait que, d'une manière ou d'une autre, sa consommation de drogue ait un lien avec son meurtre, non ? Et vous savez quoi ? C'est le cas. La consommation d'héroïne de Polly constitue le mobile même de son meurtre, et je pense être sur le point de le prouver.

Richard saisit alors le fauteuil par les roues arrière et le retourna, de sorte qu'à présent, les quatre roues pointaient vers le plafond. Avant que quiconque n'ait eu le temps de prononcer le moindre mot, l'inspecteur sortit de la poche de son pantalon une pince multifonction de la marque Leatherman et lança un regard de biais à Camille tandis qu'il la dépliait d'un geste expert, révélant un ensemble de pinces rutilant. Camille leva un sourcil, feignant d'être impressionnée par la dextérité avec laquelle il manipulait son instrument, mais l'inspecteur avait déjà reporté son attention sur la roulette avant gauche du fauteuil, celle qu'il avait vue tourner avec difficulté lors de ses dernières rencontres avec Claire. Et, tandis qu'il utilisait les pinces pour dévisser la vis de blocage de la roulette, il reprit la parole.

— Nous savons que Polly avait acheté pour dix mille dollars d'héroïne trois jours avant sa mort. Seulement voilà, l'une des pièces manquantes du puzzle, c'était la cachette où la drogue avait été entreposée. Il s'agissait d'une immense quantité de stupéfiants qui avait mystérieusement disparu, et nous avions fouillé la maison sans en trouver la moindre trace. Pourtant, même si nous avions inspecté tous les recoins de la villa, je me suis finalement rendu compte qu'il y avait un endroit où nous n'avions jamais regardé. Je suis certain que je ne suis pas le seul à avoir remarqué que, ces derniers temps, la roulette avant du fauteuil de Claire avait développé une fâcheuse tendance à rester bloquée.

Dans un dernier effort qui lui arracha un grognement, Richard réussit à dévisser la roulette du fauteuil roulant.

— Ah oui, cela expliquerait tout. Je pense que cette roulette a récemment été retirée avant d'être revissée, mais on dirait que le filetage a été endommagé. Voilà pourquoi la roue se bloque.

Posant la roulette de côté, Richard regarda à l'intérieur du tube métallique qui constituait le cadre du fauteuil. Il déplia à nouveau les outils de sa pince Leatherman jusqu'à tomber sur un crochet au bout d'une tige. Tandis qu'il l'insérait dans le tube, il dit :

— Voyez-vous, c'est Luc ici présent qui nous a aidés à résoudre l'affaire – si seulement nous l'avions su à l'époque. Il nous a judicieusement fait remarquer que si Polly était clean au moment de sa mort, elle avait alors dû acheter l'héroïne pour une tierce personne. C'était un point important, car si la drogue n'était pas destinée à Juliette ou à Alain, la personne pour qui Polly l'avait achetée devait avoir un plan pour faire sortir clandestinement une telle quantité d'héroïne de l'île lors de son départ de Sainte-Marie. Et quel meilleur moyen pour contourner la douane que de dissimuler les dix mille dollars d'héroïne dans le cadre d'un fauteuil roulant ?

Tout en posant la question, Richard retira le crochet du tube métallique et tira un boudin de poudre brune emballé dans du film plastique. Une fois extrait, le boudin s'avéra mesurer une soixantaine de centimètres de long.

— Bien, Claire, dit Richard. Peut-être que vous voulez nous expliquer pourquoi dix mille dollars d'héroïne sont cachés à l'intérieur de votre fauteuil ?

Chapitre 16

Claire regarda Richard, horrifiée.

— J'ignore ce que ça fait là !

— Vous m'en direz tant. Car en repensant au fait que les empreintes de Polly se trouvaient sur le téléphone, et que seule Polly pouvait savoir qu'elle allait annoncer son suicide ce matin-là, j'ai compris qu'il y avait un dernier facteur à prendre en compte dans cette affaire. Claire avait sans nul doute des raisons de vouloir la mort de Polly, mais Polly avait elle aussi des raisons de souhaiter le décès de sa sœur.

» Mettez-vous à la place de Polly. Elle était née en second. Elle savait qu'elle n'hériterait jamais du patrimoine familial ni de la fortune qui allait avec. Il n'est pas étonnant qu'elle ait passé sa vie à chercher le bonheur, sans succès. Tout d'abord, à travers la gloire et la notoriété, et plus tard, au travers de son addiction à l'héroïne. Son équilibre psychique a dû prendre un sacré coup lorsqu'elle s'est retrouvée responsable de l'accident qui a rendu sa sœur invalide, et encore plus lorsque son père est mort quelque temps après sans lui avoir pardonné cet acte irréfléchi. Sa mère ne lui avait pas non plus accordé son pardon au moment de son décès l'an dernier. Et nous savons tous combien Polly a été affectée par la disparition de sa mère survenue peu de temps avant son overdose quasi mortelle à l'héroïne.

» Pendant toutes ses années, je pense que Polly a vu sa sœur Claire recevoir tout l'amour parental dont elle rêvait, mais comme nous l'avons compris, pour une erreur stupide, elle en a été privée. En réalité, au fil des ans, sous le coup du désespoir, l'amour de Polly s'est tout naturellement mué en haine, en particulier lorsqu'elle a commencé à recevoir des menaces de mort anonymes envoyées par sa sœur.

» Si Polly n'avait eu que cette épreuve à surmonter, je pense qu'elle aurait trouvé la force de s'en sortir, mais peu de temps après la réception des premières lettres, elle a également découvert que son agent, Max, lui avait volé presque l'intégralité des cinquante mille dollars qu'il lui restait. Comme elle l'avait confiée à Phil avant sa mort – et nous en avons eu la preuve –, elle était ruinée malgré toutes ces années de dur labeur. Elle n'avait pas de retraite. Pas d'économies. Elle avait dépensé tout son argent. Et le futur s'annonçait morose pour elle.

» Tout cela nous amène finalement au corps que nous avons retrouvé sur la plage le matin du meurtre. Il semble invraisemblable qu'une droguée de longue date, qui avait de surcroît récemment acheté de l'héroïne, présente un rapport toxicologique négatif après sa mort, non ? C'est là que j'ai commencé à me poser des questions. Si le corps retrouvé sur la plage était vierge de toute consommation de drogue, peut-être qu'il ne s'agissait pas de Polly Carter ? Puis, je me suis souvenu que lorsque je vous ai rencontrée pour la première fois, Claire, votre ressemblance avec votre sœur jumelle m'avait frappé.

Les propos de Richard semèrent la consternation dans la pièce, et tout le monde se mit à parler en même temps.

— Attendez, attendez, finit par dire Phil par-dessus les autres voix qui s'élevaient, les mains en l'air pour réclamer le silence. Vous sous-entendez que Polly aurait pris la place de Claire avant de la pousser dans le vide et de se faire passer pour elle ?

Richard balaya la pièce du regard.

— Cela expliquerait pourquoi Claire essaie de faire sortir dix mille dollars d'héroïne de l'île. Claire n'est pas Claire. C'est Polly. Et maintenant qu'elle a tout perdu aux Caraïbes, elle veut retourner dans le Lincolnshire pour récupérer l'exploitation et la fortune familiales qui auraient dû lui revenir si seulement elle était née quelques secondes avant sa sœur jumelle.

— Mais on se serait rendu compte de la supercherie ! s'écria Max.

— Je n'en doute pas, et cela signifie que vous auriez tous été complices depuis le début.

Juliette se leva de sa chaise.

— Mais pourquoi l'aurions-nous couverte ? Je détestais Polly Carter !

— Et vous visez juste, Juliette ! répondit Richard. Car si je pouvais facilement imaginer Phil ou Alain prétendre que le cadavre de Claire était celui de Polly, je ne comprenais pas pourquoi le reste d'entre vous l'aurait fait. Ce serait trop demander à un groupe de personnalités aussi disparates.

» Pour vous prouver à quel point cette idée est absurde, si les deux sœurs avaient réellement interverti leurs rôles et que vous les aviez couvertes, le médecin légiste aurait tout de même remarqué sur le corps qu'il a autopsié les signes d'anciennes fractures graves au niveau des jambes, du pelvis et du dos, prouvant que le corps était celui de Claire, et non de Polly. Or, le légiste n'a trouvé aucune trace de traumatismes osseux. Cela excluait l'hypothèse selon laquelle Claire aurait effectué une chute mortelle ce jour-là. Il s'agissait bien de Polly. Si je vous raconte tout ceci pour que vous compreniez à quel point je désespérais avant d'arriver à résoudre cette énigme !

À ce moment-là, Richard se tourna vers Claire.

— À présent, n'ayez crainte, Claire, je sais bien que vous n'êtes pas Polly. Vous avez déclaré que, la nuit précédant le meurtre, votre sœur vous a dit qu'elle avait un « cadeau ». C'est bien cela ?

— Oui, c'est ce qu'elle m'a dit.

— Bien. Cela semblait peu vraisemblable dans la mesure où le lendemain, Polly avait retrouvé sa férocité habituelle envers vous. Pourtant, je me suis demandé : et si ce qu'elle vous avait dit la veille était vrai ? Et si elle avait *effectivement* un cadeau qu'elle souhaitait vous offrir le lendemain ?

— Comment voudriez-vous que l'on sache de quoi il s'agissait ? demanda Claire.

— Eh bien, moi, je le sais, bien entendu. Et l'assassin également. N'est-ce pas, Sophie ?

— Quoi ? dit Sophie.

— C'est vous qui avez tué Polly Carter.

Lentement, chacun des membres de l'assistance prit conscience de ce que venait de dire Richard et tourna vers Sophie un regard horrifié.

— Quoi ? finit par bégayer Sophie.

— Vous m'avez entendu. Vous avez tué Polly Carter.

— Mais c'est impossible, dit Phil. Je regardais Sophie lorsque Polly a été tuée. Elle était sur la pelouse.

— Je sais, répondit Richard. C'était malin, n'est-ce pas ? Réussir à être à deux endroits en même temps. Toutefois, un élément aurait dû me mettre la puce à l'oreille lors du premier interrogatoire, quand Sophie a affirmé qu'en examinant le corps de Polly après sa chute, elle n'avait pas remarqué la profonde entaille à l'intérieur de son bras droit. Après tout, on s'attendrait à ce qu'une infirmière diplômée remarque ce genre de détail, non ?

— Mais comment a-t-elle fait pour la tuer ? demanda Max, encore incrédule. Puisqu'elle était dans le jardin à ce moment-là ?

— Oh, cela a été facile à déterminer une fois que j'ai compris qu'elle avait un complice.

Tout le monde redoubla d'attention.

— Vous ne pensez tout de même pas que c'est moi, n'est-ce pas ? finit par demander Claire.

— Rassurez-vous, déclara Richard, je sais que vous êtes parfaitement innocente et que vous n'avez rien à voir avec le meurtre de votre sœur, Claire. En réalité, le complice de Sophie ne se trouve pas dans cette pièce.

— Alors, qui était-ce ? demanda Alain.

— La dernière personne que vous imagineriez s'allier à Sophie.

— Qui donc ?

— C'était Polly elle-même.

— *Quoi* ?

— Absolument. Polly a contribué à son propre meurtre. À son insu, bien entendu. Souvenez-vous, vous m'avez tous dit à quel point elle prenait les mauvaises décisions, dit Richard, tout en sortant son calepin de la poche intérieure de sa veste. En réalité, la première fois que l'on vous a interrogé, Phil, vous avez déclaré que Polly « manquait cruellement de discernement et se faisait très facilement manipuler. Dès qu'il était question d'argent, elle se comportait comme une enfant et donnait sans compter au premier venu qui lui racontait une histoire à faire pleurer dans les chaumières. » Quant à vous, Claire, vous avez dit que votre sœur jumelle « était incapable d'agir en réfléchissant aux conséquences », et qu'elle « faisait toujours de mauvaises rencontres et se laissait influencer ».

Richard referma son calepin et dit :

— En l'occurrence, la personne qu'elle a laissée l'influencer, c'est vous, Sophie.

Sophie paraissait tendue, paniquée, comme si elle s'apprêtait à déguerpir à tout moment. Dwayne et Fidel s'approchèrent discrètement pour se placer derrière elle.

— C'est là tout le drame de cette affaire, dit Richard, en marchant autour de la pièce. Depuis le début, nous avons cherché à savoir si Polly était sevrée et si elle était heureuse. Je pense que ces deux affirmations sont vraies. L'état de sa chambre en témoigne. Car à mon avis, les efforts qu'elle fournissait pour exposer fièrement une chambre impeccable constituaient l'indice pour comprendre qu'elle était en train de reprendre le contrôle de sa vie. Polly *était* heureuse quand elle est morte. Polly *était* sevrée.

» Tout cela, c'est grâce à vous, Alain. Tout s'est déroulé tel que vous nous l'avez raconté. À Noël dernier, vous êtes tombé amoureux de Polly. Et Polly de vous. Et c'est par amour pour vous qu'elle a suivi une cure de désintoxication. Après tout, vous lui aviez dit qu'elle ne pourrait pas vous avoir tant qu'elle ne serait pas clean.

» Mais je crois que l'effet que vous avez eu sur elle était plus profond que ça. Je pense qu'en suivant sa cure Polly a pris conscience qu'elle avait mené une vie de débauche avant de vous rencontrer. Lorsqu'elle est enfin revenue à Sainte-Marie, elle a décidé qu'il était temps d'amorcer des changements. Pour commencer, elle voulait se réconcilier avec vous, Claire. Après tout, elle avait déjà perdu une mère et un père sans avoir pu renouer avec eux, et elle ne voulait pas que cela se reproduise avec vous. Et je pense que même si elle savait que vous étiez à l'origine des lettres anonymes, elle voulait vous prouver qu'elle vous avait pardonné et qu'elle avait changé.

» Car elle avait véritablement changé. Max avait raison quand il nous disait que Polly était heureuse avant sa mort et qu'elle voulait partir vivre à la campagne pour y élever des enfants. C'était son nouveau projet. Mener une vie simple avec Alain. Fonder une famille. Et se réconcilier avec sa sœur. Nous le savons tous, elle manquait terriblement de discernement, et je pense qu'elle s'est ouverte à Sophie, n'est-ce pas ?

— Mais pourquoi aurait-elle raconté tout cela à mon infirmière ? coupa Claire avec autorité. Elle ne m'en a jamais parlé !

— Oh, je pense que nous allons découvrir que Sophie et Polly se connaissaient bien mieux que Sophie ne veut le laisser entendre. N'est-ce pas, Sophie ?

Richard s'adressa directement l'infirmière, mais cette dernière détourna le regard. Elle ne voulait pas répondre.

— Mais revenons à l'état d'esprit de Polly avant sa mort. Elle se sentait prête à vous pardonner d'avoir vidé son compte en banque, Max. Elle était même d'accord pour considérer ce vol comme un emprunt que vous lui rembourseriez quand vous le pourriez. Voyez-vous, elle avait tiré les leçons de ses erreurs. Enfin. Elle n'avait pas besoin d'argent pour être heureuse.

» Et, désolé d'avoir à le dire, Phil, mais c'est pour cette raison qu'elle vous est tombée dessus si brutalement quand elle a découvert que vous continuiez à consommer de la cocaïne. Elle embrassait sa nouvelle vie sans drogue avec la passion qui caractérise les personnes récemment sevrées, et elle attendait la même chose de vous. Vous conviendrez qu'en vous dénonçant auprès de votre société de production elle a commis au mieux un geste naïf, au pire une trahison. Quoi qu'il en soit, je pense qu'elle cherchait sincèrement à vous aider. Après tout, elle avait beau s'être fixé de nouvelles priorités dans la vie, elle évaluait toujours aussi mal les conséquences de ses actes. Ce qui m'amène tout naturellement, pour ainsi dire, à la raison pour laquelle Sophie l'a tuée.

» Pour comprendre le mobile, il faut revenir à l'année dernière, juste après le décès de la mère de Polly et Claire. À cette époque, Polly était en plein dans la phase d'autodestruction qui a précédé son overdose quasi mortelle. Claire, vous nous avez raconté qu'un soir, Polly a essayé de vous faire fumer un joint qu'elle avait secrètement coupé avec de l'héroïne. Cela aurait dû m'alerter plus tôt, car si elle avait tenté de vous piéger de la sorte, qui d'autre avait-elle pu essayer de tromper ?

» Claire était présente ici l'an dernier, et nous savons que son infirmière l'accompagnait. Son infirmière embauchée par l'intermédiaire d'une agence, Sophie

Wessel. Et si Polly avait perdu pied au point de proposer un joint d'héroïne à sa sœur, je pense qu'elle a essayé de jouer le même tour à Sophie. Claire n'est pas tombée dans le piège, mais Sophie n'a pas eu cette chance. N'est-ce pas ?

Tout en disant cela, Richard regarda Sophie et tout le monde s'aperçut que, malgré tous les efforts qu'elle déployait pour ne rien laisser transparaître, ses yeux brillaient de larmes. Richard avait visé juste.

— Je peux facilement imaginer votre excitation à l'idée de passer du temps avec un mannequin de renommée internationale pour fumer des stupéfiants ensemble. Mais vous ignoriez à quel point Polly était plongée dans une folie destructrice à cette époque et vous n'étiez définitivement pas au courant que les joints qu'elle vous proposait contenaient de l'héroïne, n'est-ce pas ?

» Quand vous avez découvert la vérité, il était déjà trop tard. Votre organisme avait absorbé de l'héroïne. Vous en vouliez plus. Et je parie que Polly était ravie de vous en fournir. Après tout, Claire nous a dit que Polly essayait de se détruire après le décès de leur mère et qu'elle voulait entraîner le plus de monde possible dans sa chute.

» On ne peut qu'imaginer comment Sophie a vécu son retour au Royaume-Uni. Elle était devenue héroïnomane. Voilà pourquoi elle a fini par voler un client. Il lui fallait plus d'argent pour assouvir son addiction. Sophie a été obligée de reconnaître que ses patrons avaient laissé de l'argent comme appât pour attraper un employé qui volait de l'argent, mais elle s'est bien gardée de nous dire qu'elle était cette employée. À vrai dire, poursuivit Richard, se tournant vers les autres membres de l'assistance, puisque Claire n'est pas héroïnomane, mais que nous venons de trouver les dix mille dollars de drogue dans son fauteuil, qui d'autre que Sophie pouvait les avoir cachés là en sachant qu'elle pourrait les récupérer une fois au Royaume-Uni ?

Il se tourna pour faire face à Sophie.

— Nous savons que vous êtes héroïnomane et que Claire est clean grâce aux tests capillaires que nous avons réalisés sur des mèches de cheveux appartenant à chacune d'entre vous. Il sera très simple de prouver que c'est vous qui avez dissimulé l'héroïne dans le fauteuil de Claire.

Un sanglot s'étrangla alors dans la gorge de Sophie, mais Richard garda les yeux fixés sur elle.

— La colère que vous éprouviez à l'égard de Polly n'a cessé de croître en vous au cours de l'année écoulée, pas vrai ? Vous prétendez avoir été contente de mettre un terme à votre travail d'infirmière à domicile chez des personnes fortunées, mais je pense que c'est tout l'inverse. Après tout, en quinze ans de carrière, vous n'aviez jamais essuyé de plaintes à votre encontre. Je crois même que vous vous enorgueillissiez de votre travail. En réalité, vous aimiez ça, n'est-ce pas ? Qui n'aimerait pas ça ? Vivre dans de belles maisons, manger de la haute gastronomie et voyager en première classe à travers le monde. Ces quinze dernières années vous ont permis de mener un train de vie élevé, mais, à cause de ce que Polly vous a fait, vous avez tout perdu.

» Puis, lorsque vous avez reçu un appel de votre ancienne agence vous informant que Claire souhaitait que vous l'accompagniez de nouveau à Sainte-Marie, vous avez sauté sur l'occasion. Êtes-vous venue sur l'île avec l'intention de tuer Polly Carter ? Nous n'en saurons jamais rien. En revanche, je pense que rien ne vous avait préparée à vos retrouvailles avec Polly. Après une année où vous étiez devenue une toxicomane et une voleuse qui avait perdu son emploi de rêve, vous avez trouvé à votre arrivée ici une femme enfin en paix avec elle-même, amoureuse et sevrée de la drogue même avec laquelle elle avait ruiné votre vie. Car quand vous lui avez réclamé de l'héroïne, elle n'en avait pas, n'est-ce pas ? Bien évidemment. Elle était clean depuis son retour de cure à Los Angeles.

Je suppose que c'est à ce moment-là qu'elle vous a raconté son histoire. Comment elle était tombée amoureuse d'Alain. Comment elle avait finalement réussi à se sevrer. Et comment elle voulait se réconcilier avec sa sœur. Mais rien de cela ne vous aidait. Vous aviez besoin d'héroïne et vous saviez qu'elle seule pouvait vous en procurer. Elle, la femme qui avait fait de vous une toxicomane.

» Je parie que Polly ne voulait pas vous aider. Après tout, nous savons qu'elle avait dénoncé Phil auprès de son studio pour sa consommation de drogue. En revanche, Polly n'avait pas provoqué l'addiction de Phil, n'est-ce pas ? Alors qu'elle est indéniablement responsable de la vôtre, et je suis sûr que vous le lui avez clairement fait comprendre. Je parie que vous avez réussi à la faire terriblement culpabiliser. Vous l'avez peut-être même fait chanter, en la menaçant de raconter à Alain qu'elle avait détruit votre vie si elle ne vous fournissait pas la drogue dont vous aviez besoin. Quoi qu'il en soit, vous avez intimidé et amadoué Polly jusqu'à ce qu'elle admette que c'était à elle de vous fournir votre prochaine dose. Fidèle à sa nature imprudente et naïve, elle vous a procuré l'héroïne que vous réclamiez.

» Vous aviez raison, poursuivit Richard, Polly essayait de faire amende honorable avant de prendre un nouveau départ au Royaume-Uni avec Alain. Elle espérait qu'en achetant une grande quantité d'héroïne à Sophie, elle pourrait d'une certaine façon racheter sa dette envers elle. Mais Polly était loin de s'imaginer que cela ne suffisait pas aux yeux Sophie. Car, à présent, cette dernière avait des idées de meurtre en tête. En réalité, je pense que Sophie avait le sentiment d'avoir été piégée par Polly. À présent, c'était à son tour de piéger Polly pour réduire sa vie à néant.

— Mais vous ne comprenez pas, dit Max, incapable de garder le silence plus longtemps. Quelle que soit la vérité dans ce que vous racontez, il est impossible que Sophie se soit trouvée dans l'escalier pour pousser Polly.

Je l'ai vue de mes propres yeux dans le jardin depuis la baie vitrée de la maison.

— C'est vrai, Max. Et je suis désolé d'avoir mis votre parole en doute.

— Moi aussi, j'ai vu Sophie au moment où Polly était tuée, approuva Phil.

— Sophie s'est montrée très intelligente, dit Richard, elle a veillé à ce qu'on n'arrive pas à déterminer qui elle avait entrevu au moment du meurtre. Tant que nous continuions à nous interroger sur l'identité de la personne qu'elle avait aperçue, nous persisterions à croire qu'elle ne pouvait pas être l'assassin puisqu'elle était dans le jardin à l'heure du meurtre.

— Mais elle y était ! dit Max.

— Non, répondit Richard, car Polly n'a pas été tuée à ce moment-là. N'est-ce pas, Sophie ?

Il s'adressa directement à l'infirmière. Presque aussitôt, une énorme larme roula sur la joue de Sophie.

— Quand Polly vous a confié qu'elle voulait se réconcilier avec Claire, je pense qu'elle a évoqué le fait qu'elle soupçonnait sa sœur de souffrir d'un trouble de conversion, n'est-ce pas ? Étant l'infirmière de Claire, vous avez pris conscience que vous occupiez une position idéale pour conforter Polly dans cette opinion erronée. Vous lui avez donc donné un avis de professionnel, celui d'une infirmière diplômée : vous aussi, vous soupçonniez également Claire de simuler ses blessures. Et je parie que Polly a tout avalé. Après tout, si Claire pouvait à nouveau marcher, Polly cesserait alors de se sentir coupable de l'invalidité de sa sœur. En réalité, je mettrais ma main à couper qu'elle s'est accrochée aux mensonges que vous lui avez proférés comme un naufragé à un canot de sauvetage.

Richard se tourna vers Claire.

— C'est à ça que Polly faisait référence quand elle vous a annoncé qu'elle avait un cadeau pour vous. Elle pensait pouvoir vous rendre l'usage de vos jambes en vous confrontant à un choc émotionnel tellement grand que vous briseriez les barrières psychologiques qui vous retenaient dans votre fauteuil roulant. Voilà pourquoi elle vous a emmené en haut de la falaise ce matin-là, qu'elle a amorcé une dispute sortie de son chapeau, et qu'elle a menacé de se suicider : elle voulait soulever une vague d'émotion tellement puissante que vous vous seriez levée de votre fauteuil pour courir à son secours.

Richard se tourna pour regarder les proches de Polly rassemblés dans la pièce.

— Vous n'avez cessé de le répéter depuis le début. Polly se laissait facilement manipuler et manquait *terriblement* de discernement. La raison pour laquelle elle a trouvé la mort, c'est qu'elle a accordé sa confiance à Sophie.

» Cela explique pourquoi nous avons retrouvé le téléphone de Claire dans le lustre avec les empreintes de Polly dessus, dit Richard en désignant le luminaire au-dessus de leurs têtes. Elle ne pouvait pas laisser à Claire la possibilité d'appeler une ambulance lorsqu'elle lui jouerait son tour. Il ne fallait aucun filet de sécurité. C'est également pour cette raison qu'elle a choisi de le cacher dans le lustre et non ailleurs. Polly pensait sûrement qu'une fois que Claire aurait dévalé l'escalier et se serait rendu compte qu'elle n'était pas morte, elles auraient regagné la maison ensemble et Claire aurait elle-même retiré son téléphone du lustre.

» Or, ce n'est pas ce qu'il s'est passé. Polly voulait surprendre sa sœur, mais elle ignorait que Sophie avait l'intention de la rouler dans la farine. Voilà comment cette dernière s'y est prise.

» Après avoir dévalé l'escalier de la falaise et disparu à l'angle du premier lacet, Polly a poussé un cri perçant comme si elle se jetait dans le vide. Cela faisait partie du plan qu'elle avait orchestré avec Sophie. Polly a ensuite descendu les marches restantes et s'est allongée sur le sable pour faire croire à une chute du haut de la falaise. Je suis certain que Sophie avait insisté auprès de Polly sur la nécessité de rendre l'illusion de sa mort parfaite afin de faire sauter les verrous psychologiques qui empêchaient Claire de marcher.

» Cela explique pourquoi, lorsque j'ai interrogé Sophie pour la première fois au sujet de l'entaille de Polly à l'avant-bras, elle m'a répondu qu'elle n'avait rien remarqué. Il est vrai que lorsque Sophie est descendue sur la plage pour retourner le corps de Polly, celui-ci ne présentait aucune blessure puisque Polly faisait semblant d'être morte.

» L'attitude de Polly a joué en votre faveur, Sophie. N'est-ce pas ? Vous disposiez à présent d'un témoin, Claire, qui pourrait jurer devant un tribunal que Polly avait sauté dans le vide *avant* que vous n'arriviez sur les lieux.

» Contrairement à Polly, vous saviez que Claire ne souffrait aucunement d'un trouble de conversion. N'est-ce pas ? Même si elle l'avait voulu, elle ne pouvait *pas* courir après sa sœur pour l'arrêter ou pour inspecter les marches de la falaise.

» Ainsi, lorsque vous êtes arrivée sur la plage où gisait le corps apparemment sans vie de Polly, vous avez crié à Claire d'appeler une ambulance, sachant pertinemment qu'elle n'avait pas son téléphone avec elle et qu'elle devrait retourner dans la maison pour passer l'appel. J'imagine qu'à ce moment-là Polly a enfin rouvert les yeux. Peut-être était-elle déçue que vous ayez envoyé Claire appeler les secours. Après tout, puisqu'elle n'était pas blessée, la duperie allait trop loin en faisant venir une ambulance.

» Je vous imagine donc remonter les marches toutes les deux. Peut-être pour rattraper Claire et l'empêcher de passer l'appel, ou pour lui avouer qu'il s'agissait d'un canular qui avait échoué ? Allez savoir. Toujours est-il que c'est à ce moment-là que le meurtre a eu lieu.

Richard se tourna vers Sophie avant de poursuivre :

— Je me demande quelle était l'humeur de Polly en remontant l'escalier de la falaise. Elle devait être bouleversée, j'imagine, que cette mise en scène n'ait eu aucun effet sur sa sœur, contrairement à ce que vous lui aviez promis. Et tandis que Polly remontait vers le dernier virage avant le sommet, elle ignorait encore qu'elle n'avait pas manipulé sa sœur, mais que c'était vous qui l'aviez manipulée. Oui, vous l'avez poussée à simuler un suicide tandis que vous bénéficiez d'un alibi dans une autre partie du jardin.

» Bien qu'il vous ait fallu orchestrer une série d'événements clés pour arriver à vos fins, le coup de génie de votre plan résidait dans le fait que vous n'aviez pas encore commis quelque crime que ce soit. Cela n'allait plus durer. Aucune planification particulière ni aucune finesse n'était nécessaire pour commettre le meurtre en lui-même. Tout ce qu'il vous fallait, c'était un grand bâton et une victime à votre merci.

» Juste avant que Polly ne s'engage dans la dernière volée de marches, vous avez ramassé le bâton en bois flotté que vous aviez caché là un peu plus tôt et vous l'avez frappée à la tête, en vous efforçant de lui asséner le coup au bord des marches pour que cette fois-ci, elle tombe réellement dans le vide.

» Mais Polly s'est débattue, n'est-ce pas ? L'espace d'un instant, elle s'est agrippée à la branche. Il y a eu une bagarre – que vous avez remportée –, et votre seule erreur, c'est de ne pas avoir remarqué que Polly s'était entaillé l'avant-bras lorsqu'elle a enfin lâché prise sur le bâton. Mais vous y étiez parvenue. Vous aviez votre revanche. Vous aviez tué la femme qui avait fait de vous une toxicomane. Celle qui avait ruiné votre vie.

» Une fois Polly morte, vous vous êtes précipitée au bas des marches pour cacher la branche dans un buisson, sans remarquer que le bâton était à présent souillé du sang de Polly. Puis, vous êtes redescendue jusqu'à la plage pour veiller à ce qu'à leur arrivée quelques minutes plus tard, Max et Claire vous trouvent à côté du corps de Polly.

Richard se tourna pour regarder Sophie droit dans les yeux.

— Vous vous êtes montrée très intelligente. Qu'a vu Claire en revenant sur les lieux ? Elle a vu le corps inanimé de sa sœur gisant sur le sable, comme elle s'y attendait. Et elle a vu son infirmière debout à côté de sa sœur, comme elle s'y attendait. Or, cette fois-ci, Polly était véritablement morte.

Tandis que Richard terminait son récit, Sophie se pencha en avant sur sa chaise et son corps fut secoué de sanglots déchirants qui exprimaient son chagrin et ses remords.

— Dwayne, dit calmement Richard. Si vous voulez bien procéder à l'arrestation.

Sophie émit des gémissements de douleur pendant que Dwayne bouclait les menottes autour de ses poignets et la conduisait hors de la pièce. Tous les autres témoins la dévisageaient, l'air impassible.

Une fois que Sophie fut partie, ils se retournèrent les uns après les autres pour regarder Richard avec admiration.

— Merci, dit Claire, prenant la parole au nom de tous.

Richard n'avait pas besoin de répondre quoi que ce soit. Il venait de venger la mort de Polly Carter et la gratitude qu'il lisait dans le regard des témoins lui suffisait amplement.

*

* *

Plus tard dans l'après-midi, Sophie se trouvait derrière les barreaux après avoir livré, dans un mélange de larmes et d'embarras, des aveux recevables. Camille était assise à son bureau et scannait la déclaration pour l'enregistrer sur l'ordinateur principal du poste de police. De son côté, Dwayne terminait de rédiger le rapport d'arrestation tandis que Fidel emballait l'héroïne pour l'envoyer en Guadeloupe où elle serait analysée. Pendant que tous s'affairaient à leur tâche respective,

Richard se tenait devant le tableau blanc, un chiffon à la main. Il avait effacé tous les noms et les renseignements qui y figuraient, à l'exception du nom de la victime, Polly Carter.

Il se rendit compte qu'au début de l'enquête il avait supposé que Polly Carter devait être une idiote superficielle et écervelée. Il s'était trompé. Il y avait chez elle une tentative désespérée et finalement vouée à l'échec de trouver la paix avec elle-même et d'obtenir l'amour de sa famille qui avait profondément touché l'inspecteur.

Il effaça le nom « Polly Carter » du tableau. Elle était partie.

Il posa le chiffon.

— Eh bien, je crois que les félicitations sont de mise, dit une voix depuis le seuil du commissariat.

Richard se tourna et vit son père entrer, vêtu d'un ample pantalon kaki et d'un polo rouge vif. Jennifer apparut à son tour et s'arrêta à côté de son mari, un timide sourire aux lèvres.

— Selwyn vient d'appeler pour nous dire que tu avais coincé le meurtrier de Polly Carter, dit Graham, s'octroyant le droit de s'asseoir sur le coin du bureau de Dwayne. Il a également dit que c'était l'une des plus brillantes résolutions d'enquête qu'il ait jamais vue.

— Il a dit ça ? demanda Richard, frémissant de joie.

— Je suis désolé, mais je ne suis pas d'accord avec lui.

Camille retint sa respiration, mais Richard, lui, n'était pas tellement surpris. Évidemment que son père n'était pas d'accord. Il désapprouvait tout ce qu'il faisait.

— Tu vois, reprit Graham, je ne peux pas être d'accord avec lui, car *dès lors* que mon fils mène une enquête, c'est brillant.

Après un moment d'incompréhension étonné, Richard vit comme des feux d'artifice exploser devant ses yeux. Son père venait-il de lui adresser un compliment ? Après toutes ces années, Graham Poole, ex-directeur des forces de police du comté du Leicestershire, président actuel du Rotary Club d'Oadby, secrétaire du club de golf de Newton Harcourt, bedeau de longue date pour l'église de St James-The-Less, venait de lui adresser un véritable et authentique compliment, à haute voix, devant tout le monde ?

Alors que les visages de Dwayne, Camille et Fidel s'éclairaient d'un sourire radieux, Richard, soudain paniqué que son père se rende compte qu'il avait commis une erreur et se rétracte, s'empressa de s'enquérir de leur soirée de la veille.

— Alors, hier soir ? Comment s'est passé votre dîner à l'ambassade de Grande-Bretagne ?

Les yeux de Jennifer étincelèrent.

— Bien ! J'étais assise à côté de l'ambassadeur en personne. Puis, après dîner, il y a eu un concert d'un groupe local apparemment très populaire, et la soirée s'est terminée autour d'une tasse de café et d'un verre de rhum sur le toit de la résidence à regarder les étoiles filantes. C'était magique !

L'équipe de Richard percevait le bonheur de Jennifer, et leurs sourires s'élargirent.

— Bref, dit Graham, on ne voudrait pas interrompre vos célébrations bien méritées, mais pourrais-je te toucher rapidement deux mots, Richard ? Peut-être pourrions-nous sortir ?

Richard resserra sa cravate et essaya de cacher sa nervosité derrière une décontraction feinte.

— D'accord, dit-il.

Graham sortit sous l'auvent et Richard suivit son père, incapable de croiser le regard de sa mère au passage. Qu'avait-il fait de mal ?

Sortant dans la chaleur de la fin d'après-midi, il sentit instantanément son costume le démanger sur l'ensemble de son corps, mais il ne voulait pas que son père perçoive son inconfort – physique comme émotionnel.

Quant à Graham, il semblait content tandis qu'il s'appuyait contre la balustrade pour admirer la vue.

— Comment se déroule ce congrès ? dit Richard, qui ne comprenait pas ce qu'il se passait.

— Il n'y a pas de congrès, répondit Graham sans se tourner vers son fils.

— Il doit bien y en avoir un, dit Richard, incapable de dissimuler la pointe de désespoir qui perçait dans sa voix. Tu sais, puisque le Commandant t'a invité pour y participer. Sinon, pourquoi t'aurait-il fait venir ici ?

Graham se tourna pour regarder son fils et Richard fut troublé de lire de la fatigue dans les yeux de son père.

— Cette histoire de congrès était un appât pour me faire venir ici afin que je puisse reconquérir ta mère, comme je l'ai dit au Commandant après notre soirée la nuit dernière. Ne t'inquiète pas pour autant, je l'ai remercié pour l'invitation, mais je lui ai dit que maintenant que j'étais là, il était inutile de poursuivre cette mise en scène.

— Tu as dit au Commandant que tu savais qu'il n'y avait pas de congrès ?

— Oui.

— Et que t'a-t-il répondu ?

— Heureusement, il me respecte assez pour avoir reconnu que j'avais raison. Il m'a même confié qu'il m'avait invité pour la seule et bonne raison que tu le lui avais demandé.

Richard sentit son cœur chavirer. Une goutte de sueur glissa de son front jusqu'à sa joue, mais il n'osa pas l'essuyer.

— C'est vrai, dit-il, bien évidemment honteux, mais également conscient qu'il ne pouvait mentir à son père.

Graham se racla la gorge.

— Pas la peine de prendre cet air de chien battu. Je suis heureux que tu l'aies fait.

Richard fronça les sourcils, persuadé qu'il avait mal entendu.

— Pardon ? dit-il.

Le père de Richard se détourna de son fils pour regarder à nouveau la mer des Caraïbes qui étincelait dans le port. Richard pouvait voir que son père était en train de rassembler son courage.

— Tu vois, lorsque ta mère est partie sans prévenir, j'ai décidé que je ne la retiendrais pas. Dieu sait pourquoi. Je suis trop têtu. Je suis sûr que tu en conviendras. Toujours est-il que j'ai décidé de faire l'autruche et de rester passif. J'imagine que tu ne réagirais jamais de la sorte si tu étais confronté à une telle situation ?

Richard, bien entendu, savait pertinemment qu'il réagissait précisément de la sorte pour chaque *situation* épineuse qu'il rencontrait dans sa vie, mais il se garda bien de le dire, et son père poursuivit.

— Puis j'ai reçu un appel de ton Commandant. J'imagine que tout était ficelé depuis le début, mais cela m'a ouvert les yeux. Je voulais prendre le prochain avion pour venir ici. Je voulais retrouver ta mère. Alors, merci, fiston. Pour ce que tu as fait pour moi. Et pour ce que tu as fait pour ta mère.

Richard était éberlué. Son père venait-il de lui adresser *un autre* compliment ? Que se passait-il ?

Après quelques instants de silence étonné, il décida qu'il pouvait peut-être lui aussi s'appuyer contre la balustrade, et il s'accouda avec hésitation à côté de son père pour observer la vue.

Certes, le reflet du soleil sur l'eau du port le contraignait à plisser les yeux, mais il trouva cette communion silencieuse côte à côte étrangement apaisante.

À vrai dire, tandis qu'il plissait les yeux pour lutter contre le soleil aveuglant, il se rendit compte qu'il n'avait jamais été aussi près d'être en accord avec son père. Il l'observa du coin de l'œil et pour la première fois, il remarqua que le cou de celui-ci flottait légèrement dans le col de la chemise XXL qu'il portait, et que sa peau était creusée de petits sillons. Richard s'en rendait compte, son père vieillissait.

L'inspecteur jugea le moment opportun pour prononcer quelques mots profonds, mais rien ne lui vint. On ne peut pas passer plus de quarante ans de sa vie dans la crainte de quelqu'un et soudain avoir une phrase joliment tournée à lui déclamer après un bref regard en coin.

Jennifer se faufila en dehors du poste de police et se réjouit de voir père et fils côte à côte contre la balustrade.

— Graham, notre avion part bientôt, dit-elle. Tu sais qu'il faut que l'on soit là-bas au moins deux heures avant l'ouverture de l'embarquement au cas où il y aurait un problème de dernière minute.

— Oh ? s'étonna Richard. Vous rentrez au Royaume-Uni ?

— Oh non, répondit Jennifer, les yeux débordant de bonheur. En réalité, on a décidé d'aller à Cuba. J'ai toujours rêvé de visiter cette île.

— Ah oui ? répondit Richard, surpris.

Il réalisa alors ce que sa mère venait de lui dire.

— Excuse-moi, tu as toujours voulu aller à *Cuba* ?

Jennifer rayonnait. Graham se redressa et regarda Richard.

— Oui. On en parlait depuis longtemps. Aller à Cuba. Louer une Chevrolet 1950, faire le tour de l'île et apprendre à danser la salsa.

Cette fois-ci, Richard était convaincu d'avoir mal entendu.

— Ta cravate est lâche, fiston, dit Graham avec un sourire.

— Vraiment ? dit Richard, sa main se dirigeant instinctivement vers le nœud dans un réflexe de panique.

— Non, ça va, répondit sa mère. Cela rend bien, un peu lâche.

Richard se sentait déboussolé : son père lui avait adressé au moins deux compliments, et à présent, sa mère venait clairement d'affirmer qu'elle était prête à accepter que son fils se contente d'une tenue vestimentaire pas-exactement-parfaite.

Il resserra tout de même son nœud de cravate.

Il fallait avoir certaines exigences dans la vie.

Puis, prenant congé de Richard en lui promettant de donner plus souvent des nouvelles – et de lui envoyer une carte postale de Cuba –, Graham serra la main de son fils, Jennifer l'embrassa sur les deux joues, et mari et femme descendirent ensemble l'escalier.

Tandis qu'il observait ses parents traverser la rue et héler un taxi, Camille, Fidel et Dwayne sortirent du bureau pour le rejoindre sous l'auvent.

Dwayne se tourna vers son supérieur.

— Je ne sais pas comment vous vous y êtes pris, mais vous avez réussi.

Richard semblait aussi étonné que Dwayne.

— Oui, n'est-ce pas ?

— Bien joué, chef.

— Merci, Dwayne.

— Je ne peux qu'approuver, ajouta Fidel. Bravo, chef.

— Merci, Fidel.

Richard se tourna vers Camille, convaincu qu'à présent elle aurait enfin la décence de se plier aux convenances et de l'appeler « chef ». Et, alors qu'il plantait son regard dans celui du sergent, il y perçut une lueur qui lui prouva qu'elle savait parfaitement ce qu'il attendait d'elle.

— Bien joué, dit-elle, avant de marquer une pause théâtrale et d'ajouter : Monsieur.

Richard cligna des yeux.

Elle ne l'avait pas appelé « chef ». L'obstinée, insolente – et franchement insubordonnée – tête dure de Camille ne l'avait pas appelé « chef » ! Tandis que l'inspecteur devinait des sourires moqueurs se dessiner sur les visages de Dwayne et de Fidel, il se rendit compte que les deux agents avaient fait le même constat.

— Vous n'avez donc pas de travail ? aboya-t-il.

— Pas vraiment, chef, dit Dwayne. Voyez-vous, on a déjà attrapé la coupable. Elle est derrière les barreaux.

— Dans ce cas, pourquoi ne pas rassembler les preuves et rédiger le rapport ? Ce n'est tout de même pas déjà terminé ? demanda Richard, refusant de baisser les bras.

— Tout est consigné et rédigé, monsieur, dit Fidel, lui aussi profondément amusé par la mauvaise humeur de son patron.

— Il doit bien y avoir des procédures en cours à terminer ? finit par dire Richard.

Dwayne éclata de rire.

— Avec le nombre d'heures supplémentaires accumulées ces dernières semaines, j'ai fini ma journée, chef. Je suggère que nous allions tous fêter ça chez Catherine autour d'un verre.

Là-dessus, Dwayne descendit les marches et prit la direction du bar.

Avec un sourire coupable et un léger signe de tête, Fidel ajouta :

— Moi aussi, monsieur.

Il tourna les talons et emboîta le pas à Dwayne avant que Richard n'ait le temps de le rappeler.

Il ne restait plus que Camille et Richard sous l'auvent.

Camille sourit à son supérieur, heureuse d'être parvenue à esquiver leurs chamailleries habituelles.

— Dwayne a raison, monsieur. Vous devriez venir prendre un verre. Vous voulez que je vous dise, puisque l'heure est à la fête, si vous venez, c'est moi qui vous invite.

Richard regarda Camille et un sentiment étrange s'insinua en lui. Peut-être, pour la première fois, avait-il *bel et bien* envie de prendre un verre avec Camille et le reste de l'équipe.

Mais la réticence qu'elle venait de manifester à l'appeler « chef » l'avait piqué au vif. Elle avait beau être trop têtue pour se plier à ses desiderata, Richard savait qu'ils pouvaient être deux à jouer à ce petit jeu.

Ainsi, de manière plutôt ingénieuse, de son propre avis, refusa-t-il de répondre à la question de Camille. Il se borna à rester là, sachant pertinemment que son silence suffisait à signifier sa réponse.

Il vit l'espoir s'évanouir dans les yeux de Camille. Il sut alors qu'il avait « gagné » quand elle soupira, lui tourna le dos et quitta le poste de police sans un mot, hochant la tête en signe de dépit.

Oui, se dit-il, il devait lui montrer qui était le patron.

Et puis, songea-t-il, il n'avait pas tellement envie de passer la soirée dans un bar bruyant à trinquer à leur succès autour d'innombrables bouteilles de bière – ou, pire encore, avec l'un des cocktails quasi mortels de Catherine. Non, Richard savait parfaitement ce qu'il allait faire à la place.

Il allait rentrer au calme, chez lui, et s'installer avec une bonne tasse de thé pour terminer la lecture du livre sur les insectes endémiques des Caraïbes. *Voilà* comment on occupait dignement une soirée.

À cette pensée, il faillit esquisser un sourire.

Presque.

Mais pas tout à fait.

Remerciements

Je tiens à remercier Tony Jordan, Belinda Campbell, Alex Jones, Tim Key et James Hall pour tout le travail qu'ils effectuent pour la série télévisée. C'est principalement grâce à eux qu'elle continue de remporter un tel succès. Pour les romans de *Meurtres au Paradis*, j'ai la chance inouïe d'être entouré d'une équipe exceptionnelle chez Mira/Harlequin : Alison Lindsay, Nick Bates, Darren Shoffren et Taryn Sachs en particulier se sont démenés pour assurer la promotion du premier opus et je leur suis extrêmement reconnaissant des encouragements et du soutien qu'ils m'ont apportés au cours de l'année écoulée. Bien entendu, mes plus vifs remerciements s'adressent à mon éditrice, Sally Williamson. Son enthousiasme permanent m'a permis de rester lucide pendant tous ces longs mois d'écriture, ses remarques incisives ont maintenu l'intrigue sur la bonne voie et sa disponibilité pour m'accompagner à la fête annuelle du bureau sans que je me ridiculise a préservé ma réputation (à peu près) intacte.

Je souhaiterais également remercier l'incroyablement talentueuse Louise McGrory qui s'est occupée du graphisme de la couverture de ce livre et de *Meurtre avec (pré)méditation*. Cela n'a aucun intérêt d'écrire un livre s'il n'attire pas l'œil des lecteurs dans les libraires et je suis heureux de la façon dont elle a su représenter avec brio Richard, Sainte-Marie et l'univers de chaque histoire.

Je voudrais aussi remercier mon agent littéraire, Ed Wilson, pour son accompagnement pendant le travail d'écriture, ainsi que mon agent artistique, Charlotte Knight, pour son soutien indéfectible. Comme toujours, j'adresse également un remerciement particulier à Molly Ker Hawn pour les merveilleux conseils qu'elle me prodigue en toutes circonstances. Il faut des personnes exceptionnelles pour vous encourager lorsque vous vous lancez dans l'écriture d'un roman (cela représente tout de même une énorme quantité de mots à coller les uns aux autres), et je voudrais également remercier Richard Westcott et Georgie Bevan qui ont tous deux lu la première version de ce livre : leurs remarques et leur enthousiasme m'ont aidé à traverser ces derniers mois de rédaction et de correction.

Enfin, je voudrais remercier ma femme, Katie Breathwick, et nos enfants, Charlie et James. Le regard de Katie sur les premières versions de ce roman s'est avéré absolument essentiel (comme toujours) et sa patience envers mon attitude autocentrée et névrotique pendant le travail d'écriture est tout bonnement héroïque. Quant à Charlie et James, je souhaiterais les remercier de s'accommoder d'un père qui se montre parfois mal luné et presque toujours distrait pendant les périodes de création. Et pas seulement dans ces moments-là, maintenant que j'y pense. Sachez que tout ce que j'écris, d'une manière ou d'une autre, vous est destiné. Je vous aime.

Robert THOROGOOD
Marlow, octobre 2015

Composition
NORD COMPO

Achevé d'imprimer en Espagne
par BLACK PRINT
le 5 avril 2021

Dépôt légal : mai 2021
EAN 9782290261446
L21EPNN000514N001

ÉDITIONS J'AI LU
87, quai Panhard-et-Levassor, 75013 Paris

Diffusion France et étranger : Flammarion